i

imaginist

想象另一种可能

理
想
国

imaginist

富士日记

〈中〉

[日] 武田百合子 著

田肖霞 译

北京日报出版社

彩色玻璃窗，贴着泰淳绘制图案的剪纸
（摄影　武田花）

泰淳和爱猫阿球（照片　中央公论社）

目 录

富士日记

（中）

——不二小大居百花庵日记——

昭和四十一年
1966 年

十月六日（星期四）晴

六点出发。从御殿场走。

行李。

洗好的衣物，冬天的毛衣，食材（鲑鱼子、培根、煮鱼、东坡肉、面包、橘子），蔬菜，四棵聚合草（球根），换完炉芯的"完美火炉"[1]煤油炉。

山北跟前溪谷边的路上有两处塌方，交替通行，此外的路段开得比较顺。在野鸟园前停车，丈夫去厕所。最近他总是在这地方小便。我把狗放出来，它急匆匆地跑了一圈，掉进有喷泉的小池塘里。一个女人正在餐厅里擦拭玻璃杯，愕然地笑了。这只狗性格轻浮，所以有时会出丑。

---

1 Perfection Stove，美国煤油暖炉品牌。

到了山上，大门还没上漆。明明两三天前发票就寄到了东京。

落叶松林全都变成了茶色，只有漆藤呈红色。

院子里，百日菊和秋英还在开花。

早午饭合在一起 米饭，红烧鲳鱼，萝卜味噌汤。

我睡午觉，结果一觉睡到四点多。身体变得像水母一样柔软。

晚 手工饼干，汤，橘子。

七点半，丈夫睡了。

电视上。

今天上九一色村又有泥石流，路断了，村子与外界隔绝。

说是从昨天起，近山一带突然降温。晚上来到屋外，非常冷。燃起煤油炉。

十月七日 晴

锅六百五十元，大烧水壶（为了放在炉子上）一千二百五十元，两打易拉罐啤酒，炼乳，两条秋刀鱼，一袋糖果，面粉，黄油，高野豆腐，焙茶九十元。

一千克葡萄，三根山药，共三百元。

一袋豆炭（在米店买的）三百元，一盒火柴，柿种（仙贝）共一百元。

在管理处支付。牛奶费，订报费，洗衣费（夏天的）共二千九百八十元。洗衣洗的是毛毯。

下山买东西。给《东京新闻》的平岩发了电报："请把截稿延到十日。"

汽油费一千二百六十元。电报费九十元。

加油站正热衷于销售一种类似"电动旋转灯笼"的东西，像一个小型的电动报栏，像招牌一样挂在酒馆之类的店铺门口，酒馆的名字和陪酒女的名字便像旋转灯笼一样依次出现。说是两万多。听说他们要开车到甲府和河口去卖。说是阿宣现在载了五台机器出去推销。收费站的年轻人也来了，聊到既然公务员的月薪很少，那就兼职去卖这个吧。如今，大叔看起来把更多的精力投在旋转灯笼而不是汽油上。

午　放了肉的馎饦。

下午，铁匠来了。他的车上坐着小学一年级的女孩和担任助手的妇人，女孩在附近的草地上玩。他在门的外侧刷了黑油漆，然后在内侧刷粉色油漆的时候，油漆变得黏稠，底下的防锈漆也一道融化，被带出来，因此他延到明天接着做。好像是油漆的原料不合。女孩一直在乖巧地玩，等到傍晚很晚，我给了她水果罐头。

付了大门的费用一万八千七百元。

晚　黄油蟹肉焖饭，高野豆腐，臭鱼干，蛋花汤。

K借了我们《郡内小史》。

十月八日（星期六）晴朗无云

早　味噌汤（放了土豆、红薯、葱、鸡蛋），蟹肉饭。

丈夫说他喜欢放了一堆材料的味噌汤。今天他吃得开心。他说，如果放了纳豆就更好了。

九点左右，铁匠一个人来了。给大门内侧刷上粉色。因为天气好，像是很好刷。他干完活，我端出饺子和啤酒。他光喝啤酒，只吃了三个饺子。

铁匠的讲述：

○K村（铁匠居住的村子）也受到台风的影响，地下水的过滤点好像被埋住了，靠自卫队的送水车送水，上午下午各一次。据说根场那边受灾严重，讲都讲不完，也讲不清楚。

那个台风夜，因为据说台风在凌晨三点来，他在那之前去吉田，和K电器行的人在酒吧大喝了一场，来到外面一看，风大雨大，回到家，发现家里在漏雨。

○G町的两家小钢珠店老板在三年前打架，一个杀了另一个，将其埋在K峠的右边，但他害怕有人复仇，为了获得保护，找警察自首，坐了牢。那个男人捐了不少钱，是个有用的人，所以当他自首的时候，人们都吃了一惊，说他竟然杀了人。

铁匠带来两颗卷心菜，两根萝卜，欧芹，一把菠菜，七条秋刀鱼。"这道大门我包了，如果有什么问题，别找其他人，跟我说。就算是一点小事，只要与门有关，我都做。"他叮嘱道，回去了。

听说，铁匠刷漆的时候，因为天气好，丈夫在他旁边坐下，待了一段时间，稍微刷几下，搅拌油漆，看铁匠刷漆。当时铁匠边刷粉色的门，边说了以下的话。

铁匠："平时，这种刷油漆的活儿，让油漆工做也行。我为了刷这个油漆，上了好几次山呢。对此，老师你怎么看？"

丈夫："你问我怎么看？我心里感激。"

铁匠："你会不会觉得我刷的时候心里不耐烦？会不会觉得我是觉得没办法才刷的？"

丈夫："……"

铁匠："如果你觉得我刷的时候心里不耐烦，那就错了。我完全没有刷的时候心里不耐烦。要是看着像是刷的时候心里不耐烦，只是打个比方，要是看着像是那样，那就是看的一方看错了。"

丈夫："……"

铁匠："我做这个，心里想的是为了老师。我干活的时候看着像不像是心里想着为了你好？"

丈夫："像。"

铁匠满意极了："我是为了你好才做的。不管是黑油漆还是粉油漆，只要脱落，我就来刷。不要找其他人。我虽然是铁匠，但是这大门的油漆我来刷。"

据说他这样讲给丈夫听。丈夫详细地告诉我，像是觉得好笑。

去管理处回来的路上，遇见在施工砌石头的外川，喊他来家里吃饺子，但他似乎不喜欢饺子，喝了啤酒，吃了东坡肉。外川今天的脸像粉色的赛璐珞一样滑溜溜的，他说："那场台风过后，我们这边没一件好事。"外川在台风的时候还去了根场村进行救援。他说，在根场搜寻尸体的时候，以为自己抱起一块石头，但是异样的柔软，用水一洗，是婴儿的尸体。

外川是消防队的，所以只要有台风，他就会用钉子把门窗钉上，把孩子们送到附近的大楼的一楼，这样他就能毫无顾虑地出动，即便台风不大，别人笑他，他也这么做。他说，有时候台风的路线偏移，或者台风过去但没什么事，卸钉子的时候，也会觉得傻气。

三点左右，我去买茶箱，顺便下山。送给加油站五条秋刀鱼。茶箱一千元。

加油站忙着推销"电动灯笼"。他们说，家里一个人能吃两条秋刀鱼，所以不怕多，很开心。

来加油站的人们说，富士的印地车赛[1]今天预赛，明天决赛，明天的车速很快，说不定会死人。

我们计划明天回。

野蔷薇的红色果实现在最艳，很美。龙胆在开花。

十月九日（星期日）

早上四点半下山去东京。开下昴公路，S农场的大叔已经在昏暗中将关东煮的炖锅煮沸了。今天是印地车赛的日子，这一带的人们预计客人会多，都鼓足了干劲。

在相模湖和大垂水峠，迎面驶过的车辆比往日多得多。

十月二十四日（星期一）晴

稿子写好之后出门。临近一点出发，从御殿场走。

行李。罐头类，卷心菜，萝卜，红烧肉，培根，十个

---

1 1966 年的"日本印地 200 英里赛"，比赛地点在富士国际赛车场。

鸡蛋，佃煮，年糕，糙米粉，易拉罐啤酒，炸鱼糕。电钟（从新潮社收到的。是最新式的钟，没有指针，写着数字的纸啪啦啪啦地翻动，便能知道时间）。

四点以前到加油站，加了汽油和水。二十八升汽油一千三百四十元。加油站的人没精打采。难道是"电动灯笼"卖得不好吗？

昴公路沿路的树叶红了。

午饭兼晚饭 米饭，豆腐味噌汤，猪肉，炸鱼糕，萝卜泥。

聚合草扎根了，每株长出三四片叶子。

十月二十五日（星期二）晴

去看红叶，做了夹咸牛肉的三明治，往水壶灌了红茶，十一点半出发。去大冈家邀请他们，但遮光门窗都关着。

路边的菜贩子开始卖萝卜、山药。

把车停在红叶台的山脚，登山。跟上次来爬的时候比，多了好几家店，每家店都在卖木头做的猴子玩偶。登山道也拓宽了。从展望台眺望西湖，湖水恢复原样，浓郁又清澈。唯独根场村那里，原本像人偶台一样整整齐齐从水边一直排列到半山腰的农家，茅草屋顶的，钴蓝色铁皮屋顶的，全都被刨掉了，一片空无，变成了红土。看来房子全被冲进湖里，剩下学校、青年旅社和鱼眠庄。树海有了红叶，这里一丛，那里一丛。

我们边看树海的红叶，边开到朝雾高原开拓青年学校跟前，坐在草坪上吃午饭。阳光灿烂，暖和。蘸白紫红色的花开在草原一带。

驶入丰茂的开拓村，那一带都是萝卜田，萝卜没有收，叶子蔫在地里。

折回到镰仓往返路，车的震动有些古怪。爆胎了。我换上备胎，卸下千斤顶，结果备胎也是坏的。大概是因为后备厢里有水，轮胎泡在水里的缘故。我站了一段时间，总算来了一辆混凝土搅拌车，我举手搭车，还装了一只轮胎上车。我想要开到河口湖让他们修轮胎，司机说，我不到那边。我说，如果能把我送到附近的加油站，我让他们给我常去的河口湖的加油站打电话。他说，你如果在离这里最近的鸣泽的补胎店修，我去接你，再把你送回停车的地方。我说，还让你送回来，不好意思，回程的车，我让补胎店给加油站打电话，让他们开车过来就行了。他说，我不开这种混凝土搅拌车，我把这辆车停好，马上开别的车回来接你，请你等着。他一直这么说，硬是推掉也不好，于是我答应了。鸣泽村的补胎店对着镰仓往返路，不断有爆胎的轮胎来送修，很挤。我说，他说马上来接，快点帮我修。店家说，那辆混凝土车还要装上混凝土回来，很慢的。我说，可是他说把车停好，开另一辆车来。这么一讲，他们最先给我修了。

补胎店的人在工作间的角落摆着个一升的酒瓶，里面灌了半瓶水，放着一条蝮蛇，用好几根一次性筷子当塞子塞住了。说是等蝮蛇死了，把水倒出来，灌入烧酒。据说把蝮蛇这样泡在水里，它因为痛苦，会把体内的毒和脏东西全部吐出来死去。说是这条蛇在水里浸了一个星期，还活着。蝮蛇会像心血来潮般忽然扭动身体，每扭一下，便从口中吐出红褐色的像烟又像水的东西。

爆胎修好了，可是接我的车还没来。店家往路边放了把椅子，让我坐在上面等。他告诉我："那人说要开其他车来，这次是轻型卡车吧。跟混凝土一个颜色的轻型卡车，你可要看好了。"

这时，一辆闪闪发光的黑色丰田宝贝刷地来了个侧停，车主开了后备厢，把我的轮胎放进去。我愣住了。那是辆车厢内还贴着膜的新车。店家和我都吓一跳。开混凝土搅拌车的小伙子连衣服都换了。他穿着朱红色的高领毛衣，牛仔裤，随意地套了件茶色上衣，戴着墨镜，还在嚼口香糖。仔细一看，这个小伙子长得像让—保罗·贝尔蒙多[1]。他默默地把轮胎装进后备厢，让我上车。这个人说他是西湖入口的村子的人。他说，他的工作单位是分让地[2]的开发公司，现在负责高尔夫球场工地的混凝土搅拌车。他不太闲聊。开到原来的位置，我下了车。作为谢礼，我给他五百元，他说不要，不过我硬是让他收了。

丈夫一直等在爆胎的车里，没想到没等多少时间，所以他的心情不错，喝着易拉罐啤酒。

在收费站买次数券。

晚　米饭，萝卜味噌汤，咸牛肉，把红薯和聚合草的叶子做成精进炸。聚合草既不好吃也不难吃。

院子里的龙胆在开花，秋英也开了一株。到了这个时节，秋英的植株变高了，花也大一些，色泽也浓。

晚上下雨。有一次地震，晃得厉害。

补胎三百元。谢礼五百元。次数券二千元。

十月二十六日　雨转阴

在河口湖的酒水店。

1　Jean-Paul Belmondo（1933—2021），法国男演员，代表作为《筋疲力尽》。
2　分割让渡土地。房地产公司买下大宗土地，建造别墅或公寓，按一栋或一户出售。购买方购买的是房屋和分割的土地。

一千克橘子一百五十元，四个柿子八十元，黄油，奶酪，白吐司，纳豆，豆沙，四百克豆芽二十元，三个洋葱三十五元，萝卜二十元，牛奶二十五元，两袋"第一的一"味精，四团手擀乌冬面八十元，共一千一百三十五元。

在加油站。

修爆胎二百元，白煤油三百三十元，电话五十四元。

三百克猪里脊肉排二百五十五元。

早　米饭，味噌汤（加了鸡蛋），海苔，咸牛肉。

我们正在为《每日新闻》的稿子《关于井伏鳟二》做口述笔记，十一点半左右，大冈来了。狗叫，所以把它弄进厕所。

大冈来邀请我们，说他太太下山去胜山的木匠那里买西太公鱼，傍晚做成天妇罗吃吧。"我们家有能炸整条鱼的锅"。他喝着啤酒，等他太太买完鱼回来接他，我们开了蟹肉罐头。波可挠着门叫，大冈像是有些在意："这样很可怜吧？把它放出来嘛。"后来他开始念叨："孩子妈真慢。在搞什么呢。"一点半，太太来接。她说，鸣泽上山路的红叶太美，于是她很慢很慢地开回来的。约好我们六点过去。

午　烤吐司，汤（放了咸牛肉）。

要是不把修好的备胎装上，不知道下次什么时候又会爆胎，所以我下山去取轮胎，顺便买东西，给《每日新闻》打电话。

我给《每日新闻》打电话，跟他们说稿子延到明天交，滨田来接电话，说明天冈本博[1]来山上。加油站的店里满是人，巨人和洛杉矶道奇队的比赛，大叔和女儿们也在看。说是今天是十三夜[2]，让家里做了十三夜团子，他们从装着一大堆团子的盘子给我装了差不多十个在袋子里。他们说修爆胎不用付钱，我硬是付了，于是他们又给我包了山药。我收下山药，一个之前在里面看电视的年轻男人（好像是从东京来的）走到外面，问："这是什么？好吃吗？怎么吃？"他说"我也想要一袋"，买了。我顺便买了白煤油回去。

去大冈家之前，丈夫说肚子饿，于是我用买来的"馎饦之源"（有手擀乌冬面那么宽）做成加了葱的肉馎饦吃了。吃起来筋道，像真正的手擀面。我在买馎饦的店里问了，说是这一带如果没有肉就放油豆腐，另外会把家里现有的蔬菜切碎放进去。

1　冈本博（1913—2022），媒体人，电影评论家。1940 年入职《每日新闻》，在多个部门担任记者，并在每日新闻社多家刊物任主编。
2　十三夜指的是阴历九月十三日的晚上，此时不少地区秋收已结束，日本有在十三夜赏月的风俗。

六点，去大冈家。

他们拿出叫拿破仑的酒，不知道是威士忌还是白兰地。来大冈家之前，丈夫边吃馎饦，边担心地说："百合子你不许在大冈家喝酒。你只要一开喝，就会想要一直待在人家家里。"我心想，我是不是不能喝啊？但如果拒绝的话，就更不好了。这样想着，我第一次喝了叫作拿破仑的酒，烈极了，烈极了，以至于我突然间就饿了。

大冈家的客厅铺着两张长绒地毯。可以躺在上面。

太太在做某个看起来特别好吃的菜，剥了河虾仁，擦成泥，抹在面包上。开饭了。瑞士的什么什么锅里插着同样颜色的金签子，金签子上串着鸡肉。锅架在餐桌的燃气炉上，倒入沙拉油，西太公鱼裹粉，放进锅里。还炸了金签子鸡肉串。蘸萝卜泥、葱和蘸汁吃。可好吃了。我吃了大概五十条（因为鱼小）。大冈也吃了那么多。太太不断地给西太公鱼裹粉，忙得没怎么吃。像这么细小的西太公鱼，是我最喜欢的。我一个劲儿一个劲儿地吃，趁着还没凉。此外，还有鳕鱼子、沙丁鱼、番茄、抹酱的开胃小点。

八点半告辞。回去的时候，在玄关，我发现只有自己穿着和别人不一样的大红色拖鞋，不知是什么时候穿上的，我感到不可思议，一想，我刚才去厕所，穿了那边的拖鞋就没换，穿着到处走。

收拾完，十一点半。晚上似乎有过地震。

十月二十七日（星期四）一整天毛毛雨

今天起得早。被叫起来的。早饭前，开始做《每日新闻》稿子的口述笔记。

做完笔记，准备早饭，八点半。

早　米饭，味噌汤（放了土豆、洋葱、纳豆、鸡蛋），两块炸鱼糕（我），梅干，酒粕腌山葵，佃煮。

十点，下山去寄火车邮件。搭上十点五十七分河口湖发车，十四点十四分抵达新宿的火车。寄火车邮件的时候，大月发车和抵达新宿的时间每次都不一样，得确认。我给《每日》打了电话，说我寄了火车邮件，以及到新宿的时间。

电话五十四元。火车邮件一百四十元。

在酒水店。一千克橘子一百五十元，五根香蕉一百九十元，三个苹果七十五元。

在药店。香烟六百元，内欧帕斯（膏药）。

一下雨，树叶染红的速度就急剧加快。

我回到家，《每日》的冈本博来了电报，"来不了"。

午　西太公鱼天妇罗，十三夜团子。我把昨天收到的西太公鱼做成天妇罗。

晚　放了肉的馎饦。

早些泡澡，之后洗衣服。

稿子写完了，丈夫的表情柔和，他打了会儿盹儿，之后进被窝睡了。

深夜，下起了湿答答的雨。

煮了羊栖菜黄豆备着。

十月二十八日（星期五）一整天小雨，多云，傍晚转晴

早　豆芽味噌汤，试着用油炸了剩下的馎饦，像花林糖。炖羊栖菜黄豆，米饭。

午　咸粥（放了鸡蛋），香肠。

三点　烤吐司，番茄汤。

晚　蟹肉蛋炒饭，裙带菜汤。

雨淅淅沥沥下了一天，雨停后起雾，不知何时又下起了雨。

早上起来，每次俯瞰底下的草原，草木枯萎的颜色都多了几分。是因为下雨。

赤胸鸫在下雨的间隙来，我给它们撒了面包屑，狗出去往面包屑上撒尿。

下午在电视上看全国田径大赛，看着看着到了傍晚。出现了夕照，天晴了，夜晚有星星。月亮是满月。前天是十三夜，所以这不是真正的满月吧。

傍晚九点左右，一次地震。

十月二十九日（星期六）晴朗无云

早　咖喱饭（丈夫的第一顿早饭，在五点左右吃的）；西太公鱼天妇罗，米饭（丈夫和我，第二顿早饭）。

午　蒸土豆，剩下的咖喱，菠萝。

晚　手工饼干，番茄汤，山药泥。

从早上起就一片晴朗。能看到南阿尔卑斯的全景，也能看见整座富士山。从山脚一直到五合目的树叶都红成了胭脂色。

十一点左右，载着丈夫下山看红叶。昴公路的红叶也更红了。绕河口湖一周。从大石望见的富士山拖着长长的山脚，跟明信片一样。在长滨跟前岩石像鼻子一样凸出的转角，人们拖着捕西太公鱼的网。临近中午。两道网当中的一道被拉到鼻子岩石上渔夫们燃着篝火的地方，另一道由三四个人拉到公路上，车过不去，等了一会儿。之后让车过了。

开到小立，经过鸣泽，前往树海。从精进湖的入口向左绕湖。到处都是红叶。精进湖的湖畔没有人影，只有一艘钓西太公鱼的船在湖上，能清楚地看见船上放了一把天蓝色和红色环形纹的太阳伞，有个男的在船边小便。那样子很奇怪。

我们把车停在原野上，望着湖，吃饭团和香蕉。

开到朝雾高原，折返。回去的时候，来看红叶的车逐渐增多。比较多的是静冈牌照、山梨牌照、名古屋牌照。

去看位于鸣泽的机场。丈夫说，天气太好，想看机场。虽说是机场，但没见过这里有飞机起降。围着天蓝色栅栏，长满了柔软的闪着金茶色光泽的草。有风，草拂动着。停着一辆红色的车，四五个男的来玩飞机模型。无线操纵的红色飞机模型闪闪发光，在空中一次次地翻跟斗。

机场的外围是石山。绿色大卡车为了搬运石头进进出出。石山很大，里面的石山仿佛在哪里见过，原来是外川的石山。因为是从反方向看，所以没认出来。丈夫在机场尿了尿，然后缓缓在草地上坐了，伸着腿。他置身于满是阳光的空气中，发着愣，像在倾听。我也跟着坐下发呆。一个背着孩子骑踏板电动车的主妇从树林深处的小道出现，她侧对着我们，横穿过机场中央，从栅栏缺口驶出，往镰仓街道去了。

还有骑摩托车的人穿过机场跑道离去，这是条从田里回家的近路。是个悠闲的好机场。

在河口湖的肉店。三百克猪肉糜，两个鸡翅膀，饺子皮，共四百元。

在隔壁的蔬果店。一千克土豆三十元。这间蔬果店里只有一个爷爷，一年到头坐在被炉里，这个爷爷去年已经老得像要死了，但还能清楚地算重量。

　　在酒水店。一千克橘子一百五十元，四个柿子一百元，十个鸡蛋一百六十元，易拉罐啤酒一千九百二十元。

　　酒水店老板娘身着盛装，正要和附近的伙伴开车出去玩，根本不管客人。她儿子来接待。老板娘说起一道去玩的人，说没有男的真无聊，有个五十来岁的小个子大叔正好来店里，她用愉快高亢的嗓音不停地喊他一道去。

　　回来吃了晚午饭。

　　没有一朵云的夕照。西边的群山一片漆黑。冬天近了。底下的村子里，农家的树篱和大门口，秋英开得正盛。

　　夜晚，降温了。

　　今天让厨房晒太阳，擦了橱柜，换了垫的报纸。

　　晚上九点半左右，有一次地震。

十月三十日（星期日）晴朗无云

　　今天也晴朗。挂在窗外的巢箱传来唰啦唰啦的响声，把我吵醒了。看来里面有大山雀。

　　因为阳光很好，我打扫家里，掸蜘蛛网，把厨房橱柜的抽屉也拿出来晒。两点左右，给露台的地板刷木漆。刷了三分之二，太阳下山了，剩下的明天做。

像今天这样太阳特别好，仅仅是在阳光照着的地方来来去去，就有种赚了的感觉。

今天也出现了没有云的夕照。

电视上说，今天早上的寒冷是十一月下旬或十二月初的气温。我拿出豆炭，晚上往被窝放了品川暖包。

米彻底吃完了，明天别忘了出去买。

明天别忘了买的东西。

◎买米。

◎买啤酒。

◎给寄宿舍的花子发生日贺电。

◎在加油站买防冻液。

早　一人十个饺子，汤。

午　发糕，油浸金枪鱼，沙拉。

晚　面包，炸鸡排，山药泥，炒豆芽，豆腐味噌汤。给狗也喂了炸鸡排。

丈夫睡下后，我一个人看电视，《源义经》[1]。最近放到他被追杀的部分，所以有意思。今天的他可怜极了。静御

1　NHK大河剧。1966年1月2日—1966年12月25日播放。

前[1]不可怜。她的动作慢悠悠的，一次都没有战斗，也不拿重东西，像个傻瓜。今天是忠信[2]战死的场面。义经和家臣们步履沉重地走在雪中，有些悲哀。义经很漂亮，弁庆和家臣们都像同性恋一样喜欢义经。今天连粥也没出现，一直在雪里，平时总会有吃粥的场面。不过，义经也是什么都不做的人呢。尽让家臣们为他做这做那。

还有一件事忘了写。

今天早上，丈夫把一枝龙胆插在胸前的口袋里，从院子走下来，枝条上缀着浓郁的蓝花，有七朵。我刚起床，呆呆地来到院子里，他挺着胸从我的面前经过，仿佛在炫耀那花。"那花是我们院子里的？"我问，他也不回答，挺着胸走了过去。

十月三十一日（星期一）晴朗无云

昨晚早早睡了，头疼，睡不着。半夜下楼到餐厅，试着倒了一杯葡萄酒喝，睡不着。或许一升瓶装的葡萄酒淡。试着喝了第二杯，还是睡不着。我换了好几个枕头，一直到将近四点，终于迷迷糊糊睡着了，睡到九点半。

---

1 源义经的妾，原本是白拍子。白拍子是当时流行的舞蹈，由女子着男装跳，跳该舞的人也叫白拍子。
2 佐藤忠信，源义经的家臣。

早　米饭，调味秋刀鱼罐头，萝卜味噌汤，佃煮，海苔，鸡蛋。

上午刷完露台剩下的部分，用多余的木漆刷西晒的墙板。阳光强烈，很快就干了。丈夫在隔开一截的松树下劈柴。狗一动不动地坐在他挥起的砍刀的近旁。它最近学会了晒太阳，独自到外面，总是躺在丈夫砍柴的位置——松树下落了厚厚一层枯叶的地方。中午刚过，我刷完了墙板。脸上溅了星星点点的巧克力色木漆，像痣。底下原野上的人家也开着门，今天晒着被子。

午　用海苔裹了年糕吃。清汤。

下午，一个人下山。

在酒水店。十七罐啤酒一千三百六十元，一打啤酒一千三百八十元，味滋康醋一百元，馎饦面条（三团）六十元。

在酒水店问有没有米，他们帮我给米店打电话，订了十千克米。米店说会送过来，我等他们送的时候，酒水店老板娘讲了她家的事。

她说，我家有两个儿子。我老公死了。大儿子去念东京的大学，住在寄宿舍。那孩子说他不继承家里的店，给弟弟。小儿子从工业学校毕业，但因为大儿子不帮忙打理店铺，现在也找不到好的掌柜，所以我恳求小儿子不继续

24

念书，来帮忙管店。他本来想念工业方面的大学，但我让他别念了，来帮忙。

米店一直没送来。老板娘说，你进屋吧，坐在客厅等。我问了米店的位置，去拿。

十千克大米一千二百五十元。说是里面掺了营养米（不清楚是什么），所以比普通的米一千克贵四元，十千克贵四十元。

在加油站。

汽油一千元，两罐防冻液五百五十元，六千克山药七百五十元。防冻液是厕所用的。

听说在五合目，车已经加了防冻液。"今天没有风，很暖和，这种日子，晚上会一下子降温。加防冻液还早，不过最好给车盖个罩子。明天要回东京，引擎可不能点不着。"说着，他们借给我黄色塑料罩。大妈说她明天要去千代田区的S诊所。我说"我不知道那家S诊所"，大妈露出"你不知道可真是太奇怪了"的表情，解释道，去那里让医生抽掉"坏血"（好像是从肩膀抽），就能治好肩酸。这边的女人们一大群人一道去，都让医生抽血。我还是第一次去。她说的时候很开心。我问大叔："大妈身体不舒服吗？"他说："才没有，她想去东京。有一半是去玩，去开心。所谓的休闲。"大妈给我装了一袋芋头，说是千叶的人送的。我买了山药，她给我装在箱子里，这样好拿。

大叔说："我把样子好看的给老师你们家和熟人，长得不好看的给生客。'长得歪歪扭扭的有黏性，更好吃。'我这么一说，他们就特意挑了歪七扭八的，买的时候说'看起来很好吃'。"又说："我说寡妇和未成年不能吃，结果卖得更好了。"

我正在买山药，有个年轻的男人下车来问："这是什么？有什么作用？美容吗？"他也没搞明白就买了一袋走。

今天，富士山上仿佛罩了一层薄云。大概因为太暖和，没有风。

晚　馎饦（放了肉圆），山药泥。

五点刚过就吃了晚饭。今天的夕照也美。

我出去扔垃圾，平时月亮都在露台那边，只见紧挨着大门口展望台的上方，一个大大的月亮清晰地浮现，我心头一惊。是一个亮闪闪闪闪闪的发着光的月亮。月亮会一直亮到明天早上吧。那样的话，等我搬运回程的行李，周围也不会暗。我看了钟，七点二十分。

今天给寄宿舍的花子发了生日贺电。

十一月二十八日（星期一）晴，暖

早上六点半，出东京。从御殿场走。

预定两三天就回，所以食物也只装了家里现成的。今天不堵车，三个半小时抵达。

在笼坂峠的山麓小憩。野鸟园上面的冰上乐园开园了，差不多二十个高中生年纪的男女在滑冰。

自卫队的射击场挂着"射击中"的牌子，在打枪。实弹射击的声音有些特别。感觉就像打在自己的胸口。丈夫在车里说："听到那声音，想起当兵的时候。"好几辆演习的车用草和茅草做了伪装，迎面驶过。

在山中湖的加油站加油。山中湖的水位下降。没有风，水面如油。报纸上说，富士山从前几天起天气多变，昨天星期天，登山者有人死去，但今天无风，晴朗。富士山一直到五合目都有雪，展现全貌。新落下的雪还没冻上，看起来像撒了一层砂糖。我兜到北麓的河口湖畔，从昴公路望见的富士山，披雪的位置更低。

汽油一千五百五十元。

在野鸟园入口的荞麦面馆，两碗荞麦面一百四十元。面汤甜，面条烂。还是河口湖站的荞麦面好吃。

午　酱汁烤年糕，鸡汤。

饭后，在被窝里放了暖包，我和丈夫都睡了。沉沉地睡了六个小时左右，起来吃晚饭。傍晚开始急剧降温，比上回来的时候冷多了。

晚　米饭，酒粕腌马鲛鱼，萝卜味噌汤，土豆炖炒猪肉。

月亮大。一个大月亮出现在大门附近。星空。阿尔卑斯下了雪，像泛着白光的屋顶一样，入夜后仍清晰可见。

十一月二十九日（星期二）阴，有时小雨

早　面包和豆奶（百合子），米饭，油浸沙丁鱼，萝卜泥，海苔，佃煮（泰淳）。

阴天，今天看不到阿尔卑斯。

上午十一点半，丈夫说想去富士山看看，于是开车上山。下了点雨。到二合目，风越来越强，风雨交加。我们在途中停车，捡红熔岩。四合目，雨夹雪，路上有雪。开到五合目奥庭，下山。下到三合目，雪没了。再往下，天晴了。从三合目四合目望去的山脚是晴朗的，清晰可见。我想一直开到城区去买白煤油，但就为了买这个，在收费站进出要付四百元，有点傻，所以我从御胎内入口左转回家。御胎内的茶屋关了，椅子扣在桌上。店里的鸟笼中有金丝雀，所以大概有人住着。

午　米饭，开了个洋葱牛肉罐头，做成洋葱牛肉饭。福神渍。丈夫说，洋葱牛肉饭不管什么时候吃都好吃。

傍晚，转晴。风大。

晚　手工饼干，奶油浓汤（放了鸡肉），沙拉。

打算明天十点左右回。

今天傍晚转晴时，丈夫和狗去散步。说是有只像松鼠又像黄鼠狼的动物奔过来，它等着狗走过去，没发现自己，然后哧溜钻进溪边的洞里。他说："看到那一幕，不知怎的心情很好。"

往返于东京和山里的事，有一样忘了记。从御殿场走，不管是去还是回，现在山北一带的橘子山上结满了橘子，清晰可见。

十一月三十日

十点回东京。从笼坂峠的顶上一直到富士小山一带笼罩着大雾，几乎什么都看不见。

十二月六日（星期二）晴

早上九点半，出东京。打算早点出门，但我睡过了，所以晚了。（昨天去了治颈椎的师傅那里，她把我的脊椎和颈椎的错位整好了，所以我全身变得像棉花一样，睡得很沉。说是因为追尾，我的脖子、脊椎和腰有三处错位。师傅说："要是这样放着不管，会变成极其歇斯底里的女人。"）

昨晚，将稻草包裹的织机放在车的座位上。十二月一日在机织展会上见到 K 老师，我托她介绍一位富士宫的机织老师，所以终于可以把织机带去山间小屋。

此外装载的物品。培根，火腿，肉糜，黄豆粉（冲豆奶的粉），鸡蛋，鲑鱼块，小松菜，橘子，卷心菜，萝卜，白菜，海苔，关东煮材料。

在松田休息站小憩。两个人都吃了蟹肉可乐壳带米饭。今天正好是中午，有四桌客人。之前回东京的路上在这里停靠，附近工地上的人点了咖喱饭和炸牡蛎。店里的女孩问："炸牡蛎要配米饭吗？"那个人想了一会儿，答道："咖喱饭有米饭，吃不了那么多。"

今天店里摆着新的立体声音响。店里的女孩摆弄着音响，想要放唱片。我们在音响旁边的座位坐了，她对我们说："太太，放一首适合你们的音乐吧？有一首我感觉你们会喜欢。"是石原裕次郎的唱片，歌词有一句"翻越山岭独行……"[1]。然后，一个绾着两张脸那么大的发髻的女孩过来放了《恋心》[2]。

山中湖的水量增多。

———————

1 《知床旅情》，森繁久弥作词作曲并演唱。石原裕次郎曾翻唱过。歌词中有："你走了，翻越山岭。"

2 原题为 L'amour, C'est pour rien（《爱无所求》），由生于阿根廷的法国歌手 Enrico Macias 创作。多位日本歌手翻唱过，其中岸洋子的《恋心》在 1965 年位居唱片销量排名第 81 名，此处听的可能是她的版本。

在加油站停靠，请他们送五罐白煤油。男伙计都出门了，店里很空。大叔说："要是买大罐，等于煤油罐的十罐，划算。"但我们没法把大罐的煤油搬下从大门到家的坡，丈夫也说，容易着火，危险，所以算了。昂公路收费口竖着牌子，写着"二合目往上的路面结冰，无法通行"。

我解开稻草包，把织机搁到二楼，歇了一会儿，K送煤油来。我劝他"坐下歇会儿"，他说忙，立即走了。

底下原野建起的淡蓝屋顶的人家像是住了人，用混凝土造了围墙。还停着工人的车。篝火的烟从那里笔直地升起。

晚　放了肉糜、葱、海苔碎的什锦烧，汤，佃煮，煮豆罐头。

夜里，满天大颗的星星，能望见阿尔卑斯的雪。睡觉前，煮了关东煮。

一袋橘子一百五十元，蟹肉可乐壳五百元，白煤油一千六百五十元。

晚饭的时候，丈夫说："上次来的时候，我把红果插在壁炉上的篮子里，今天来了，它还是红艳艳的，但我刚才看了院子，院子里同样的红果，我摘的地方，已经完全掉落和枯萎，没有一点红色。家里比外面暖和，又有水分，所以才一直红艳艳的。"他说话的方式像是有什么原委，我以为他要说什么呢，一直望着他的脸听他讲，结果到最后就讲了理所当然的话。不过，丈夫说话的样子像个科学家，所以我没反驳。

十二月七日 晴，无风

今天本该早起去富士宫，我起来了一次，打开总阀，让水滴着，又把餐厅的煤油暖炉打开，然后进房间换衣服，结果就那样睡着了，醒来已是九点二十分。

早　关东煮（我），米饭，火腿，（丈夫只吃了）关东煮里的山药鱼糕。

我给看家的丈夫准备了午饭的红薯鸡肉杂蔬汤和年糕，十一点，出门去富士宫。富士山一直到五合目的路的下方都是闪闪发光的雪，雪线一直延伸到二合目。

河口湖城区的街道不知为何静悄悄的，一个穿留袖和服的中年女人昂首挺胸地迈着大大的外八字步走过，是个高个子，身体敦实。拿着金色手提包。红铜色脸庞，没有搽粉。从黑色留袖伸出来抓着手提包的手也是红铜色。是今天早上到田野里劳作过的人穿上留袖和服出门。如果是东京的婚礼，脸上会搽粉，伸出来的手是惨白的，和服的穿法也有几分洒脱，不过，有不少穿留袖和服出现的女人，给人的感觉是"明明在家不干体力活却显得疲惫"，没见过像这样堂堂正正的人。在灿烂照射的阳光下，挺着胸膛走去，就像身着盛装的阿拉伯女人一样气派。我开了一段路，有个同样打扮的女人往同一个方向走。又开了一段路，在菜地间的道路上，又有一个人。她们都抓着闪亮的金色手提包，往同一个方向走。

在朝雾高原的路上，四头放牧的牛（好像还是小牛）来到公路上。一头趴着，另外三头侧对着马路站成一排，车过不去。放眼望去，只有我的车。也没有人。我打开窗，"希——希——"地喊，可它们一动也不动。我按了一下喇叭，它们怒目而视，提起两条前腿站起来。我没动车，心想这要是撞上可就完蛋了。我让它们随意待着，终于，牛慢吞吞地走到旁边。

在收费站付了钱，问S町的方位。对方告诉我："从这里开十分钟就是白线瀑布。从那里开大概二十分钟，有第一个红绿灯。在那里左转，过一座红色的桥。"原来如此，我开了半个小时左右，一直都没有红绿灯。开进商店街。左边是间有红色鸟居的神社，我把车停进去，问保安。这里是富士宫本宫。保安说："Y是不是市长？"我回答："不清楚，人家说是医院的人。"他点头道："那就是市长家，他们家也开医院。"他给我指了路。

在河边左转，有一个窄窄的陡坡，仿佛热海的街道，开上去，Y医院就在快到坡顶的地方。玄关虽然老式，却是西式的，我在那跟前停车，跟前台打招呼，一名护士出来，带我去后面的别栋。那是一栋大正到昭和初期模样的西式木构医院，在东京已经看不到了，是一栋仿佛会在电影中出现的有味道的房子。

拉开嘎吱作响的玻璃门，里面是铺了地板的房间，满满地照着阳光，摆着三台织机，一个中年女人正在织布。此人不是这家的太太，她姓神出，以前是学校的老师。Y太太从里面出来，问了我的情况。"在东京事情多，学不了。来到山里，只需要做饭和外出采买，有时间，所以我想织手工布。从山上来这里，如果开得快，一个半小时不到就到了，我想在这里学一下这款织机的用法，就只是打个基础。来个三四次，之后我自己织，找时间把织好的拿来请您看。"我说了这些。

约好学织伊达腰带[1]。我们正在理经线，又来了一位小个子老妇人。Y太太介绍说，这位姓齐藤，她原本就会织很多东西。这人开始用隔壁的织机。已经织了一大半。因为我没有带线，Y太太去别的房间找线的时候，齐藤邀请道："我家离这里大概三分钟，家里有以前织好的作品，你去看看作为参考吧。"于是我跟去看。打开医院后面的

1　用于固定和服并调整长度的腰带。

木门出去，有条小河潺潺流过，上面架着一座混凝土小桥。从后面的木门出去，过了那座Y家后门专用的小桥，来到路上。每条路都经过铺设，包括通到院子深处的小路，路面又白又干又明亮。有几间像是小小的家庭工厂，但既没有烟也没有声响，只有人活动的身影，一片安静。有一座小小的整洁的房子，院子里的植物修剪得当，就是那个人的家，我们进屋，她接连不断地拿出披肩、和服外褂、大衣、整匹的布料等，给我看。

回到医院，我开始用黑线和红线织伊达腰带。太阳已开始西斜。四点半，我喝了茶，吃了橘子和奶油面包，急急忙忙地开快车回去。富士山脚一片漆黑。朝雾高原也一片漆黑。只见开拓村的灯稀稀拉拉地亮着几盏，十分寂寥。路上只有我的车在行驶。不管我怎么开啊开，一路都是黑洞洞的夜色，就像突然失明了一样。我唱了小学的歌，接着唱了歌谣曲，边开车边把会唱的歌温习了一遍。

回到城区，在酒水店。肉，橘子，纳豆十五元，沙丁鱼三十元，四个巧克力馒头[1]六十元，共四百二十五元。

在加油站加油。今天是以前在加油站工作的女员工的

---

1 巧克力米粉皮奶油馅的和果子。

婚礼，大妈把头发梳成油光光的髻。桌上还放着礼盒 [1]，装的好像是鲷鱼和金团。

晚　米饭，黄油炒鲑鱼，小松菜炒樱花虾，裹面糊炸土豆。

临睡的时候，我讲给丈夫听，在开拓村那一带开车的时候一片漆黑，我边开车边唱歌，还有富士宫城区的模样。我说那里在卖咖喱面包，他说你明天回来的时候买点。

十二月八日（星期四）多云，之后转晴

六点半起床。

早　米饭，关东煮，火腿，鸡蛋，海苔，酒粕腌山葵，菠萝果冻。

八点半，去富士宫。丈夫一起上坡来到大门口，说："天冷，尽量早点回来。"他先走到坡上的公交车站那儿，挥着手目送我的车经过。富士山的雪比昨天更接近山脚。九点四十抵达。到得早。待到三点回。我的午饭是在富士宫的面包店买的奶油面包、甜食和牛奶。也买了丈夫的咖喱面包。

1　日本的婚礼习俗是客人送红包，婚礼一方回赠两三件小礼物。有些地方的回礼也包含食物。

在鸣泽农协。鸡肉一百元，一瓶酱油二百三十元，两袋胶布六十元，五个洋葱一百元，两卷透明胶布二十元。

在酒水店。一箱易拉罐啤酒一千九百二十元，半块豆腐三十元。

过路费（富士宫）二百六十元。

晚　清汤鸡肉锅（培根、鸡肉、白菜、豆腐、香菇、葱），米饭，煮豆。

没有星星。天气预报说明天阴天。

十点睡。今天在织机前坐了差不多五个小时，一直低着头，所以脖颈和眼睛感到疲劳。织完了一根伊达腰带。

十二月九日（星期五）晴

早上七点起床。

早　米饭，葱和红薯味噌汤，酱汁烤肉。

八点半，去富士宫。今天早上车上没结霜。驶下鸣泽道。从管理处往西的温度感觉一下子低了不少，霜像雪一样又浓又厚。本栖湖跟前的树海的道路背阴处结了冰，车直打滑，跟溜冰似的。我不提速，不踩刹车，不打方向盘，嗖地开过去。有一辆车飞出去横躺在树海中。九点半过后抵达。

今天织细带。去齐藤家买材料的线。把经线排好，就到了两点。

今天来了一名患者，在摆着织机的走廊上晒太阳，等医生回来。院长和代诊医生[1]都不在，他们去中学打预防针。患者等了一个小时左右。说是肚子疼。

三点回。今天也买了咖喱面包。

在鸣泽村公交车站前的店里买了橘子和赫本鞋（所谓的赫本鞋，是一种拖鞋有鞋跟的凉鞋，原本是奥黛丽·赫本在某部电影中穿了那种形状的凉鞋，所以流行起来，人们称之为赫本凉鞋。在山梨，名称变成了赫本鞋。有男鞋和女鞋，与脚背接触的边缘带着一圈蓬松的毛的，叫作防寒赫本。冬天，无论男女都经常穿这种鞋）。

一千克橘子一百二十元，防寒赫本（女鞋）三百元。

齐藤家的线，五卷七百五十元，棉线一百二十元。

过路费二百六十元。

从鸣泽道上山回家。

晚　米饭，蟹肉可乐壳，炒青椒，醋腌卷心菜。

八点半左右，出去扔垃圾，在下雪。

1　小型私人医院一般只有一名主治医生，兼任院长。有时有其他医生来坐诊，称为代诊医生。

看家的丈夫讲了我不在家的时候发生的事：

〇我（百合子）不在家的时候，一黑一白两只猎犬追逐猎物，从院子奔下来。波可叫个不停，一直在追猎犬。但猎犬是有工作之身，没工夫搭理小小的有闲犬，根本不理它，飞快地跑掉了。波可误以为是自己强大而把对方赶走的，直到百合子回来的时候，一直很得意。

怪不得，我回来的时候，波可迈着像马步的步子出来迎我。

十二月十日（星期六）晴，多雪

昨晚，只下了薄薄的一层雪，半夜星星出来了，今天早上晴朗。

七点起床。

早　米饭，酱汁烤肉炒洋葱，海苔，鸡蛋，味噌汤，佃煮。

八点过后，丈夫和狗出去散步。我匆匆洗了碗筷，收拾准备出门。电视上出现了开高健[1]夫妇，"咦，是他们吗？

1　开高健（1930—1989），日本作家，曾担任《洋酒王国》编辑。代表作为《裸体国王》《闪耀的黑暗》等。

他们上电视什么样？"我边收拾边站着看，结果出门迟了。九点，驶下鸣泽道。雪是白的，两道车辙印一直延伸出去。

我继续织从昨天开始的细带。两个人中午回去了，之后只有我一个人。在晒着太阳的屋里，对着晒着太阳的织机，一个人织到三点半左右，织完了带子。Y太太端着茶具出现，教了我织完之后收尾还有起始线的做法。关于往织机上挂起始线的方法，因为没时间了，约好下次来的时候教。当太阳西斜，不再照在织机上，我想着得早点回去，胸口一阵骚动，一着急，线就绊住了。

Y太太和我一起喝茶，可能因为其他人都不在，她说起自己为什么开始织布，还谈了几句她因为孩子有智能障碍的悲哀，流了泪。也许一直用织布机会让眼睛疲劳，容易流泪。和茶一道，还请我吃了面包。面包里夹着香蕉气味的奶油，滋味奇妙，但因为饿了，还是觉得好吃。廊子和房间变得昏暗之后，只有南边院子的草莓田铺着稻草的那一块仍照着太阳，两只茶色的大狗和一只白狗过来在那里嬉闹，Y太太和我不时望向它们。

四点回去。在玄关上车的时候，Y太太和一对大叔大妈，好像是来他家干活的园丁，笑眯眯地目送着我，一直到我把车开出去。教学到这次就结束了，之后一段时间不会来。

在鸣泽的加油站加了油，从鸣泽道上山，五点过后抵达。风冷。驶上鸣泽道的时候，周围已是一片昏暗，唯独富士山顶西侧有一小块呈现明亮的淡橙色。是落日最后照耀之处。就在顶上的那个位置。亮得就像有夜光虫。

晚　米饭，纳豆，银鱼，味噌汤，炖沙丁鱼，萝卜泥。

明天早上回东京，所以把剩下的食物都吃了。有干酵母，所以试着烤了一点面包。

外面在刮风，壮丽的星空。

汽油一千三百五十元，过路费二百六十元。

十二月二十六日（星期一）晴，有时阴

上午十一点出赤坂。花子放寒假，同行。

装上车的行李——

十五块炸鱼糕，鲑鱼子，鳕鱼子，六块鲑鱼，一袋培根，两袋火腿培根，十五个鸡蛋，三小块年糕，一条海参年糕[1]，海苔，剩下的西式炖牛肉，萝卜，卷心菜，土豆，洋葱，大蒜，生姜，大葱，奶酪，岁暮礼品罐头，味之素礼盒，佃煮礼盒，面包，零食。

差不多一周前，我从脊椎到腰椎痛得厉害。开车的时

1　形状像海参的长条年糕，通常掺杂整粒的豆子。

候尤其疼，所以去看医生，推迟进山，现在疼痛稍微缓解，于是我带着药来了。终于能进山，丈夫像是很高兴。

从御殿场走，两点半，在松田休息站吃饭。

花子　花式三明治一百五十元。

丈夫和我　蟹肉可乐壳四百元。

两袋橘子二百元。

之前的立体声音响不见了，桌上装饰着假花，像是圣诞节的装饰留了下来。

山北的橘子山上的橘子全没了，只剩下夏橙。天气一阵阴一阵晴，等我们开到须走，在自卫队入口的加油站跟前，道路正中央立着一块牌子，"笼坂峠结冰，上雪链"。开始飘一点雪。道路两侧的泥土已经变白了。看来昨天也下了雪。

一辆练马车牌的车让加油站帮忙装雪链，车主问了峠上的各种情况，最后不上山了，折回去。我在那辆车之后驶入，从后备厢拿出雪链，想请他们装上，加油站的人说："这链子细，要是小型车的轮胎还行，这辆车装个一两次就会断。"雪链原本就太紧，我一个女的卸不下来，干脆这次买新的。雪链二千三百四十元。我到外面等，很冷。

装上雪链开起来，车发出"当当当当"的声响，于是我又折回加油站，让他们检查。加油站正在改店内的装饰，物品都放在雪落下来的外面，包括账本和手提保险箱。

　　过了野鸟园往峠上开的时候，路上结了冰。我不变速爬坡，方向盘只要稍微一动，就打滑。每辆车都在缓缓地开。自卫队的卡车开到一半，上不去了。遇到三辆那样的车。过了峠，下山往山中湖走，路也冻着。开到能看到山中湖的地方，有一处在施工，交替通行，我为了避开上山的车往左打方向盘，车就那么滑出去，停不住，差点滑进店里。

　　湖的周围是雪，一片白。湖水满满的。车辆慢吞吞地在湖边的白色路上行驶，像全景玩具。

　　在吉田跟前没了雪，卸下雪链。脊椎骨还在痛，很难蹲下。

　　卸下雪链之后，在我回到车里把车开出去的过程中，背开始作痛，一直到河口湖，我开车的时候都没法深吸气，在出冷汗。河口湖的城区没有雪。我在管理处的站前事务所停靠，问山上有没有雪，他们说今天早上下了点，不过用不着雪链。我没装雪链上山。收费处也没摆出结冰的牌子。我记得到家大概是五点，到了就放心了。我在长椅[1]上一动不动地闭着眼休息。花子和丈夫忙着上下好几趟，

1　日记中通常写作"长椅"，应该就是 1966 年 8 月买的沙发。

把行李搬进家。今天行李多，很辛苦。因为到家天已经黑了，所以没开遮光门窗，点起暖炉，让房间暖和起来。今晚好像有月亮。院子里的路冻得硬邦邦的。

晚　海苔饭团，酱汁烤年糕，放了卷心菜的蛋花汤。

我打开总阀，还好水管没冻上，但厕所水箱的管道在往外喷水，所以不给水箱充水，上厕所后用桶里的水冲洗。我往浴缸里打了水，把笨炉子（叫这个名字，是因为这炉子只要点上了，就会不断发出"波——波——波咯波咯"的声响，火要熄不熄的，不太暖和，但室温也不会下降到凉飕飕的程度，煤油一直不减少，一整天不加煤油也没事，让人钦佩，所以给它取了名字）一整天放在浴室里（和厕所在一起，所以厕所也暖和了，水不会冻上）。丈夫半夜会起床，为此在工作间的被窝里也放了一个品川暖包。这下放心了。

晚上，我出来关总阀，冻得脸都要歪了。没有炉子的房间里，所有的东西都冷冰冰的。被子、书、纸片，还有我身上的衣服，触碰到都是冷的。

把明天的味噌汤做好了。

十二月二十七日（星期二）晴

睡到将近中午。脊椎骨的疼痛在睡的时候消失了。

打开总阀，厨房水龙头冻上了，没有水。我用布浸了热水，裹在龙头上，再往上浇热水，重复几次，冰一点点化了。

早　味噌汤（放了芋头、卷心菜、鸡蛋），米饭，整粒的海胆罐头，萝卜泥，海苔，佃煮。

竹内家给我们的佃煮罐头很好吃，受到好评。

一点半左右，趁着还没下雪，和花子下山买燃料。

在酒水店。三箱易拉罐啤酒五千七百六十元，一袋味噌六十元，口香糖二十元，香肠三十元，五团乌冬面五十元，两袋馎饦乌冬面四十元，一升葡萄酒五百五十元，砂糖一百二十元，水煮竹笋六十元，合计六千六百九十元。

酒水店忙着用熨斗纸包装岁暮礼品，很忙。他家的儿子在送货和进货易拉罐啤酒以及乌冬面，我在店里的时候，他就开车出去三回。午饭的馎饦刚吃了一半就得出门，面坨了，变凉了，他嘴里说着"再放就不能吃了"，从客人当中挤过去，冲进客厅吃了起来。

我们收到两条毛巾和一个茶杯作为岁暮礼品，还收到一点腌白菜。

我在外川家停靠，打算托他弄点西太公鱼。有七八个孩子在院子里玩。屋子内外没有隔断，成了一体，原本在客厅的矮桌扔在院子里。廊子上乱七八糟地放着木屐和长靴。院子里还扔着台灯。隔扇破破烂烂的，隔扇那头有女孩的说话声。玄关紧闭，廊子的移门和屋里的隔扇大敞着，家里的东西都被翻出来。男孩说："我爸爸妈妈都不在。"外川平时开的车一头扎在院子的大坑里停着，车身扭曲得像报废了一样。他是不是生意不好呢？

锯莱特工厂的烟囱冒出一股股浓烟，烟多得仿佛烟囱要坏掉了。锯莱特老板摘下口罩，恭敬地说："这可真是稀客。有一年没来了呢。太太，您身体一向可好？我这份生意夏天见不到您，每次想起，我都想着您到底怎么样了呢。"十袋锯莱特二千元。他多送了我两袋，说"请向老师问好"。我鞠了个躬："好的，我会转达你的问候。"

花子在通往湖畔那条路的文具店买墨水和本子。她像是在慢慢地挑选，一直没出来。抽粪车停在我的车前面，正好在作业，周围充斥着有点陈的屎被重新搅拌的臭气。开店的人和路人都毫不掩饰地皱着鼻子，夸张地大声说"好臭好臭"。我不太介意。是一种让人怀念的臭气，让人感到肚子饿。花子出来之前，我一直透过车窗慢悠悠地观望他们抽粪的过程。

花子还去了湖畔的特产店。出租汽艇的店全没了，一片寂静，我几乎以为开错了路。旅馆也窗帘紧闭，像是没有客人。特产店的大门关着，我出声打招呼，大叔出来说："太冷了，所以关了门在睡觉。"据说河口湖畔冬天特别冷。大叔说，御胎内一带挨着山的地方，因为有吉田那边过去的暖空气，反而暖和。他说他在那边有菜地，所以很清楚。

在站前的蔬果店兼食材店。萝卜三十元，白菜七十元。这里总是有伊达卷和鱼糕。老爷子坐在屋里的被炉里没出来，扬声说："还没下雪，我们过几天要进黑豆，等来了你下来一起买。伊达卷和鱼糕都买新来的才好。"

在药店。狮王牙膏一百元。

在加油站停靠，让他们送六罐白煤油。六罐白煤油一千九百八十元。

大叔又想送我们石油公司的年历。我拒绝道："上次给过了。"我想在还没冷下来的时候上山，他让我们进去坐，我没去，直接回家。

从御胎内到收费站的路上，有三四个地方扔着碎掉的瓶子，刚才下山的时候就这样。在公路中央，就像是故意扔在那儿的。尤其在收费站附近特别多，从收费口和事务所的窗口都能看见瓶渣在闪闪发光，但还是就那么散落着。

我在事务所买次数券。二千元。有个脸熟但不知道名字的人像是有事进来，自顾自地说："我感冒了，买了四百八十元的药，但是没治好。"我也没什么好回的，把脸朝着卖次数券的工作人员，他故意说给我听："年底生病真烦。又冷，又没意思。我想做个有钱人，到别墅过正月。"我还是没什么好回的，便沉默着，他说："哎，太太，我希望你们在年底或者正月约我去你们家。我可以去玩吗？"

"我们家呢，招待我们想让他来的人。想让谁来，由我们定，由我们约。如果没有约，就是不想让他来，或者没有事找他。"

"约过加油站的阿宣和老爷子是吧？也约过外川吧？"

"对。因为想让他们来。"

"因为阿宣长得帅吧？"

"对。阿宣长得帅。不帅的人，我这里不招待。"

"老爷子和外川也帅吗？"

"对。我们全家都喜欢外川和大叔。想让他们来家里。喜欢的人就是帅。再见。"

到家后，丈夫、我和花子忙着把锯莱特堆进仓库。花子因为太卖力，嘟囔着说"我有点不舒服"。

晚上，用色拉油炒了乌冬面。放了培根和洋葱。把电锅放在餐桌上，一头炒一头吃。

狗在叫。加油站的小林运来白煤油。他上下好几趟，最后下来的时候，大叔也一起进了屋。穿着和服短外褂，头上绑着毛巾。

　　我让他们进了餐厅，端出啤酒。大叔把一升瓶的烧酒掺在啤酒里喝。小林不喝酒也不抽烟，据说他是船津最严肃的不玩乐的人。我端出炒乌冬面。大叔一开始有些客气，渐渐地不再拘谨，喝了起来。"我上次在电视上看到，老师和苏联的音乐家曼雄一起上了电视。老师真厉害。真厉害。"他说了一连串的"真厉害"。我想他说的是小说家肖洛霍夫吧[1]。

　　大叔的讲述：

　　〇因为电气旋转霓虹（是指电转灯笼吧），来了一千万元（？）的账单（？），我一定要和他们做斗争！

　　那是小镇工厂做的。如果自己做，六千元就能做好，可以卖两万五千元，所以打算跟一个亲戚大叔一道做。之前卖掉的因为没有保修证书，买家已经在用了，但没有付款。卖了不少，但成了我借给他们的钱（在详细聊这些的过程中，大叔像是不爱聊这个，变得没精打采）。

　　〇在五合目，由 K 建筑公司承包的 Y 庄的工程，在

1　米哈伊尔·肖洛霍夫（1905—1984），苏联作家，1965 年诺贝尔文学奖得主。代表作为《静静的顿河》。肖洛霍夫曾于 1966 年 5 月访问日本。

冬天也不停工。一直以来，五合目在冬天是不动工的，大公司可真了不起。他们在用一种叫喷气加热器的东西。有八十个人在那上面的宿舍，所以我有项工作，每天把他们的米、烟、酒送到五合目。

大叔在聊天的时候一会儿带着斗争的劲儿，一会儿开心，一会儿没精打采，他谈话的间隙，丈夫感慨地插嘴说起大叔的俳句——去年冬天来玩的时候，大叔说"我作的俳句拿了奖（？）"，念给我们听，"下雪了，山家静点灯。"——丈夫说"真好"，大叔突然害羞极了，把身子转到一边说："在老师面前，我都不能呼吸了！连呼吸都会被写下来！"然后他恢复了一本正经的口吻，坐直了说："我会帮你们，但是别写我。"

他好像渐渐有了醉意。丈夫让他把整瓶酒带走，他慌忙起身回去。小林一直笑眯眯地不声不响，其实想早点回去吧。大叔把红色纹样的破布和劳动手套忘在柴火上，他用那些是为了方便拎煤油罐的把手。

补充。大叔的讲述：

〇阿宣冬天休了三个月。既然交了失业保险，不拿就亏了，所以玩了三个月，每个月拿二万五千元。不用给他月薪。

○阿宣从中学的时候起就被称作湖畔第一的美男子。他喝很多酒，但是酒品好，也有礼貌。他是奶奶带大的，在兄弟姐妹当中最受宠爱。因为太可爱，老人不知该怎么宠他，从中学就让他喝酒。他可是早上起来就喝一杯烧酒然后去上中学呢。就这些。

去年年底，大叔来玩的时候念了俳句："下雪了，山家静点灯。"解释俳句的时候，他说"下雪了"，吸一口气，一动不动地歪着脑袋，仿佛在侧耳倾听下雪的动静，然后把大大的巴掌张开来，做出把整个下雪的村子拥进怀里的柔和动作，说："'山家静点灯。'——是山脚下的人家呢。也有我们家的意思。虽然说是我们家，但其实是咏俳句的我在外面看着灯火。有些寂寞啊。"

月夜。我出门关总阀。不戴手套握住金属把手，手吸在上面。非常冷。

我给狗屋盖上塑料布，变暖了，于是狗立即进去了。

十二月二十八日（星期三）晴朗无云

天空湛蓝。阿尔卑斯看起来很近。据说特别晴的时候，第二天反而会下雪。

打扫了工作间和二楼的卧室。花子有点感冒，在睡。

早　米饭，咸牛肉，萝卜味噌汤，鸡蛋，佃煮，海苔。

午　面包，黄油，奶油浓汤，佃煮。

家里有改源感冒药，让花子吃了。去扔垃圾。桶里的垃圾冻得硬邦邦的，反而好扔。我把空罐装了两个纸箱，去管理处后面扔。管理处一个人都没有。花子在傍晚起床。

晚　米饭，咸牛肉（花子），米饭，炸鱼糕，萝卜泥（泰淳）。往早上的味噌汤里放了馎饦吃（百合子、泰淳）。

底下的简易房亮着灯。寒假。

今天也有一个黄色的大月亮从大门那边升起来。月亮升高一些之后，月光从浴室窗户笔直地照进来。

晚上，我正在看电视，突然出现了一只黑色的大飞蛾，从高高的天花板偏上的位置骤然落下，落到一半，终于飘飘悠悠地飞起来，然后紧贴在天窗玻璃上不动了。

花子做数学作业。

电视上说，山梨地区发出异常低温警报。

厨房的寒冷不一般。洒出来一点水，马上结成冰。用抹布擦，擦着擦着，抹布冻住了，动不了了。萝卜和白菜都冻住了，变得透明。

◎电锅的线插进去的位置沾了从锅盖落下的水汽，马上就结成冰，要是不小心就那么插上插头，会漏电，危险。要仔细观察插口，如果有水分结了冰，要把冰刨掉，擦拭，然后再插插头。——这是今天丈夫注意到然后叮嘱我的事。我原封不动地对花子讲了，让全家留心。

十二月二十九日（星期四）晴朗无云

不知是不是空气不流通的缘故，花子和我都睡得特别沉，早上睡过了。我不舒服，半夜醒来，到天亮都没睡着。也许是因为吃了给脊椎骨止痛的药。

早　烤了年糕，裹上海苔。鸡汤。

我们仨都坐上车，出门去买正月的东西。下山去城区之前，先往富士山上开了一段。从一合目起，背阴的路面冻结。从三合目就是雪路，背阴的半边马路成了冰道，只有半边正常的雪路可以行车。完全没有车，所以交替通行也没有危险，不过我的车没装雪链，所以上到开不动的地方就掉头。丈夫开心地捡熔岩。外面没那么冷。白桦的树干如同染红了一般，只有枝头是白色的。枝头的那边是蓝天。

在酒水店。一根鸣门卷[1]三十元，一根伊达卷一百五十元，一根鱼糕八十元，两根海带鱼糕一百元，一袋藕七十元，两袋鸡肉二百元，两袋猪肉二百元，一盒白芸豆金团

1　鱼糕的一种，切成片后，横截面是白色和粉色的旋涡。常见于日式拉面浇头。

一百元，两块巧克力一百四十元，一袋章鱼一百七十元，一根香肠三十元，红薯点心四十五元，五袋预煮面五十元，一斤[1]面包三十五元，一盒奶酪一百五十元，一盒黄油二百元，一升葡萄酒五百五十元，一袋黑豆一百元，两千克橘子二百七十元，二十四瓶啤酒二千八百八十元，两袋海带卷一百元，一袋酒粕五十元。

老板娘让我拿上岁暮礼品。我说我上次来的时候给过了，她说："不一样，这次送你们实用的。"她给了我们两袋茶叶作为岁暮礼品。店里没有黑豆，她给批发商打电话，让他们送来。

有好几个客人进来说，帮忙配点岁暮礼品。这些人穿着厚鼓鼓的大衣或者夹克衫，已经在出门送岁暮礼的途中，他们大概着急，所以就算前面有客人，也不断地过来插队。每次有人插队，老板娘大概是不想错过客人，本来正在给前面的客人的岁暮礼品包熨斗纸，用墨汁写字，她停下来，挑选啤酒、食用油、可尔必思和砂糖，然后又给新客人的熨斗纸写字，因此有两三份岁暮礼品写了个开头，分不清哪个是哪个，而客人不断增多，我不是买岁暮礼品的客人，

---

1 吐司面包的计量单位，通常是一条吐司，其重量根据各家店有所不同。根据"日本面包公正委员会"的要求，一斤最少 340 克。

就一直被晾着。写在熨斗纸上的客人的名字多是某某土建、某某石材。买的礼品多为一升瓶的日本酒、酱油、可尔必思、整箱的橘子。至于日本酒，大多是客人打电话来，让酒水店送酒上门作为岁暮礼品（老板娘忙，我帮忙接了电话，所以知道）。

在车站停靠，吃了顶一下午饭的荞麦面。

三碗荞麦面二百一十元。《每日新闻》十五元。五罐和平烟一千元。

在船津的药店。伊露加匹林[1]，感冒药，羽毛牌刮胡刀刀片，共七百七十元。

这边的女人在年底烫发的时候烫得鬈鬈的，把鬈发打理得光亮亮硬邦邦的，罩上发网，脸因为寒冷泛着红潮，像刚泡过澡。她们穿束脚裤和毛衣，上面罩着夹棉短外褂，穿得胖鼓鼓的。这般打扮的两个人一道进了药店，买了感冒药、神经痛的药、冷霜、乳液。

午 米饭，咸牛肉（花子、丈夫），炸鱼糕（我），佃煮，鸡蛋。

晚午饭吃完，三点半左右，管理处来了人，说是朝日新闻社来了电话，请马上去管理处的电话那里。我连碗筷

---

1 藤泽药品的止痛药，已停产。

也没收拾，把车开出去。土壤底下冻得硬硬的，车好开极了，简直是飞驰。等朝日来电话期间，我在办公室的炉边烤火。去年下雪的时候开推土机帮忙的两个人和关井，还有一个胖胖的大妈在管理处。我们说起去年雪天的回忆，笑了。说是今年也有人家从三十日过来跨年，比去年的人多，不过现在就我们一家在山上。他们讲我们的好话："来就来吧，来了每天用自来水，每天水管都冻上，然后来管理处。不在家的时候由我们管理，关了总阀，把一直到龙头的水管的水汽都擦掉了，所以没事，在家的时候用水，反而冻上了。在这方面，武田家习惯了过冬，来了也不劳神。"他们说，今年比往年冷，不过一月三日之前不会下雪吧。电视上说，河口湖今天冷到了零下13度，白天也没有回暖。说起来，我在酒水店等着的同时帮忙接电话，那时可真冷，反倒是在山上院子里向阳的地方更暖和。

晚　黄油炒乌冬面（放了培根、洋葱），饭后做了咖啡。

切放进乌冬面的洋葱，芯子冻住了，成了洋葱冰激凌。

丈夫说，早上，放在工作桌上的易拉罐啤酒冻住了，像雪葩一样。因此今天买了瓶装啤酒。工作间的天花板高，从有壁炉的餐厅进去，冷如牢房。

做了味噌汤备着。洗工作手套、袜子。

今晚也是明月夜，满天星斗。月亮有点扁，高高地挂在大门的上方，在院子里不需要手电筒。我想着要不要到大门口看看湖畔的灯火，因为冷，作罢。今晚可真冷啊。穿的衣服只要有一点水分，立即就冻上了。我从总阀那里匆匆望了一眼院子、黑色的大门和大大的扁月亮，回了屋。

花子在做数学作业，不时停下来，写贺年明信片。明信片写给寄宿舍的老师、打杂的叔叔、修理寄宿舍的家具和教室的椅子的木匠叔叔。

明天别忘了做的事。

◎把一升葡萄酒忘在了酒水店。要去拿。

◎厕所的笨炉子的炉芯变短了，有股煤油的臭味，把芯拿去换。

中午朝日来的电话是请丈夫写书评。说是"立即到电话跟前"，我还以为有谁死了。

十二月三十日（星期五）晴朗无云

虽然有点风，但天气还算暖和。这样的日子，阿尔卑斯和富士山都笼着云烟。

九点早餐　米饭，裙带菜葱花味噌汤，鸡蛋，土豆炒鲑鱼，佃煮，海苔。

十一点，和花子下山。昨天把车停在酒水店跟前，丈夫在车里等了很久，感到焦躁，他留下看家，说"我今天学习"。

我把车停在酒水店前，老板娘正好来到门口，说"你忘了葡萄酒"，立即拿来给我。我买了两千克橘子和两瓶牛奶。

在燃料店停靠，把笨炉子寄放在店里。他们说明天上午有辆卡车上山，让那辆车载着炉子送到管理处。

在邮局，花子寄了贺年明信片。

快件小包裹三百一十元。两千克橘子二百八十元，两瓶牛奶四十元。

在外川家停靠。

外川和太太今天都在家，房子大敞着，正在大扫除。厨房里菜叶堆成山。从东京的公司回家探亲的长子在院子里洗车，念高中的女儿正在洗卸下来的玻璃窗。周围全是水。我说："我们想着外川你怎么样了呢。武田问你要不要来玩。"外川的脑袋和脸像是刚从理发店回来的模样，他一个劲儿地劝我进屋，但我觉得人家在大扫除，都是水，实在不好意思进去，所以立即回去了。

去乐园溜冰的孩子们的肩膀上挂着溜冰鞋，两三个人一伙地走着。堆着泥的大卡车粗暴地超过我们的车，甩下湿漉漉的泥巴，溅了孩子们一身。我们去富士吉田。

在吉田的蔬果店。鸭儿芹七十元，一袋芋头四十元，两根黄瓜五十元，半把葱五十元。

正月装饰。豆腐树叶[1]，橙子[2]，里白[3]，裙带菜[4]，一共六十元。草珊瑚[5]一百五十元。

草珊瑚个头高得让我愕然。一根要一百五十元。

在吉田的国际通。

在食品店。一袋醋浸红白萝卜丝三十元。

在肉店。四百克猪肉糜三百二十元（我让他们用绞肉机给我绞了中等肉），三百克上等鸡肉糜二百四十元。

肉店给了我们奖券，到路口的抽奖处，中了两张安慰奖，给了我们骰子太妃糖[6]。三个高中生模样的女孩穿着夹棉短外褂，坐在抽奖处。是三角签[7]。

鞋店在做防寒鞋的大促销，我仔细想了想，上次也买

1　日文名"譲葉"，新芽长出来，旧叶就像让出位置一般落下，象征家庭代代相传。
2　日语读音同"代代"，讨口彩。
3　一种羊齿植物，叶子的背面呈白色。寓意长寿。
4　可能是笔误。用作新年装饰的一般是海带，日语读音为kobu，与"喜悦"（yorokobu）的尾音一样。以上各种装饰往往和水引（红白色纸垂）一起组成整体，挂在门上。
5　日文名"千両"。红色果实的植物也是日本新年营造喜庆气氛的装饰，常用的有千両和万両（中文名富贵籽）。
6　明治制果产品，像骰子一样的小方块太妃糖。
7　（铃木）百合子在她年轻又贫穷的咖啡馆女招待时期热衷于买三角签。见武田泰淳《眩晕的散步》（上海文艺出版社，2024）。

了，所以算了。

鞋店的广告——

女船一千三百元

女赫本一百五十元

男赫本二百元

儿童赫本一百元

女船是指女船鞋，女赫本是赫本式凉鞋的简称"赫本凉鞋"的进一步简称。

毛衣店的广告——

套头，开，大出血，大甩卖。

开是指开襟毛衣。都缩减了字。

在五金店买了卡拉美烧[1]的模子套装。一百一十元。

在玩具店。风筝一百四十元，风筝线十元。

在药店。感冒中成药四百五十元，维克斯[2]二百二十元，小苏打八十元，口红一千元。

在食品店。一袋小丁香鱼干（生的）一百五十元，大米粉一百二十元，柴鱼一百七十六元，片栗粉二十元，一

---

1 酥脆轻盈的甜饼干，也被称作"昭和的马卡龙"。原料是水、糖、小苏打，有时用蛋白代替小苏打。据说语源是葡萄牙语 caramelo（甜食）。

2 大正制药的喉糖。

盒栗子金团，零食，一袋祝筷[1]，共一千零八十元。

我走了好几家店找祝筷，终于在最后一家食材店找到了。

两点回山上。

午　烤吐司，牛奶。

把正月装饰挂在工作间的入口。

给浴缸烧水，早早地泡澡。

晚　米饭，酱汁烤肉，萝卜芋头炖炸鱼糕，醋腌卷心菜，清汤（放了海带、姜、梅干）。

今天一天都很暖和，厨房的水没有冻上。

晚上是阴天，没有月亮。今天暖和，会不会下雪呢？

在暖炉上和花子一起做卡拉美烧。

回家后涂了今天买的口红，仔细一照镜子，不合适。

十二月三十一日（星期六）晴转阴

早　米饭，萝卜芋头炖炸鱼糕，海苔，海胆，味噌炖青花鱼（丈夫一个人）。

午　面包，火腿。只有丈夫不想吃面包，他一个人吃

----

1 过年用的筷子，长八寸（24厘米），用柳木制成，中间粗，两头细。使用时有诸多讲究，如只能用一头吃（人神共食），大年夜要供在神棚或镜饼（过年供奉的年糕）前，过完年要拿到神社和旧的注连绳一起烧掉。

了乌冬汤面。

十点左右，笨炉子送来了。换芯的费用二百元。

一整天用壁炉，灰四处飞，所以打扫就大致扫扫。

上午，烤了加巧克力的蛋糕胚。下午打发淡奶油，涂在蛋糕胚的顶上和周围。顶上的装饰由花子做。花子用剩下的淡奶油在波可的餐盘里挤成花朵的形状，给波可也做了裱花蛋糕。狗开心地一点点地吃了。

丈夫去二楼睡午觉，天色暗下来的时候，他穿着秋裤打开门，说了句"感冒药和热水"，然后立即回屋。我拿了改源和装在保温杯里的热水上去。他说因为午饭吃的火腿太凉了，午饭后立即感觉冷和发烧，慌忙上二楼，默默地睡了。他的热度很高。他说："是不是冷火腿进到胃里，胃感冒了？我还以为感冒都是通过肺。"我说："你在阴天的大早上散步散太多了，还有啤酒喝太多了。"我给他盖了被子，脑袋和肩膀厚厚地包了毛巾。

晚　放了鸡蛋、白菜、葱、卷心菜的高汤泡饭，开了香肠罐头。

丈夫吃了一碗泡饭，就那么一直睡。

我和花子白天就把年菜装进多层食盒，于是悠闲地看

《红白歌合战》和《去岁新年》[1]。

外面的天阴着。电视上十二点左右在京都大德寺做直播。说是京都下雨,冷得厉害。看电视到两点左右。虽然是阴天,厨房也没冻上。

多层食盒年菜清单:

栗子金团,海带卷,伊达卷,红白鱼糕,小丁香鱼干,醋章鱼,醋浸红白萝卜丝,藕,醋浸蒸栗泥小斑鰶。

做了年糕汤的高汤和鸡肉圆备着。

今年没有仔细研究伊达卷,买了便宜的。大意了。明明对我来说,吃伊达卷是活在这世上的乐趣之一。今年买的伊达卷诡异地光溜溜亮晶晶的,看起来不好吃。一百五十元。好的要四百五十元。

---

1 NHK 从 1955 年开始的跨岁直播节目,播出时间与《红白歌合战》衔接。除了直播日本各地(主要是宗教场所)的跨年情景,也回顾过去一年的大事,并展望新年。

昭和四十二年

1967 年

一月元旦 强风暴雨，微暖

早　年糕汤，葡萄酒，多层食盒的年菜，切了手工蛋糕。

午　米饭，盐腌鲑鱼茶泡饭，香肠。

晚　放了味噌的馎饦（丈夫），小锅乌冬面（我、花子），用小丁香鱼干吊了高汤，美味。

八点半起床。强风暴雨，风吹在玻璃门上，发出声响，像秋天结束的狂风。一点也不像是元旦。因为风大，西面天空的云不时裂开，浅橘色的天空露出来，然后又不见了。我们吃年糕汤庆祝新年的时候，一道彩虹画出高高的弧线，架在西面的大室山的山脚。冬天的彩虹淡淡的。一边下雨，一边出彩虹。彩虹消失了，不久之后又出现了，架在同一个地方。

虽然有狂风，但是暖和。

下午，我出去扔垃圾，因为气温高，冻土下面像是融化了，踩上去，脚"啪叽"一下往下陷。四月前后会有这种情形。

我一整天都在看电视。花子在绣围裙。

夜晚，星空。

一月二日（星期一）

晴朗得像秋天。富士山上，厚厚的雪一直盖到三合目。

我们吃了年糕汤，一起去新年参拜。

在加油站停靠，送给他们半个手工裱花蛋糕。

去富士吉田的浅间神社。商店街的店关了，只有食材店基本都开着。神社河边的店摆出甘酒[1]和关东煮的牌子，里面有两个客人。

花子用十元抽了签。小吉。她感到失望。捐功德二十元。

我想请护符，但是神主不在，所以到住处那边打了声招呼，仍旧没人出来。玄关扔着一只东芝电暖炉的大大的空箱子。一个人都没有。神主的白鞋襻儿的草履[2]脱在那里。我下到位置低一截、挂着"宿值所"牌子的地方，从里面传来笑声。我往里看，人们围在地炉的周围，聊几句，

1　颜色白浊，以米麹和米为原料，通常不含酒精，即便含有酒精也不到1度。
2　比木屐轻便的人字拖鞋，通常是皮底，草编的面。

哄然大笑。像在喝供酒。我打了声招呼，出来一个穿西装的脸色惨白的男人（这附近很少有这般脸色的人），他径直来了正殿，拿出装有全套护符的盒子，随意地卖给我。

一张交通安全的护符。一张浅间神社护符三十元。一张绘有木花咲耶姬[1]的护符三十元，一根熊手，共二百六十元。

花子从她自己的钱包拿钱出来买她自己的护符。她选了半天，买了"学业成就"和"安产"。

在大鸟居前，年轻的外国人在给三个人拍照。

绕河口湖一周。兜到本栖湖，来到本栖湖的熔岩湾口，水清透见底，西太公鱼的小鱼苗成群地游着。仔细一看，它们分成一群一群的，每一群必然有鱼家长。小鱼跟着家长游，当家长突然转向，它们也跟上。改变方向的时候，整个鱼群闪闪发光。有的只有一条家长鱼，有的有两条家长鱼。

丈夫蹲着看水看了许久。一对年轻夫妇过来，问："是在钓鱼吗？"

在本栖湖的茶屋。两个奶油馅面包，两个豆沙包，八十元。牛奶，一瓶冰的，一瓶热的，六十元。

1　日本神话中最美的女神，根据《古事记》，是大山津见神之女，嫁给天孙琼琼杵尊。"咲"为日文汉字。

店门口挂着一串狸猫。进店一看，里面有五个人围着炉子，老板娘、她念高中的女儿和邻居们。算账的时候，老板娘把我丈夫手中的易拉罐啤酒的价格也算进去了，我说"这是从家里拿来的"，结果她又把别人放在椅子上的照相机递过来，"你们忘了相机"。

在开拓青年学校往前一点稍微歇会儿。丈夫跨过栅栏，进到牧草地抽烟。远方有五六头牛，没有人。他回来说，走到牧草地的边上，就全是牛粪。在红叶台前驶入"红路"（我们取的名字。卡车等车辆来来去去，将路深处的红色熔岩碾碎，在漫长的时间里，碎片扩散到整条路，变成了红砖色的路），把熔岩放进后备厢。

在小海的食材店。豆芽十五元，黄瓜三十五元，两袋馎饦四十元，橘子一百五十元，六个鸡蛋九十元，面包三十五元。

在加油站加油。汽油一千零八十元。

我们稍作休息的当口，加油站的人从后面的主屋不断把年菜搬过来，让我们吃。

豆腐皮寿司，海苔寿司卷，裹面包糠炸西太公鱼，蔬菜炖肉，牛蒡炒胡萝卜丝，中华馒头[1]。另外，他们还开了

1　皮用面粉、糖和鸡蛋做成，豆沙馅。很像铜锣烧，不同之处在于呈新月形。

易拉罐啤酒，塞到丈夫的手中。

大叔讲了没见面的三四天里发生的事。

○三十一日早上六点左右，有人把车停在昴公路一合目与二合目之间结冰的道路上。有辆下山的车看到停着的车，踩了刹车，但因为结冰，没停住。打了方向盘，可是方向盘也失灵了，摇摇颤颤地滑下去，追尾。前方停着的车上有五个二十岁左右的年轻人。追尾的车上也有五个二十岁左右的年轻人。双方都下了车，第二辆车上的男人们被前面那辆车上的男人们狠狠骂了一顿。这时，还是因为路面冻结，第三辆车的刹车和方向盘也失灵了，追尾。第三辆是新车，车上的人是富裕知识分子模样的年轻夫妇。第二辆车的男人们单方面地挨了第一辆车的骂，所以依样画葫芦地向第三辆车发火。看起来是因为第三辆车的人显得弱，他们没了顾忌，所以火更大。第三辆车追尾后，丈夫不舒服，趴在方向盘上，他们把他拖出来，打了差不多五十拳（虽然打了他，但是没有留下伤，好像就是推搡。说是五十拳，那也是他太太说的，大概是往多里说——这些是加油站大叔的推测）。坐在旁边的年轻太太开始感到害怕。这时，第四辆车下山，慢吞吞地追尾。第五辆也开过来追尾。第三辆车的丈夫是个高雅的人，而且被第二辆

68

车的男人们打了，他彻底蔫了，也没有向第四辆车发火。
第四辆车追尾别人，但是没挨骂，他自己没法发火，也没
了向第五辆车发火的劲。因此，第四辆第五辆车没什么纠
纷。第三辆车的太太来了加油站，说是帮帮忙，因此加
油站的大叔打了110，结果警察不太开心。说是你打210。
他想着还有210啊，打过去，那边说："因为路面冻结，
警察的车也上不来。"看来警察是觉得，没有人受伤，也
不是犯罪，就私了吧（此处也是大叔的推测）。第三辆车
的丈夫过来讲电话，他太太在旁边催促："你把挨打的事
也告诉警察！"按他太太的说法："我们的车买了美国的
保险，像这种情况，保险能涵盖所有追尾的车，可我们挨
了打，很懊丧，所以不会管所有的车。"

　　第一辆是濒临报废的车，不管怎么看都是两万元左右。
第三辆最新。按第二辆车的男人们的说法："第一辆车停
的地方不是休息带。而且也没有故障，就那么停着。我们
追尾的时候，他们全部从车里下来，哈哈大笑。他们的车
那么破，还有他们的态度，简直就像是觉得停在这儿说不
定能有车追尾然后拿钱。"

　　五车连环追尾，每辆车都是不同的县，全都不是山梨
本地的车，所以交涉很麻烦。第三辆车的富裕知识分子模
样的人至今仍住在酒店进行交涉，但还没谈妥。

车头的损伤自付。车尾的损伤让后面的车付。按这个，只有第一辆车和第五辆车是简单的。第二三四辆车都想自己尽量少付，让后面的车尽量多付——或者，既然前面的车让自己多付，那就让后面的车也多付一大笔，他们都这么想，你看我我看你都在较劲，所以一直谈不拢。就这些。

午　米饭，西式蛋饼，炒豆芽。

晚　面包，汤。

今天买的白吐司，打开包装纸一看，里面是三种白吐司。两片一组，高度和颜色都不一样。好像是把卖剩下的放一起用纸包了。这面包真难吃！！

星星清晰可见。强风，降温急剧。

花子抽到的签。

第十三番签。小吉。冬夜月，池中影分明，难到手。

运势　就像水中月，看得到但是捧不到手，心中多有苦处，无法如愿的事，之后不会有进展，凡事须谨慎，相信神灵，守身，等待时机到来。

愿望　无法如愿和实现

待人　来亦是迟

失物　难回，在高处

旅行　多费金钱，慎重

商法　无益有损

学问　困难，须勤学

方向　向北吉

争事　难胜，勿开口

念人　无所念之人

迁居　不动为佳

生产　须保重

疾病　重病择医

姻缘　有口舌，挂心，慎言为佳

这样的签，花子自是沮丧的。

一月三日（星期二）晴朗无云，之后有少许云

七点半起床。

早　蟹肉豌豆焖饭，海苔，蛋花汤，火腿，沙拉。

十一点下山。我们仨一起。今天去山中湖。

富士山的上方有云。

像夏天的星期天一样，轿车排着队往昴公路开，和我们的车迎面驶过。

丈夫说："昨天电视上说，这边（河口湖）有一伙四

个关西口音的年轻男人向人敲诈了两千元，他们应该还潜伏在附近，警察正在找他们。"

去山中湖的途中，只见云一直落到富士山的山脚，丈夫说，趁天气还没变糟，明天上午回东京吧。

我们以顺时针方向绕山中湖。北岸的水边长着芦苇，结了冰。水田也结了冰，狗和孩子和大人在冰上走。

午　烤年糕，裹了海苔。用油炸了馎饦。汤。

做卡拉美烧。

晚　剩下的蟹肉饭，烤酒粕腌鲑鱼，酸甜醋拌黄瓜海蜇，盐揉卷心菜。

美丽的星空。强风。壁炉的烟囱不时作响。

今天上午把原本包织机的茭白席子割开，包在梅树根上挡雪。树干和去年比，变粗了许多。

一月四日 晴朗无云，有风

今天也晴朗。阿尔卑斯一片雪白。

早　米饭，豆芽肉糜炒蛋，炸鱼糕，萝卜味噌汤，海苔。

十点回。丈夫担心天气，但没有下雪，晴朗极了，所以下山有些遗憾。富士山也愈发地白。在管理处停靠，去年下雪的时候，净化槽的烟囱断了，今年让他们在下雪前先把烟囱卸下来。

从大月回。卡车少。轿车排着队。

在肚脐包子店。两盒肚脐包子（一盒一百五十元）三百元。肚脐包子店开始卖"马贼锅"。店家说是绯樱的盆栽贴着五百元的标签，已经出芽了。

驶下富士吉田的城区时，迎面驶过的旅游大巴车顶上堆着五十厘米厚的雪，底盘全是泥。好像是从长野来的滑雪大巴。

长野新潟发出大雪警报。

一月二十二日（星期日）晴朗无云，强风

昨天给管理处打了电话，说是山上没有雪，我们急忙决定出发，因为想晒太阳。在东京待了半个月，丈夫一直在咳。

上午九点出门。已进入大寒，天气却暖和。打算待两三天，所以只带了家里现有的食材。

卷心菜，白菜，土豆，洋葱，葱，一盒烧卖，剩下的肉糜，鸡蛋，青花鱼干，盐腌鲑鱼。

从厚木走。今天卡车少。

在松田休息站吃饭。

两人份蟹肉可乐壳饭四百元，一袋橘子一百元，黄米年糕二百元，羊羹一百元。

今天休息站有一群像是农协旅游团的人，坐满了。

出了小山町的隧道，便看见一直白到山脚的富士山。在须走的斜坡跟前，今天没有让人上雪链的牌子。我们在野鸟园前停车，把狗放出来。冰雪公园满是人。停车场也停满了。孩子们满满地趴在栅栏上，观望滑冰的人。笼坂峠没有雪。从山中湖一侧下山，路两旁的别墅和更远处的别墅的院子里，雪一片白。湖上有一部分的冰化了。

在湖畔的加油站加油。汽油一千六百五十元。加油的时候下到湖边看，有薄冰，踩上去立即吱啦啦地碎了。加油站的男的说："今天早上冰冻得厚厚的，都滑了好一会儿冰，到中午就开始化了，大家都回去了。钓西太公鱼也是平野（北岸）那边在搞。这两三天太阳暖和，所以这边的钓鱼小屋也撤了。"北岸那边的湖面上有几间小屋，聚着一些人。

从吉田往前就没看到雪，我们径直上山。过路费二百元。

过了收费站往前的一段，路的两边散落着雪球，像有人堆雪人堆到一半。看来铲过雪。从御胎内往前，背阴处有雪，路滑。之后都是雪路，但雪的水分多，已经变软了，所以没装雪链就上山。能感觉到进山后风变大了。大门口的石板路上也有雪。因为暖和，打开总阀，不用加热水龙头，也立即出了水。

晚　米饭，烤青花鱼干，蛋花汤，佃煮。

我感到白昼变长了，虽然只是一点点。夕阳长时间地照在工作间。

傍晚，大室山南侧有紫红色的夕照。之后，唯独富士山的顶上留着一片玫瑰色，没有黑下来。变为星空。

山梨地区发出异常干燥警报。

电视上。

今天早上来精进湖的东京的高中生在滑冰的时候，由于暖和，冰面断裂，七人落水，四人得救，三人死亡。好像是因为警察觉得今天冰大概会裂，出动巡逻，才有四人得救。电视上放映的场面，连民警也戴着白色铁头盔，穿着制服，踩着溜冰鞋，边滑边巡逻。

一月二十三日（星期一）晴，一整天无风

早　米饭，烧卖，土豆沙拉，醋腌卷心菜，裙带菜味噌汤。

无风，阳光灿烂，小阳春般的天气。之前回东京的时候把一张瓷砖面的桌子放在外面没收，瓷砖碎成了粉，像是在寒冷的日子冻坏的。打扫厕所、浴室。把浴室防滑木垫放在太阳下晒。

丈夫说，昨晚把进口暖炉整晚开着睡，暖和。打算今

晚也把大烧水壶放在上面，开一整夜。

午　面包，汤（洋葱、番茄），油浸沙丁鱼。做了果冻吃。没注意到黄油快没了。下次下山的时候买。

给狗梳毛。

给丈夫理发。

傍晚，给车做清洁。边打扫边眺望河口湖。河口湖显得昏暗、浓郁又深沉。湖上结冰了吧？

山上没有任何人。除了我们，没有人声，也没有车声。工地的工人在冬天也不上山吧。我和丈夫说话的声音传进我的耳中，像话剧。

周围变得一片漆黑之后，唯独大室山南边有一处持续着红红的夕照。富士山的山顶也同样。

电视上说，明天晴。说是后天也晴。

电视上（山梨台）在播选举。石和、甲府一带每天都发现选举舞弊，所以每天都在放"发现了选举舞弊，这种事让人困扰"。

从富士急乐园到河口湖的路上，电线杆和围墙上贴满了海报，橙色纸上写着大大的黑字：贿选判五年徒刑。我心生感慨，不管是交通安全还是选举，这一带的海报的句子和标语都是清晰又毫无废话的名句。看起来，尽管城里贴满了写着名句的海报，选举舞弊还是像空气一样每天出现。

今天的电视。

警方认为甲府的和服裁缝凶杀案（女）和另外两处的女子被害是同一个犯人所为。据说那个犯人是个卷毛、皮肤黝黑的男人。到了晚间新闻，开始说是个混血少年。

一月二十四日（星期二）晴朗无云，暖

早　米饭，萝卜味噌汤，烧卖，西式蛋饼（丈夫），海苔，佃煮，醋浸黄瓜。

丈夫带着狗去散了很久的步。狗像是走烦了，先回来了。

十一点左右，去富士山。从一合目有雪。富士山晴朗。没有云，雪闪闪发光，耀眼。熔岩被雪覆盖，所以没法捡，丈夫显得百无聊赖。我们开到三合目，折返。没有风，暖和。从小海右转，去西湖。出了隧道，那边在修一条笔直地通向湖的下坡路。

在西湖庄吃饭。店里的人说店内冷，让我们坐到南边的榻榻米包间。八叠的包间阳光很好，能看见湖。有暖桌。一个四岁左右的男孩牵着一只白狗进来，和我们一起在暖桌坐了会儿，像是店家的孩子。这孩子和我们熟起来，开始闹腾，可真吵。

两人份西太公鱼天妇罗盖饭（四条西太公鱼，一片菊

叶），清汤（鱼糕和海带须[1]），一瓶清酒，共七百元。

正在施工，像是在搭通往对岸的桥。之前山崩的痕迹残留着，午休结束后，清理工程也开始了。和泥沙一起的还有毁掉的房子。工程以没精打采的步调缓慢地进行着。

我们把车停在露营地，下到湖边。有一点风。岸上有个干透的满是虫咬痕迹的木臼。一个人都没有。响起沙拉沙拉的声音，一看，是个大大的空水泥袋，在马路中央被风卷着不断远去。只偶尔有混凝土搅拌车和工地的人乘坐的轿车从根场村方向来，或是从这边驶去。

去"红路"。树林里晒不到太阳的地方是雪路。丈夫捡了红熔岩。不过，当丈夫说"有个好的"，奔过去用手一摸，熔岩冻住了，拿不起来。小块的熔岩还是都冻住了。有些树已经出了不到一厘米的芽。是什么树呢？

在 K 酒水店。黄油，两块炸鱼糕（很大，两块都多了），纳豆，一瓶味淋，巧克力，五百克橘子，黑豆，花芸豆，莱朋洗洁精，共八百六十元。

今天好像有选举各方的演讲，酒水店门口的道路两边停满了车。戴着袖章的男女来到马路上，又走进空地。好像是在那后面的小学演讲。

1　晒干的海带叠起来压成块，然后用机器刨成薄片。

过路费四百元。

三点。黄油炒乌冬面（放了培根、洋葱），丈夫一个人吃。

晚　手工饼干，番茄洋葱汤，油醋浸木耳。

月亮从东面升起来。月亮渐渐爬高之后，西山仍映着夕照。富士山整个儿染成玫瑰色，而我们的院子和底下的高原变成一片漆黑。我上到大门的石墙上，望着夕照。风变大了。河口湖畔的城区的灯光像信号灯，像在使眼色，像在呼吸。因为是月夜，只能看出还残留着雪。去年的正月也看过和这一模一样的景色。当时，我同样是在这里眺望。明天十点回东京。

三月二十九日　晴，多云

早上九点半出东京。

因为在中国旅行[1]之前，很难挤出日程。出门时预定住两晚。花子长了像毛囊炎的东西，从昨天起去看病，我们等她从医院回来，立即出发。只装了家里现成的食材。还有之前在横滨元町外围的小店买的糕点模，也带上了。从

1　1967 年 4 月 13 日至 5 月 7 日间，应中国作家协会的邀请，武田泰淳、杉森久英、尾崎秀树和永井路子在中国各地旅行，途经香港、深圳、北京、西安、上海、杭州、绍兴、长沙、韶山。

厚木走。是个卡车多的日子。正好十二点到松田。吃饭。两人份蟹肉可乐壳（我、丈夫），沙拉（花子），共六百元。

花子因为吃了抗生素，没有食欲，脸色苍白。

装在袋子里的八朔[1]（四个）一百五十元。

在松田、山北一带，橘树林中开着油菜花。远处还开着像是樱花的花，还有像是红梅又像是桃花的花。富士山云雾迷蒙，看不清。

昂公路入口的农园像是请招牌店重新写了招牌。以前是外行的张牙舞爪的红字，现在用一种四平八稳、恰到好处、不让人吃惊的字体，还加了百事可乐的广告。他们还没开始做生意。

过路费二百元。

哪里都没有雪。

滚筒车缓缓地在高尔夫球场的草坪上移动。林间道路因为融雪变得泥泞。

三点抵达。啊，大门松动了。两块大石头从门的内外夹着门，让它不至于敞着。原来是大门底下的石头因为冻住而往上顶，使得门没法关紧。

打开厨房门锁进屋，有股霉味儿。

1　一种厚皮微苦的柑橘属杂柑，与胡柚相似。

我把门敞着，让西面的阳光照进来，又把橱门全部打开。是剩下的蔬菜（土豆）腐败的臭味。今天风大，所以屋里湿漉漉的臭气一下子散掉了。两个月没来了。

晚　米饭，咸牛肉罐头，小松菜炒油豆腐，萝卜味噌汤。

味噌用完了，下次要从东京带来。

晚上，放了品川暖包，太热了。我的脊椎骨痛。脊椎骨痛的时候很难睡着，睡着了就会做梦。翻来覆去做了四次开车把人撞死的梦。

有两次地震。

到家后正在打扫，关井和管理处的一个人来了，后者拿着我们家的梯子。春假的时候，底下村子的孩子来山上玩，爬上扔在露台的梯子，在二楼窗户附近捣乱，所以他们把梯子收了起来。说让我们以后回东京的时候把梯子收在家里。孩子们按照以前的习惯来山上玩，摘野草回去，但只要有房子，他们就会爬上大门，试着开门，在露台上打闹，只要看到梯子，就爬上去从二楼窗户张望。春假结束了，我们觉得应该不会再有这种事了。他们进到另一户人家吃了罐头，弄得满地都是，然后去了又一家，那家也遭了损失，东西被吃得乱糟糟的。都是高中生。他们说了这些话，走了。

三月三十日 阴转雪，然后转雨

早上起来，脊椎骨不疼了。也许因为我昨晚注意了睡姿。

早　米饭，油浸金枪鱼，秋刀鱼大和煮，萝卜泥，芜菁味噌汤（放了鸡蛋），醋拌卷心菜裙带菜。

管理处来了人，帮忙修理水箱（冲水厕所）的漏水处。

十一点，上到富士五合目。丈夫，花，我。从大泽崩往上有雪。奥庭一带，除雪只除了车身的宽度，余下的地方雪白。我下车和花子一起爬到上面。雪有点冻住了，所以容易爬。有滑雪的痕迹。小小的像是松果的东西变成了干花。倒矛杜鹃也变成了干花。露出熔岩的地方是黑色的，其他则是雪白，像牛的毛皮，像爱斯基摩人的外套。我正在摘干花，下雪了。折返。雪像雪烟一样撞到车窗上，没有变成水滴，而是又白又硬地粘在车窗上，像纸团一样。雪大概立即冻住了，雨刮动不了。当我们下到三合目，雪里夹着雨，到二合目时雨停了。二合目往下的天气和我们出门时一样。

丈夫一直从车窗望着雪。

过路费二百元。绕河口湖一周，樱花还没开，枝头泛红。去本栖湖，开到朝雾高原。雨变大了。骑行的人们拿出塑料雨衣穿上。

过路费二百六十元（往返）。

我们进到十二月开张的"鹑亭"吃饭。

鹌鹑蛋荞麦面三人份，二百四十元。他家还有关东煮。有个山菜套餐一千元。

鹌鹑蛋荞麦面里有一个鹌鹑蛋、葱、油豆腐。店门口停着三辆车，结果进店一看，客人只有我们，其他的是来卸货的人。这家餐厅的窗户看来能从正面一览无余地望见富士山和山脚下的朝雾高原，但富士山被云遮住了，什么也看不见，雨不断从辽阔又高远的天空落到草原一带。风一吹，雨和枯草便摇曳起来。

我们仨就像看无声电影一样望着窗外草原上的雨，怔怔地吃着鹌鹑蛋荞麦面。

鹑亭的后院有一处张着网的鸟屋，里面有只大鸟。好像也在经营旅馆，从餐厅后面的台阶下去，底下有好几间一模一样的房间。

吃完了，丈夫起身去厕所，我正在买单，像是这里的店主的男人从刚才起一直在四处走动，他过来低声问："是武田先生吗？"男人瞥一眼角落，告诉我们，"是林武[1]先生。"林武在餐厅的角落铺了一张席子，上面散落着颜料，

---

1 林武（1896—1975），画家，本名武臣。武田泰淳 1953 年出版的《在流人岛》由林武装帧并绘制封面。

他画了富士山，正在午休。我以为那人是店主，原来他不是店主，好像是林的经纪人或画商，一起在本栖湖和这里两头住，并照顾林。林以前见过丈夫两回，他记得丈夫的模样，我们一进店他就注意到了，我们吃面，看窗外，走去看鸟屋，他等我们做完这一切要回去的时候，才让身边的人打招呼。林像是无比怀念地握住丈夫的手，笑得一脸皱纹。

他带我们到竖着的画架那里，让我们看他画到一半的画。画的是他一向的红富士。林的脸上沾了红颜料，显得非常疲倦。他像是画得不带劲却还是要画。"有人让我在这边买了地。"他苦笑着小声说。他的眼睛通红，脸色阴郁。我们待了一会儿，很快道别。车开出去，雨下得更大了。在白线瀑布前折返。在鸣泽的加油站加油，买了两瓶牛奶。变成雨夹雪。我边开车边说："画家也不容易啊。"丈夫随即说："跟林之前画的有名的富士山的画一模一样啊。虽然一模一样，可是现在画的这幅不如之前的。对此，他不满意吧。他看起来不带劲啊。"丈夫的声音像是硬挤出来的，他似乎一直在琢磨林的事。

在河口湖酒水店。三团手擀乌冬面三十元，四个鸡蛋六十四元。

到家后，丈夫坐在桌前默默地不断抽烟。然后他突然开口说："回东京。"我匆忙收拾了吃剩下的东西，做回去的准备。

他是担心雪这样一直下就回不去了。为了去中国，三十一日要打针，必须在东京。

下午四点半出山。从大月走。

雨越来越大。遇上高峰期，骑自行车的人多。我睁大眼睛开车。

过了大月，一辆自行车摇摇晃晃地以奇异的姿态骑过来。杀掉的鸡拴了脖子，两两一组，自行车座位的前面和两边各挂了八只鸡，后座放着箱子，鸡毛和黄色的脚从箱子探出来。挂着的鸡，鸡冠通红，羽毛被雨打得湿漉漉的。鸡晃来晃去，蹭着人的腿，看起来很难骑，那人摇摇晃晃地骑在暗下来的路上，大雨如注。

在肚脐包子店。一盒肚脐包子一百五十元。

八点半到赤坂。

五月二十八日 晴转多云

从四月十三日到五月七日，丈夫去了中国。之后，因为中国之行的报告演讲和稿子，还有电视和电台的工作，一直在东京待到今天。今年没有看到富士樱，也没有看到落叶松发芽。到昨天总算告一段落，所以今天早上六点出发。

昨晚十一点过后，一个自称听了演讲的男人（他傲慢地报了名字，说是 B 社的田中，但像是撒谎）打来电话，用一种仿佛喝醉了的声音絮絮叨叨地谈论武田的人格。丈夫演讲回来，钻进被窝睡得正熟，我不能把他喊起来。我们说了一圈车轱辘话，那个男的没办法，向我逐一讲述他对武田泰淳的人格的不满。听完他的不满，我拉上窗帘，关了门窗，瞄了下二楼工作间的门也关好了，然后尽可能大声地吼回去。男人说："我只能认为姓武田的完全是个笨蛋和疯子，而他老婆是个比他更疯的疯子。别人特意提醒老公的愚蠢，换了我也会说，谢谢，以后会注意的。我以为你会道歉，可你的愚蠢不输给你老公。竟然骂我，让人无语。所谓的小说家，外面的人觉得了不起，对我来说是最差劲的。没有常识。让人无语的两口子。我懒得再跟你讲。神经病加笨蛋！"说完挂了电话。我一肚子气。今天一早起来开车，想着心情能变好，却不时想起那个男人的声音，气上心头。真是亏了。一生气人就疲倦，亏了。

　　从厚木走。因为是星期天，卡车少，速度能上去。树木已不是新叶，披着绿叶。

　　在松田的餐厅休息。八点。

　　两人份蟹肉可乐壳四百元，两人份烤吐司。

　　这间店平时要到十点才开，或许因为是星期天，只有他家开着。

老板娘和两个男的在服务，老板娘的头发乱糟糟的，脸上带着刚起床的浮肿。两个男的往路上洒水，又给店里的盆栽浇水。音响又放在原来的位置，随着大正琴的伴奏，响起怀旧的旋律。蟹肉可乐壳变小了。店家说米饭还要十分钟才好，于是我们要了烤吐司。老板娘想要送我们咖啡，我要了日本茶。早上太早了，我没有食欲。丈夫感冒，加上从中国回来，也不太有食欲。

丈夫去了厕所，他说有一连串坐旅游大巴的大叔进来，厕所人满为患，进出困难。店家送了大巴司机与乘务员咖啡和烤吐司，他们吃完，载上从厕所出来的大叔们发车。

东京闷热，但到了这边有点冷。两辆去富士国际赛车场的赛车一前一后夹住我的车，一边超车一边远去。一路遇到好几次这样的事。真烦。

走笼坂峠山中湖一侧的下山道，绿叶仍是新叶那种偏黄的塑料一样的透明色泽。我感觉赚了。

河口湖站前去富士五合目的公交车站排着长队。

昂公路两侧的赤松林中，锦带花[1]朦胧的红花正在盛开。

---

1 原文为"うつぎ"（齿叶溲疏），写成日文汉字是"空木"。齿叶溲疏开白花。根据后来的日记，应是锦带花，日文名红空木。

九点半抵达。小雨。

去年七月从北海道买回来五株黑百合，种在杜鹃的根旁，五株都长出来了，四株的花已经开过了，只有一株缀着红褐色厚实花瓣的花朵。

我解开给梅树遮挡霜雪的席子。解得迟了，嫩叶从席子里冒出来。因为肥料的缘故，梅树根部的草长得苗壮，如镰叶黄精，长得粗粗的，缀着胖乎乎的花朵，没有去年那种楚楚动人的感觉。肥胖儿。

羊齿舒展着宛如印度花布纹样的叶子，月见草也比去年多。蓬蘽也舒展着枝叶。芒草也长出了今年的新叶。蕨菜剩下少许。

白花堇菜，浅紫色、雪青色的堇菜，深紫色的堇菜都开了，日本海棠的红花盛放，野菊花也开了。

大山雀今年也在厨房窗户的遮光窗套筑了巢，而且看起来已经离巢。做了热可可喝，然后我俩都睡了。我睡了很长时间的午觉。睡醒了，又更沉地睡去，就像在颤抖或啜泣。

傍晚，因为冷，穿了毛衣和束脚裤。燃起暖炉。

波可因为很久没来了，等我取掉梅树的席子，它钻进梅树旁的草丛，肚子紧贴着草，一动不动地把脑袋朝向这边。看起来很惬意。

树莺在叫。大杜鹃和山斑鸠在叫。大山雀在厨房门外的松树上叫。

丈夫午睡后去散步，回来时告诉我，我们北邻的空地终于要盖房子了，在举行地镇祭[1]。

晚　米饭，蛋花汤，咸牛肉，花生碎拌小松菜，三杯醋拌裙带菜黄瓜，水果罐头。

丈夫从中国旅行回来后一直待在东京，不断有烦人的工作，像是身体疲惫，神经也疲惫，晚上依旧没有食欲。老是咳，显得不舒服。他早早睡了。我十点半睡。

电视新闻。

今天在精进湖，一辆来玩的轿车为了闪避对面来车，方向盘打得太猛，滑落到公路下方三十米的湖滨。一人重伤，要养两个月。

要对管理处说的事。

◎净化槽的烟囱从根部断了。

◎浴室烟囱脱落。

五月二十九日（星期一）晴朗无云，午后阵雨

六点半醒。晴朗无云。

1　盖房子动工前的祈祷仪式，根据选择神道教或佛教，仪式有所不同。

波可一早上就进进出出的。它这是高兴坏了。

早　米饭，味噌汤，蒲烧秋刀鱼，炖羊栖菜，白味噌糖醋拌菜，夏橙果冻。

打扫工作间。晾晒丈夫用来盖的毛毯。

把狗屋放在太阳下晒。用水洗没铺地板的房间的地毯。阳光炽烈。今天仔细一看，原以为正在盛开的日本海棠即将开败。富士樱缀着果实。

午　蒸烤新土豆，洋葱汤，咸牛肉，芦笋。

丈夫好像仍旧不舒服，没精打采。不像平时一样到屋外打理院子，而是待在工作间的被窝里。我到旁边看了看，他有时睡着了，有时只是闭着眼。

下午，把院子里用完的席子烧了。擦西面的玻璃窗，顺便擦了家里的镜子。把厨房窗套里的巢拿出来烧掉。四只没长毛的死掉的雏鸟从巢里掉出来，落在窗套的边缘附近。头又大又黑，鼓着大眼珠子，大张着嘴。嘴是黄色，其他部位裹着薄皮，呈肉色。肚子鼓起来，透明，能看见里面的内脏。像小型的远古怪物，也像青蛙。还没有变得干巴巴，看来死了没几天。到底为什么落到这般下场呢？我把它们放在篝火上烧了。

下午，一只低嗓音的鸟在叫，像狗的叫声。其鸣叫方式像在闹着玩儿，但因为跟狗叫声一模一样，波可每次都叫起来。接近黄昏，各种鸟开始鸣叫，同时传来振翅声，有鸟的影子掠过。山斑鸠往树枝上一停，叫几声，接着移到远处的树枝叫几声，叫声逐渐远去。"沙——""叭沙叭沙叭沙"的可怕声响，是鹰或者雕那样的大鸟飞过的动静。每天，鸟飞过的路径和时间是固定的。

黄昏，远处有雷鸣，过了一会儿，雷声在近处响起，下了冰霰[1]（直径一厘米左右）。五点半左右，天立刻放晴，夕阳照下来，出现了夕照。之后，不同于秋天，天慢慢地黑下去。

远处的雷声响起之后，波可瑟缩着，每当有声响，它就跳上藤椅，或钻进工作间，最后上了二楼。

晚　乌冬汤面，放了海苔、葱、鸡蛋。开了荔枝的糖水罐头。

丈夫说他原本就想吃乌冬汤面，吃得很香，都吃完了。他身上还是有一层鸡皮疙瘩。在拉肚子。问他感觉如何，他就烦躁。他说晒了日光浴好多了，但似乎仍然不舒服。我用热毛巾给他暖脖子，帮他揉背，做这些的时候，他睡着了。

今天一天很安静。我在院子里烧席子的时候，看到修路的车和公交车按时驶过，那时候只有车声，其余便是鸟

1　日记中不区分霰与雹，此处应是冰雹。

声和我还有狗的声音。

电视新闻。

今天四点半过后，峡东地区[1]有冰雹。葡萄和桃受灾严重。果实掉落。糖果那么大的冰雹。仙客来的塑料大棚也被砸出了洞。因为打雷，大月停了一段时间的电。

五月三十日（星期二）晴朗无云，有风

今天也晴朗无云。晒了花子和我的被子。打扫浴室。洗窗帘。

早　米饭，烧卖，玉子烧，萝卜泥，黄瓜卷心菜沙拉，味噌汤。

午　面包，番茄汤，油浸沙丁鱼，醋腌卷心菜。

蚂蚁和苍蝇变多了。

看到波可一直在舔脚，原来它的脚底有碎石渣，去不掉。

晚　米饭，烤酒粕腌鲑鱼，高汤山药泥，夏橙果冻。

丈夫说他饿了，于是在太阳还照着的时候就吃了晚饭。因此，在饭后去散了很久的步。

傍晚，树的气味变浓了。鸟也叫得更欢。有一种鸟的叫声是"咕啾咕啾咕啾"。黑色的大鸟发出"刷——"的

1　山梨县的中北部，由山梨市、笛吹市、甲州市构成。

振翅声，掠过头顶。岩石山的对面那片有点高的区域被外国人买了。竖着"H.休匹斯"的名牌。

晚上有些冷，点起暖炉。

晚上，电视上。

说是今天是山梨地区最热的一天。30度。

怪不得，午后，西面一片白茫茫，像盛夏的景色。

晚上，丈夫和我在睡前的谈话。

丈夫："我的身体好多了，今天砍了树，觉得舒畅。"

丈夫："砍树的时候，虫子的体液沾在衣服上，很臭。像臭龟一样的腥臭味。"

丈夫："虫子的体液，说的是一种像口水虫的虫。黑虫子在口水一样的泡泡里，那个像唾沫的液体滴下来，沾在衣服上。[1]"

我："在露台上，有时候口水虫的口水也会从山苹果的树上落下来，沾在头发上。沾上了，脑袋就一直有股腥臭味。直到洗头。"

我："亲戚当中有个叔叔，年轻的时候结了婚，然后马上就说要离婚。据说人们都问他为什么，让他说理由，他怎么也不肯讲，只一味地说想要离婚。我爸对他说，我不

1　某种沫蝉。幼虫的分泌物呈泡沫状，有刺鼻的气味，用于保护自身。

告诉别人，你把理由告诉我。只要你说了，我就做个中人，帮你离婚。于是他说，'那个女人有青虫的气味'。于是我爸很快居中协调，帮他们离了婚。我小时候，我爸喝醉了，讲了这件事。人在小时候会把一些奇怪的事记得牢牢的。"

五月三十一日 晴朗无云，有风

今天比昨天和前天更加晴朗。东京很热吧。富士山露出了全貌。残留的雪是纯白的，山体是藏青色。昨天傍晚有斗笠云罩在山上，一直停留不动。

早　米饭，炖旗鱼，海苔，玉子烧，腌菜。

芳贺书店的矢牧 [一宏][1] 出版的《扬子江畔》的后记，丈夫自己动笔写了一页，然后我做了三页口述笔记。为了赶上截稿期，用快信寄出。我一个人下山，买东西顺便寄信。十一点。车里像夏天一样热。

在酒水店。

一千克土豆一百元，一千克味噌一百八十元，一块豆腐六十元，一瓶色拉油一百元，四个夏橙二百元，三团乌

1　矢牧一宏（1926—1982），编辑，出版人。1946 年创刊的同人杂志《世代》的成员之一，（铃木）百合子也是该杂志同人。为《世代》"照相眼"执笔的有加藤周一、武田泰淳等。矢牧一宏 1964—1967 年间在芳贺书店工作，武田泰淳于 1967 年由芳贺书店出版《扬子江畔·中国及其人学》。武田百合子的《日日杂记》记述了矢牧一宏晚年住院的情景。

冬面三十元，一包纳豆十五元，一袋天妇罗粉九十元，两块油豆腐十二元，五个番茄一百五十元，茶五十元，四个点心（巧克力馒头）六十元，四瓶牛奶一百元。

在管理处支付。

电费七千六百一十六元，地皮管理费二万八千二百六十元（一年份）。

我在酒水店的时候，山上的水源事务所打来电话，说是要多少打啤酒和下酒菜，让店家运上山。酒水店老板的儿子一边备货，一边说："收费公路的过路费往返就要四百，赚不到钱，所以我走不要钱的路（老路）上山，路太差了，真烦。"的确，老路不花钱挺好，但如果上下山都走老路，轮胎很快就会磨损和爆胎。

河口湖站的每个公交车站都不见人影。城区的街上也不见人和车，唯有阳光照耀。或许是午睡的时间。偶尔有人走过，也不闻人声。通往湖岸的十字路口的派出所前，五六个高中男生跨在自行车上聚成一堆，交警在跟他们说什么。他们仍旧穿着冬季的黑制服，脸通红，像是很热。

我把车停进邮局的院子，寄了给矢牧的快信。快信一百五十元。邮局里也静悄悄的，大家看起来都在犯困。

在S农园买了山药。两根九百克，一百元（按五百克的价格卖给我）。

S农园正在加盖房子，好像要在夏天之前建成餐馆。说是今年也会种许多蔬菜，请来买。大叔说："后面的田全是我们的，一样一点，种了东京的客户想要的蔬菜。我一直当农民，今年是第一年像这样一样种一点点，这种事还是生来头一回，就种一点点，感觉古怪。这里什么都能种，你想要什么就说，我们来种。不过，东京人吃的西洋蔬菜，吃腿的那种，只有那个还没种过。"他说"腿"，我想了想，问："是西芹吗？"他说"对"。这家的大叔用低微的声音一口气讲下来，说话时没什么表情。烟一样的热气从他背后的菜地升起。

　　在收费站买次数券二千元。

　　从御胎内入口到收费站之间，啤酒瓶碎了，撒满了整条路的宽度，闪着茶色的光。以下山的速度整个儿压到这些，会爆胎。我刚才下山的时候，有一辆车爆胎了。买次数券的时候，我顺便说了情况，告诉他们："最好早点扫一下。"

　　十二点半回山上。一览无余的高原静极了，热气像火焰一样升腾。虫子全部出动，叫个不停。有少许风。夏天又来了。我莫名地高兴。

　　午　米饭，萝卜味噌汤，照烧金枪鱼，干萝卜丝炖油豆腐，带菠萝果肉的果冻。

将两把沙滩阳伞都撑开了。

晾晒大衣和丈夫爱穿的狗皮马甲。洗剩下的窗帘。

傍晚，丈夫砍树枝。还砍了梅树的枝条。定下梅树枝只能由我砍，所以我来砍。

给鸟换了洗澡水并加满，做了鸟食，还拌了猪油在里面。剪开装鸡蛋的塑料容器，把鸟食放在里面。做得像幕之内便当[1]。

傍晚，来了十只左右的大山雀，开始洗澡。它们有的把脚爪全部浸在水里，脑袋潜入水中，长时间地给全身洗澡，也有的匆匆忙忙地过来，停在水钵的边上，只把脑袋浸一浸，又匆忙地飞回枝头。大概正在换毛季，每一只的颜色都不一样。有黑白混合驼色的，也有颜色参差的。

晚　汤豆腐，少许米饭，番茄，果冻（只有我吃）。

本地的一块豆腐比东京的两块还大。用棉布过滤和压实了，吃起来有饱腹感，都不用吃米饭了。我做了果冻吃了，不过仔细一想，豆腐也和果冻差不多，丈夫没有吃果冻，是因为觉得没有意义。

电视上。

1　起源是看戏的幕间休息吃的便当，米饭通常捏成圆柱形，与各色小菜一起塞满饭盒。

今天的炎热，甲府盆地最高 31.9 度。

所有的东西都干透了。把干萝卜煮好了放在餐桌上，又变回了干的萝卜丝。把窗帘洗了挂起来，也立即干了。风穿过屋子。

白天如同盛夏，但夜里降温了。穿短袖毛衣和束脚裤正好。

满天星斗。

六月一日（星期四）晴朗无云，强风

早　米饭，土豆味噌汤，纳豆，鸡蛋，海苔，番茄。

因为风大，狗不想出门。

午　发糕，里脊火腿，黄瓜卷心菜菠萝沙拉，洋葱汤。

傍晚，带着狗散步到很远。到处都盛开着镰叶黄精和蓬蘽的花。好闻。傍晚的香气更浓。

晚　小锅乌冬面，配料（油豆腐、葱、辣椒、姜、海苔、紫苏叶）。

今天东京好像非常热。据说从今天起，各地的游泳池都开了。

有星星，星光带晕。明天或许是阴天。丈夫看了一会儿星星，进屋说："明天一早回。"

晚上，收拾完之后一个人醒着的时间里，我慢慢烤了放酵母的吐司——失败。

六月二日 晴朗无云

早上五点半，出山回东京。

六月六日 晴朗无云

早上十点出门。从厚木走。

在松田吃午饭。洋葱牛肉饭二百元（丈夫），番茄酱鸡肉炒饭一百八十元（百合子）。

自卫队在演习。一队十个人的小号手排着纵队，吹着小号，行进在须走的城区。小号和从前一样，挂着红缨子。

山中湖因为炎热，显得模糊。我困得不行，一会儿摘下墨镜，一会儿戴上，让自己清醒。

两点抵达。一开门，只见家里到处爬着一串串的蚂蚁。睡午觉。

晚　米饭，萝卜味噌汤，沙拉，沙丁鱼罐头，腌茄子，夏橙，裙带菜和洋葱撒上柴鱼花。

今天早上，阿拉伯和以色列的战争[1]开始了。

1　第三次中东战争，发生在以色列和埃及、叙利亚、约旦等阿拉伯国家之间，从 1967 年 6 月 5 日开始，持续六天，以色列胜。

六月七日 晴朗无云，从东面来的风吹了一整天

早　米饭，芜菁味噌汤，秋刀鱼罐头，玉子烧，萝卜泥，海苔。

午　发糕（放了红薯），黄瓜卷心菜和油浸金枪鱼沙拉，鸡汤，巴伐露。

晚　米饭，蟹肉可乐壳，醋腌卷心菜，胡萝卜和萝卜沙拉。

以色列和阿拉伯的战争像是快结束了。

阳光明晃晃地照下来的大中午，带着波可走了很久。波可的腿只有一点点长，所以很快就脚步蹒跚。我摘了锦带花。锦带花上聚集着蜜蜂，所以摘花的时候，要先把蜜蜂都赶走。

晚上冷。没有星星。

电视上（山梨台）在就农药中毒加以警告。

打农药的时候不要吸烟。

不要赤着脚和不戴手套作业，等等。

总是看到但是忘记写的事。

在东京—山梨往返的国道上。中型卡车上围着钢筋围栏，像笼子一样，里面叠放着猪，装得满满当当。还有的卡车在围栏上加了粗铁丝网。猪是淡粉色的，一点也不脏。有的猪的鼻子被紧紧地压在铁丝网上，有的猪被垫在底下，

动弹不得。被装在顶上的也不轻松，因为脚踩不实，所以动不了。每当车刹车停下，猪的身体都会发生少许位移，但还是动不了。没有一只猪在叫。它们肯定是去被杀掉。卡车慢吞吞地开，慢吞吞地停。往来的车多的时候，我没法超车，有时跟在卡车后面慢吞吞地开一段路。被堆成小山的猪一动也不能动，它们淡粉色的躯体和四肢嵌在铁丝网里，湿漉漉地闪着油光，我和副驾驶上的丈夫就算不愿意，也只能一直望着朝向这边的猪鼻子和闪亮的小眼睛，不断往前开。除了运猪的卡车，还会遇见运鸡的卡车。还看到过一只鸡从围栏掉出来，只有爪子挂住了，出不来，倒挂着挣扎，啪啪作响。那只鸡张着喙，没有出声。

七月二日（星期日）雨

前天傍晚，我的脊椎骨像扭伤了一样疼。揉了揉那个地方，结果疼得更厉害，第二天去名仓堂看。医生说是扭到了错位，给我做牵引，贴了膏药。晚上躺下，更疼了，一口气只能吸进三分之一。我试着平躺，朝左边侧躺，朝右边侧躺，都疼得没法睡。因为太疼了，我完全不在意自己无法入睡，天快亮时才迷迷糊糊睡了一个小时。起来后，疼痛仍未消失。晚上，去 N 师傅那里治疗。治疗结束后，疼痛暂时还没有改变，所以我望着师傅的脸，她说

"不要紧，治好了"，于是回程我走到公交车站，坐公交车回。晚上睡觉的时候，疼痛变轻了。高兴。好好睡了一觉。第二天早上正常地起床。尽管残留着疼痛，不过我感觉那是正在好转的痛，所以下午来山里。N师傅说："出了汗，或者泡了澡，然后吹着电风扇睡，就会这样。像相扑选手一样健壮的人也疼得大喊大叫，来我这里。婴儿或者小孩整晚吹电风扇，会死掉呢。"我的确开着电风扇，歪着身子，在长椅上打了盹儿。那是四天前的晚上。

上午，我观察了一下身体的情况，对丈夫说"我好了！！"，他一脸开怀地说："我们去山里，然后你每天睡午觉怎么样？那边也不会有电话响。而且晚上也可以早睡，挺好的。百合子经常看电视看到很晚。没错。特意看无聊的电视，说'混蛋，你给我回去'，完全没意义！电视又不会知道你在说什么。纯属浪费。你这次的怪病和你电视看多了也有关。百合子身体好，本来不会生病。"他表达了像是一直怀有的不满。因为能去山里，他很高兴。我出去买食材，装在车上。

食材。乌冬面，剩下的蒲烧鳗鱼，酱汁，萝卜，卷心菜，葱，四季豆，夏橙，王子蜜瓜，炸鱼糕，剑鱼，赤豆糯米饭，里脊火腿，羊羹。

东洋文库约二十册。

二十八日换了新车，第一次出远门。三点出赤坂。

还没到我们平时休息的松田的餐厅，有一处新建的休息站，叫"大箱根"，停进去吃午饭。雨变大了。两辆旅游大巴正要发车，买特产上厕所的大妈们慌忙上车。大妈们都穿着灰色、茶色、苔绿色的西装外套。"大箱根"比松田的餐厅大得多，像一处大浴场。一伙小混混模样的人在吃拉面。好几桌这样的人都吃拉面，然后去上厕所，进进出出。这里的女厕所有深粉色的门，很宽敞。男厕所似乎也很宽敞。丈夫说男厕所一直在冲水，感觉不错。

我　番茄酱鸡肉炒饭一百五十元。

丈夫　炸猪排盖饭二百元。味道一般。

新车的挡位一推就到位，不干涩。笼坂峠有雾。新车用滑行般的速度爬到顶上。山中湖没有人，只有雨。吉田的城区，粉色蔷薇在家家户户的围篱开得像要漫出来。

七点抵达，山上的雨更大。

院子里夏草繁茂，散落着野蔷薇。蓟花像是刚开始开，缀着大量的花苞。因为下雨，闻不到蔷薇香。月见草长高了。玉簪长出了花蕾。

晚　赤豆糯米饭，烤沙丁鱼干，腌菜，清汤。

雨到夜里也没停。

电视上。说是今年的河口湖是干黄梅，要是这样下去，到了盛夏就会有用水不足的问题，所以这场雨是慈雨。

吉田城区红绿灯转角的蔬果店兼面包店兼文具店，有许多的西瓜。

七月三日（星期一）雨，有时转阴，强风

早　米饭，蒲烧鳗鱼，芝麻酱汁拌聚合草，味噌腌菜，蛋花汤。

雨一停，丈夫便去割院子里的草，回来时裤腿和长筒胶靴湿漉漉的，然后小睡。他这样反复好几次。

电视上说，离九州很远的地方起了台风。还有，东京是32度的高温。

因为风大，西面的天空不时变成蓝天，但很快就有黑云过来，落下稀疏的雨点。

打扫暖炉，收进仓库。

午　面包，奶酪，鸡汤，油浸沙丁鱼，黄油炒四季豆，夏橙。

三点左右，在上面溪边的工地干活的男人过来说，因为水管工程，要停水一个小时左右。

晚　米饭，萝卜味噌汤，萝卜泥，咸牛肉，王子蜜瓜。

丈夫就王子蜜瓜发问："这是什么？真好吃。"我说"是王子蜜瓜"，他笑了起来，说："又是百合子瞎编的吧？"

我说真的是这个名字，他笑得更厉害了。

晚上冷。雨大，风大。遮光窗作响。仿佛是初秋。

下雨，因为风势猛烈，响动大，其实雨量没多少。

住在这里，因为天空和空间都辽阔，如果雨下一整天，感觉就像浸泡在雨水里。仿佛往水中沉下去。此时的雨似乎叫作"卯花腐雨"[1]，不过此地的雨也不是那种。该叫什么呢？叫"全是雨"怎么样？

楼梯被粉蠹啃了，所以喷了杀虫剂。喷的时候离脸太近，有些恶心。

名古屋相扑大赛第二天，柏户[2]败。

七月四日（星期二）早上晴，不时转阴

早，风大，蓝天。绿叶仿佛是用塑料做的。一簇簇树叶被风吹得横向摇摆，闪着光。

丈夫一早去散步，匆匆回来报告："大冈家停着车。他们说不定来了。"

早　米饭，红烧剑鱼，裙带菜味噌汤。

1　齿叶溲疏在五月开花，因此在日语中的别名是卯花。卯花腐雨即五月雨，意为齿叶溲疏开花时下个不停的雨。
2　柏户刚（1938—1996），第47代横纲。他和大鹏幸喜（第48代横纲）的比赛是当时的热门赛事。

午　小锅乌冬面，炸鱼糕，夏橙果冻。

丈夫砍掉低处的树枝。还割了草。

有风吹过，所以把门窗大开。

蓟花开得正盛。蜜蜂趴在蓟花上。下过雨的第二天，草和花的颜色都浓郁。

邻居在挖泥建造地基。不时响起男女泥工的声音。

我睡了一觉到黄昏。睡醒的时候，出现了夕照。夕照的时间短，起了黑云，风又变大了。丈夫六点半睡。

晚上，出现了三颗星。

电视上说，以明后天为中心，沿山一带天气多变。

我一个人看电视。有阿拉伯联合的实况。虽然输了，但那里的人以一种慢吞吞慢吞吞的调子说，我们要取得最后的胜利。他们走路的模样也是慢吞吞的。想去看看。

院子里开着的花。

水蜡树的白花，富士樱的黑色珠子，野蔷薇（阴处的现在盛开），蓟花，红色的像绣线菊的花，耧斗菜的花。

七月五日 阴，强风

昨晚的梦。梦见"后天会"[1]的人全都成了光溜溜的秃

1　第一次战后派作家们的团体，经常聚会。成员有：梅崎春生、武田泰淳、野间宏、中村真一郎、椎名麟三、堀田善卫、埴谷雄高。

头，一根头发都没有，我把他们一个个勒死了叠放在一起。

早　米饭，鲑鱼罐头，放了萝卜泥、姜末和鸡蛋的味噌汤。

午　手工饼干（今天放了许多黄油和鸡蛋，烤成软软的。难吃。跟我做的时候想象的不一样）。汤（番茄和洋葱），培根。

波可非常喜欢这个饼干。食欲旺盛。它吃了剑鱼汤汁拌饭，吃了沙丁鱼干，吃了鱼肉肠，吃了羊羹，吃了饼干。

我开始练吉他，波可把两只前腿并拢搁在我的脚面上，把它的下巴搁在腿上，彻底舒展着后腿，闭了眼，像一块鞣制的皮革摊在那里。接着，它像叹气一样深深地吐出气息，沉沉地睡着了。仿佛在想，这个大妈只要发出奇怪的声响，就会有一段时间不动。那期间她既不会骂我，也不会命令我，真踏实。

两个男的从邻居的工地来到我们的院子，对丈夫说了声"你好"，若无其事地在院子里兜了一圈。丈夫和我都沉默地看着。

晚　荞麦糊[1]，炸鱼糕（丈夫），沙丁鱼干（我），橘子果冻。

1　荞麦粉加水成糊状，然后加热，使其淀粉化的同时揉成团。

七点，丈夫入睡。

打算明天一早回。

开车去管理处。西邻和北邻都在施工，所以请管理处在我们不在期间进行管理和监督，让他们注意火源、篝火，此外还有，不要把垃圾、危险物品、钉子等扔到我们的院子和路上。之前，我们还没换新车，回东京的路上，爆了两次胎。

有一小片夕照。今天整个高原又湿又冷。也许是因为风的缘故，能听到鸣泽村的有线广播，声音清晰。去管理处的坡道的途中，一只艺伎鼠[1]飞快地横穿马路。

七月九日（星期日）雨，强风

昨天完成了与《文艺》的对谈，去山里。

新换的车有股过于刺鼻的气味，让人眼泪都流出来了，所以昨天把车送去日产。说是座椅套的树脂加工的臭味。他们说座椅套如果不做这种加工，容易变得皱巴巴和走形。说是用热水洗一次臭味就会散掉，所以我让日产送洗。去掉了座椅套开车，还是臭，我又把车开去日产，这次他们说："臭味渗进车厢了吧。我们把车洗一洗。"六点以前，

1　姬鼠。

销售木村送车过来，说："那个臭味是两方面的，座椅套的臭味，以及车厢的皮革加工部分的臭味，开一段时间臭味就散了。"我说之前的车没有这种情况。他说："这次的是皮座椅，而且车厢用的材质跟之前不一样。这次的新车就是有这种臭味，您在臭味散掉之前就那么乘坐。""那么大家都要含着眼泪、吭吭地咳嗽着坐车？要忍着一直忍到臭味散掉，好过分的车啊。""一开始是这样的。这辆车比起其他的车，臭味可能稍微强一些，因此我们经常给您免费清洁，尽量让臭味早点消除。"我说那就这样吧，我就这么开。既然车回来了，去纪之国屋买东西。

带来的东西。

想送给大冈——熏制鲑鱼，鱼子酱，一把生芦笋。

此外有，鸡蛋，黄瓜，白吐司，番茄，四季豆，奈良渍[1]，萝卜，卷心菜，炸鱼糕，培根，里脊火腿，海苔，土豆，洋葱，一次性筷子，牙刷，十卷厕纸。糠味噌的桶。

十一点出门。雨一会儿变大，一会儿倏然停止，有点暴风雨的感觉。据说世田谷、二子玉川一带的休息站停了许多车（丈夫看到了讲的。我笔直地盯着前面看，没注意。今天是星期天。有些人开到二子玉川，因为暴风雨，所以

1　将黄瓜、生姜等先用盐腌，再放入酒粕腌制，其间多次更换新的酒粕。

不玩了）。

新车虽然臭，但车况好。爬坡轻巧，刹车灵便，就像一个轻量级拳击的外国选手。

在大箱根休息。

咖喱饭（泰淳）一百五十元，奶油汤（百合子）一百五十元。我拿出自带的一个饭团和黄油烤鸡胸肉吃。

羊羹和石果子[1]二百二十元。丈夫吃了三分之一的咖喱饭，剩下了。昨天酒喝多了。我要去洗手间，穿过宽阔的餐厅，在厕所附近的座位上坐着穿黑袈裟的老和尚和老爷爷，他俩与一位阿婆一道，要了荞麦面，安静地吃着。其他的基本都是年轻男女。我们旁边桌子的年轻夫妇一人抱着一个孩子，叫了味噌汤套餐吃着。两个孩子像是只差一岁，其中一个简直像是刚生下的婴儿。丈夫穿着橙色衬衫和橡胶二趾鞋，妻子的头发梳得蓬蓬的，定了型，如同假发，画了舞台剧那样的妆，粘了假睫毛，其实她的面孔长得可爱，看起来不到二十岁。味噌汤飞溅到妻子的脸上，丈夫拿出手巾帮她擦拭。吃完后，他们坐上一辆淡绿色马自达库普[2]走了。孩子有一双大眼睛，五官端正。看起来

1　可能是一种坚硬的点心。

2　马自达于 1960 年在日本推出 30 万元的双人座轿车 R360 Coupe，立即占领了日本轿车市场的主要份额。这款车型在 1967 年已显得过时。

是勤恳的一家人。

我买了羊羹和石果子，女店员在包装的时候用手指轻抚，手法细致得恐怖。特产部看来闲得不行。

高尔夫球场旁边的路，有两处积水。

一处看着很深。因为有过去年的失败，丈夫说"我来搞定"，下车去排水，他用手摸索着找排水孔，没找到。有辆吉普车正要开过去，我按喇叭把那车喊回来，请对方帮忙试试水深。贴着右边的话，轿车好像也能过去。开吉普车的人说他帮我开。开吉普车的人像是刚淋雨干完活，橡胶工作裤湿漉漉的。我说就这么上车好了，那人很客气地脱了橡胶裤，结果底下的布裤子也湿漉漉的，他一脸窘迫。他重新穿上橡胶裤，坐在我们的车上，帮我开过去。吉普车牵引着像小推车的车斗，上面堆积着水泥袋模样的东西。

三点半抵达。

晚　米饭，土豆味噌汤（放了鸡蛋），盐水芦笋，番茄，炸鱼糕，萝卜泥，酒粕腌山葵，黄油炒四季豆。

丈夫说米饭硬，吃了一碗就不吃了。对我来说软硬正合适，他的牙齿稀疏，饭煮硬了他有点可怜。

晚饭前，我带上熏鱼和鱼子酱去大冈家，结果没有车，遮光门窗也关着。我悄悄看了看院子，只见做成花坛的地方种着凤仙花和大丽花。还种了我们家有的耧斗菜，一排四株。是太太种的吧。厨房门外，淡蓝色橡胶水管被整齐地理成圈挂着。扫帚也好端端地挂在钉子上。

晚上的电视上。

七号台风过了九州、广岛，预定今天半夜经过中部和关东南部。今晚山梨大雨警报。

半夜，风怒吼着摇撼房子，大雨如注。我感觉有过一次地震。暴风雨中会有地震吗？或许是梦。

七月十日（星期一）阴

雨停了。风也停了。西面露出浅淡的蓝天。周围很暖和。

对面溪边建到一半的简易房整个儿泡在水里。

树莺在各个地方鸣叫，底下的辽阔原野上，右边的村有林，旁边的树林。树莺的叫声变得娴熟，便转入盛夏。

昨天，过了御胎内到高尔夫球场的路上，赤胸鸫在雨中贴着地面飞，差点撞在车上。

早　米饭，蒲烧秋刀鱼，酒粕腌山葵，佃煮，萝卜泥，味噌汤（裙带菜）。

上午，丈夫午睡。午后，阳光照下来，他便割草。割西面的草时，发现日本海棠缀着好些个果实。青青的，硬硬的，小小的。丈夫在割草时小心地把那些果实一个个留下来。

蓟花开得像在燃烧。蚊子草的花也在盛开。

晚　米饭，炸鱼糕，茄子卷心菜汤，炒蛋，盐水芦笋，王子蜜瓜。

午饭是面包、沙拉和红茶。

傍晚，给丈夫理发。顺便给他刮了脸。

电视上。

西日本集中暴雨的受灾情况。广岛有死伤，死者一百一十五人。神户发生泥石流，活埋二十一人。人们不断用铲子翻起沙土找人。放映了被子软绵绵地从土里被刨出来的景象。长崎也受灾了。山梨县的雨量五十毫米，好像没有大的灾害，放映了清里高原开着白色蜀葵花的景色。说起来，昨天来的路上，山北农家围篱的蜀葵也在开花。

我们的院子没受灾。净化槽的烟囱也没断。也没漏雨。

没事干的时候，我就读《井伏鳟二全集》。不时大笑。

十点半左右，到屋外一看，有星空。

七月十一日（星期二）晴，有时阴

久违的晴天。

早　米饭，炸鱼糕味噌汤，培根煎蛋，海苔，酒粕腌山葵。

　午　小锅乌冬面，煮豆。

　晚　米饭，炸豆腐，味噌炒茄子，炖炒萝卜魔芋（这个黑魔芋真美味！筷子夹上去沉甸甸的）。

　上午，我一个人下山买东西。刚发动引擎，外川来到车窗前。他好像是运石头到上面溪边的工地，卡车上载着两名女工，他让她们等着。"老师在家吗？""在底下。我要出门了，你去坐坐吧。"于是他迈着大步走下院子。

　在酒水店。一箱啤酒一千三百八十元，一箱易拉罐啤酒一千九百二十元，六团乌冬面（手擀）六十元，两盒纳豆三十元，一块豆腐六十元，一块魔芋三十元，十个鸡蛋一百三十元，煮豆（这边叫"菜豆"，盐味重）三十元，两副劳动手套一百二十元，牙膏一百一十元，四分之一条鲑鱼（半身的一半）六十元，两块炸豆腐二十四元，四个桃子一百四十元，两个王子蜜瓜一百元。

　酒水批发商的年轻伙计来到酒水店，他见我买了四个桃子，送了我十个。他说是从盐山大菩萨岭那边来的。酒水店老板的儿子晚一些出来，绕着我的车看了一圈。"你买了车？是 3S[1]？真帅啊。开得快吧。"两个酒水批发店的

1　日产蓝鸟 SSS。蓝鸟 SSS510 系列要到 1967 年 8 月上市，武田家的新车应是蓝鸟 SSS410 系列的 411。

男的帮忙把啤酒堆到座位上，同时也在往车里看。

"萝卜有吗？"我一问，老板娘忽然大声说："这个嘛，今年萝卜的收成特别好。"我以为她要说后面放着好萝卜，结果不是。今年萝卜太多了，一根才一两元的价格。放在店里也没人买，所以哪家店都没有。她说农民免费送。两元四元的价格，运送就亏了，所以都堆在菜地的角落让它烂掉。哪怕不付钱，只要有人拿走，他们都是开心的。老板娘说，所以店里没有萝卜。对面蔬果店门口也有腐烂的萝卜堆成了山。"会变成那样，所以我们没有萝卜。"

在河口湖城区的药店，一罐玻璃清洁剂三百元。药店刚改装完，宽敞又明净。

在加油站。汽油九百三十元。

午　小锅乌冬面，煮豆，裙带菜洋葱沙拉。

听说，跟我出门前后脚，外川来玩，刚喝了点啤酒，有人来喊，他立即回去了。

丈夫愉快地说："外川喜欢三角奶酪对吧。拿给他一块，他就用沾满泥的手撕开，马上吃了起来。"

听说邻居在盖混凝土建筑。他们今年做外墙，明年做室内工程。

丈夫和我都睡午觉。我在长椅上睡了大概半个小时。我俩都睡，波可也赶紧闭上眼，睡得很沉。

去管理处买酱油。

我把车开出去的时候，两个在对面溪边做工的男的坐在我们家的石墙上聊天。"后天回家。好久没回了。"说话的那人皮肤发黄，很瘦，是个声音老实的人。

一升酱油一百九十元。

管理处的人向我展示了他们的田地。

有卷心菜、四季豆、萝卜、胡萝卜、红芜菁、茄子。

卷心菜一个不剩地被虫肆无忌惮地啃了，其中有些只剩下叶脉，像卷心菜的骸骨。说是因为没有打药水，菜粉（菜粉蝶）产了卵，幼虫把菜吃了。四季豆也同样，要是不打药水，接下来叶子上会有金龟子。我问，虫不吃豆荚吗？"哦，虫只吃叶子，不过也舔一舔豆荚呢。"这些是管理处的中年女人来到田里讲的。她说红芜菁没人吃（意思是夏天之前就长出来了，那会儿山里的人口少），所以长得过大，长空了。红芜菁长得跟白芜菁一样大，把土拱起来，往上冒，露着红肩膀。管理处的中年妇人从菜地跟到我的车旁，一直提高嗓门大声地谈农业的艰难和辛苦，她说话有种民间谣曲的调子。

○像今年这样萝卜长太多，一点办法都没有。听到萝卜都害怕。把结得太多的萝卜挖出来，可费劲了。菜地必

116

须种下一茬的东西。

○卷心菜也是，在菜粉产卵的时期，要是不在一周内打药水，就迟了。就会变成这样。最近所有的菜不打药都会生虫。

○种稻也苦，从大清早到晚上很晚在泥里劳动的时候，都不想卖米了，自己也不想吃了。然后如果米价便宜，或者暴风雨，水漫过来，简直惨透了。米也好，卷心菜也好，出钱买来吃才安逸。人人说贵，都是中间商在赚钱，农民很便宜就出掉了。就算这样，不管有多贵，就算一颗卷心菜一百，还是买来吃轻松。要是值一百元的卷心菜，人就会按一百元的东西好好地做了吃。

○菜贵的时候有贵的理由。因为产量少，经常是自己手里也没有那种菜。猜到什么菜会贵，种了赚钱，这种情形比报仇的人遇到仇家还少。三五年也遇不到一次。

○现在绢的价格贵，养蚕赚钱，但养蚕也需要人手，而且没有桑树林就养不了。以前养蚕卖不出价，所以很多人都拔掉桑树改成菜地，不可能因为今年绢价高就立即开始养蚕。桑树种下去，不经过两年，桑叶没法吃。另外，买桑叶不划算。要养出三十克蚕茧，需要三个劳力。如果要一百克蚕茧，就要管理处那么大的地方，摆两层蚕棚。蚕在那里一起吃桑叶的声响，就像雨在刷刷刷地下。而且要是在上蔟（挂茧）之前，蚕生病变黑死掉，之前的工作就成了泡影。另外，该说蚕是坏心眼吗，直到马上就要上蔟的时候，它们一直都在刷刷刷刷地吃桑叶，所以直到它们生病之前，都不知道它们有没有病。拼命摘来桑叶让它们吃，它们突然变黑，啪地掉下来。要是早点不吃，让人知道它们生病就好了，但是不会那样。不知该说蚕是聪明还是坏心眼，跟人一样，是吧？还有人在蚕卖不出价的时候把桑林改种成果园，但现在是桑林好。果园也不安逸。

○如果想要像职工一样获得稳定的收入，就做魔芋，这东西基本上在任何时候的价格都不变。但是要先造仓库，所以需要资本，苗（？）也比其他东西贵。尽管如此，要是做，还是魔芋好。

○因为这个那个的，归根结底，一家当中有一个当职工，有固定收入带回家，其他人种地，而且只种自家吃的，如果多出来一点就卖掉，这样才安逸。

○不管怎么说，职工是最好的！！要是没有能力，就拿没有能力的低薪，就靠拿到的钱想方设法也能过。脑袋好使的人可以坐办公室，脑袋不好的人哪怕去工地，男的能拿到一千五百，女的能拿到一千。旅馆打零工，女的也能拿到一千二百，带餐，带午睡，带点心，带泡澡，现在这世道对雇工可好了。最好还是把田租给别人，自己去打

118

工。一天拿一千的工钱，雇人干地里的活儿，像今年蔬菜都卖不出价！还是打工好。

妇人说话时脸色泛红。我看起来无忧无虑，她是想要冲着我讲一通吧？说话间，有人喊她，她进了屋。

很久以前，外川说过："没有比种稻更安逸的了。插秧的时候叫一堆人来帮忙，闹腾一番，之后就是收获的时候再叫一次人就行了。"他自己不管，就太太一个人打理，他太太是个寡言的人，一个人默默地做了，所以他没意识到辛苦吧。

在这里建小屋之前，每到夏天，我们就在长野的角间[1]度过。关于我丈夫，村里人传说道，那人像是坐在屋里工作。在写字，所以是书法老师吧。至于我，一整天游手好闲，要么带着孩子走在路上，要么去邮局。听说他们讲："那家太太精神有问题，这里的温泉对脑袋有效果，好像是来这里泡温泉。她丈夫抽空做写字的工作——丈夫真不容易啊。太太也可怜。"（这是后来才知道的。）两三个村里的女人围住我，问："你在东京的时候做什么？东京的女人做怎样的工作？"我回答："这个嘛，做饭，出门买

---

[1] 长野县上田市的角间温泉。

东西，然后再做饭。还有洗衣服。客人来了就招待他们，之类的。""哈哈哈，这种事，我们从田里回来休息的时候做。等于一直在休息啊。"她们根本不羡慕我，而是看不起我。

丈夫说过，写字的人，是虚业家。

我没有实力，是个虚力的女人。

我在大门口停车，开门下车的时候，旁边工地的人（是个老爷爷）从卡车的车斗里目不转睛地盯着我看。他的嘴巴微张，整个人如同铜像般一动不动。我很少被人这样盯着看。是因为什么事感到惊讶？是不是我像他认识的人呢？

晚上，雾霭弥漫开来，各个地方的人家的灯光晕开了一圈。像是要下雨。看不到星星。

睡的时候，似织螽在窗下叫。

七月十二日（星期三）阴，有时下小雨

六点醒来。已经有树莺和山斑鸠的叫声。

早　米饭，裙带菜洋葱味噌汤，纳豆，油浸牡蛎，萝卜泥，酒粕腌山葵，根菜魔芋杂炖。

把半块豆腐用板压实了，加进昨晚的根菜魔芋杂炖，好吃。魔芋也更入味了，好吃。

昨晚读书，读到一户农民的故事，大儿子二儿子三儿子全部战死了，他家的佛坛摆着一大碗炖魔芋块，上面搁着南天竹的叶子。

　　今天是个多云的日子，天空中频频响起鸟鸣声。一只有着浅黄色长尾羽的美丽的鸟飞来落在电线上，然后往底下的高原飞去。

　　"咕啾咕啾"的鸟也飞来鸣叫。

　　午　烤吐司，鸡汤，土豆洋葱芦笋沙拉，里脊火腿。沏了红茶。

　　院子里的蓟花过了花期，花粉浮在顶上。熊蜂来到花粉上。飞来了浓金茶色翅膀上生有许多黑点的蝴蝶。

　　松树上有毛虫。在松树下割草，毛虫会掉在手上或草丛中。丈夫和我都戴了宽檐帽。

　　下午，割完草，我用大烧水壶烧了水，给丈夫擦身（因为浴室烟囱脱落）。还给他擦了鸡鸡。我说："这里想再擦一下。"他说："别擦了。这地方弄得太干净，脑子会变笨。"

　　晚　米饭，玉子烧，萝卜泥，剩下的根菜魔芋杂炖，海苔，海胆。

　　我盛了第二碗饭，把海胆搁在米饭上，往上面放海苔的时候，大冈夫妻出现在玻璃门那边。波可会叫，所以让它在浴室待着，我收拾了碗筷，拿出啤酒、葡萄酒和鱼子酱。大冈他们是前天来的。之前在这里待了一周，因为想吃新鲜的鱼，回了一趟大矶。他们送了虎屋的羊羹。回去的时候，我拿着灯送他们到大门口。隔着马路，对面溪边的宿舍亮着灯，传来人声。大冈背对着我们撒尿，他离宿舍很近，几乎要溅到宿舍的屋顶上。

九点过后，又静静地下起了雨。

今天白天也不时下雨。即便下雨，鸟也在叫。雨中的鸟声格外清澈，竭尽全力，让人悲哀。我都想走到旁边问它为什么叫。

今天读到的书里写道，据御坂峠的茶屋老板讲（《井伏鳟二全集》），鸟鸣声声的日子，那之后必然下雨，或是变天。又写道，晴天，如果富士山清晰可见并且呈蓝色，之后也会变天。以及，鸟在这个季节不吃食，吃食是在秋天到冬天。不管是放猪油还是放葵花籽喂鸟，一定都不会减少。但其实麻雀一直在吃。我一直以为"坡—坡"叫的是山斑鸠，书上说，山斑鸠有山鸠、绿鸠、雉鸠等 [1]，每种的叫声有些不同。

1　此处记述有误，绿鸠的中文名是红翅绿鸠，其叫声悠扬，与山斑鸠有明显差异。

蛾子变多了。白翅膀微微泛绿的小飞蛾飘飘悠悠地落在纱门上，停住不动。

电视上。中部、关西、中国地区[1]有大雨。说是南关东从今天午后起雨水也会变多。

七月十三日（星期四）阴，多雾

今天小鸟也从早上就不停地叫。有四种声音。因为雾，看不到高原。也看不到大冈家的屋顶。

早　米饭，中式茄子炒肉糜，酒粕腌山葵，佃煮，清汤（海带须）。

午　面包，火腿煎蛋，番茄汤。小锅乌冬面（丈夫）。

晚　米饭（做成鲑鱼茶泡饭），腌菜，水果罐头果冻。

下午，有一点阳光。割了上面的院子的草。正在割槲树下的草，一只深鼠灰色的大动物，长得像鼹鼠的，从我脚下的草丛中慢吞吞地爬向马路那边逃走了。

明天一早回东京，所以整理了一下，不要有剩的食物。

夜里，雨仿佛忽然想起来似的，又下了起来。渐渐地变成真格的雨。蛾子开始落在房间的天花板和玻璃门上，一动不动，就像用别针扎在上面似的。蟋蟀也进到玻璃门

1　本州西部的广域名称，包括五个县：广岛、冈山、山口、鸟取、岛根。

和遮光门之间，把白生生的肚子朝着我这边，纹丝不动。雨水不断，蟋蟀就变多了。

电视上。横越太平洋的"科拉萨号"[1]抵达横滨。一百天的航海。

看旧报纸，有这样的报道。地方台的电视上常说，飞机要洒农药，养蜂人请注意。某某地的蜜蜂大批全部死亡。所以我把报道眷在这里。

《每日新闻》五月二十八日，读者来信栏。

当蜜蜂到来……作家大江贤次[2] 61岁。

每当新闻上说，在大城市，当蜜蜂群到来时，用杀虫剂解决，我便感到心寒，和越南的事一样，此事透着人的无知。现在是花期，全国的养蜂人在初春从鹿儿岛追着花，开着卡车一路移动到北海道，正如《圣经》里写的，在收集流淌的蜜。

1　帆船冒险家鹿岛郁夫（1929—）在1964—1965年驾驶"科拉萨I"独自横越大西洋，1967年驾驶"科拉萨II"独自横越太平洋。其后在1999年驾驶"科拉萨70"挑战单人不靠岸环球航行一周，因船故障而失败。又在2006年76岁时以"科拉萨77"再度挑战，失败。

2　大江贤次（1905—1987），作家。代表作为《绝唱》，被多次改编成电影，1975年的版本由三浦友和、山口百惠主演。此处是作家以普通读者身份给报纸写信。

正值花期的现在是收获的季节，只能存活三周的工蜂从一只蜂箱被分出来。因为之前的女王蜂将王座让给新的女王，去寻求另一片天地。

这个时期的蜜蜂不蜇人。停在身上也没事。只要不惊慌地用手赶，它们就不会蜇人，因为它们对作为饲主的人类怀着敬爱。如果蜜蜂变成球形（护卫女王蜂聚集成团），要找警察，警察也不要慌，请用喷雾器打湿蜜蜂的翅膀，把它们装进袋子里保管，交给附近的养蜂人。一群蜜蜂有两万只，每只飞一千五百朵花，这才攒成米粒大的蜜。

（东京中野区江古田）

七月十八日（星期二）晴朗无云，傍晚少许雨，雷鸣

波可死了。六岁。把它埋在院子里。

可怕的事，痛苦的事，想要喝水，挨骂，都不会再有了。如果，灵魂真的会升上天空，那就早点升上去解脱。

早上十一点半出东京。非常热。在大箱根停车小憩。波可死了。天空湛蓝。我喝了两瓶冰牛奶。丈夫一瓶。我立即上车开往山里的家。眼泪一直在流。看不清前路。

埋完波可，我去大冈家送书。我说狗刚才死了，太太把她的织机借给我（七月十九日记）。

七月十九日（星期三）晴，三点起有雷雨

夜里一点雨停。又下起小雨。

昨晚，我醒了几次，每次醒来就哭一会儿。

早上，阳光照耀。

早　米饭，佃煮，酱汁烤油豆腐，萝卜泥，味噌汤，海苔，鸡蛋。

我把波可留下的东西，篮子箱子和梳子，用壁炉烧了。把掉在地上的波可的毛捡起来，也烧了。不管做什么都在掉泪。

午　火腿三明治，鸡汤，红茶。

我一直不看丈夫的脸。丈夫也一直不看我的脸。我们相互不讲话。

将近两点，我一个人下山。今天是梅崎春生去世两周年忌日（我从之前就想好了。我一个人去的话，就让波可坐在座位上。到富士灵园的路上人少，它不会叫，灵园里面地方大，我打算和波可在墓那儿一起玩）。我一个人下山去扫墓的路上，天空布满黑云。开到山中湖，伴随着雷鸣，暴雨落下来。湖面突然涨高了，湖岸的道路成了小河。我开了雨刮器，但还是好像开在水中，前面什么都看不见。车辆全都暂时到加油站或茶屋避难和休息。我逃进加油站。过了一会儿，雨停了，但加油站的人说，到灵园的红土路

被水泡了，变得泥泞，估计开不过去，所以我折回去。

汽油九百八十元，机油零点五升二百元。

在吉田的蔬果店。两把毛豆一百元，十个茄子二十元，五根黄瓜五十元，生姜，面粉，土豆，洋葱，胡萝卜，共六百四十元。

在肉店。二百克上等猪肉一百四十元。

在药店。治虫咬和疹子的软膏二百元。

七团乌冬面七十元。

回到家，正在和丈夫一起喝啤酒，大冈夫妻来了。

"怎么样？狗死了，很难受吧。我们来安慰你们。"说着，他们进了屋。太太教我用她借给我的织机。

虽然是晚饭时间，但只有些奇怪的小菜，于是我们就着毛豆、火腿、蟹肉，只喝了啤酒。

大冈从以前就一直养狗。所以，他遇到过各种各样的死。

养一只大狗的时候，用链子拴着的狗从树篱的缝隙钻到外面，狗很大，然而石墙高，它的脚够不到底下，等于是被吊死了。一个年轻男孩，不知是销售还是送货的，看到了，来告诉他们。"是绞首啊。是不是自杀呢……"

此外，大冈又讲了各种各样的狗的死法。然后他突然做出要回去的样子，说："哎，说了这么多，可以了吧？你们好些了吗？"丈夫和我都恳求道："还不行，再多说一点。"大冈没法子，重新坐下，回忆着又讲了一桩狗死去的经过，然后回家。我送他们到大门口，下起淅淅沥沥的雨。晚上吃了小锅乌冬面。

我在深夜到外面扔垃圾。又开始下雨，点点滴滴，如同沁入地面。

波可就埋在那丛灌木下的黑暗中，脸朝着家的方向侧躺着。昨天夜深之后，我恍惚听见它睡得很沉的时候像啜泣的鼻息，那是心理作用。波可，早点在土里腐烂吧。

在河口湖的酒水店。煮豆，方糖，焙茶，豆沙，共三百九十元。一打啤酒，一箱易拉罐啤酒共三千三百元。

七月二十日（星期四）晴，中午阵雨

早　蟹肉鸡蛋豌豆炒饭，汤。丈夫做的。也做了我的份。

擦车。把后备厢也开了，擦拭里面。心里实在难受。

那天比平时热。我们每小时一次把它从后备厢放出来让它休息，可它等不了。波可用脑袋顶开篮子盖，探出脑袋。每当车摇晃，被硬是顶开的盖子就像弹簧一样绞住波可的脖子。它没法缩回去。它是只小狗，所以很快死了。淡红色的舌头吐出来一点点。大睁着仿佛装满水的黑玻璃弹珠一样的眼。也没有流口水。表情就像歪着头不可思议地注视着什么。打开后备厢看见狗的时候，我头顶上的天空湛蓝。我将永不会忘记吧。发现狗死了的时候，天空湛蓝。

埋它的坑是丈夫挖的。孩子他爸那么快地挖了那么深的坑。我软绵绵地坐在坑边，抱着狗，像呕吐一样大声地哭。我哭了很久，哭到哭不动。然后用毛巾裹住它，然后裹上狗一直睡的毯子，正要把它放进坑底，丈夫说："别这样，会很难腐烂，直接放进去。"所以我把波可直接放进坑里。往它脖子一圈蓬蓬的毛和玻璃弹珠般的眼球盖上土，然后不断往上盖土，踩实。

昨天，大冈太太说："把狗埋在院子里，如果不多堆一些土，地就会陷下去一大截。"希望早些陷下去一大截，重新加土的日子早些到来。

午　咸粥，咸牛肉，朝鲜腌白菜，番茄洋葱沙拉。

阳光灿烂地照下来，鸟开始叫。家家户户都把门大开着。没了狗的院子静悄悄的，无限寂静。

用织机织了一会儿。

去管理处订报纸和牛奶。牛奶每天两瓶，从明天开始。报纸（《朝日》和《山梨日日》）从后天开始。

买了一盒喜力烟。七十元。

我是步行到管理处的，于是下坡经过大冈家门口，走村有林中的路回家。我坐在树林的荫处，吸了两支喜力。我不是因为它死了感到悲哀，是因为它不在而寂寞。不是的。不是因为它不在而寂寞，是因为我让它那么残酷地死去而感到哀伤。我总是骂波可，但波可没有骂过我，没有对我使过坏。我早上起来，它一看到我，就怀念地迎上来，仿佛我是它久别多年的人。我午睡醒来的时候也一样。真讨厌啊。

晚　米饭（洋葱牛肉饭），煮毛豆，番茄，红茶。

晚上八点，去管理处给花子打电话。花子预定二十四日坐大巴到河口湖站。因为有学校的班会，所以她留在赤坂，自己做饭，打算让她试试。她说她去了澡堂，也成功地做了饭。我没能说出狗死掉的事。

今晚是月夜。接近满月。富士山晴朗，灯光绵延到五合目。六合目也有灯光在移动。与去年一样的夏天到来了。传来孩子的声音。

七月二十一日（星期五）晴，有云，短暂的雨

醒了。传来丈夫踩过院子里的碎石出去散步的脚步声。之前的日子，总是听见跟着他去散步的狗呼呼喘气的声响围着他打转。我用被子罩住自己，又哭了一回，然后起床。

早　米饭，佃煮，咸牛肉，萝卜味噌汤，海苔。

午　面包，牛肉汤，红茶，番茄。

烧了去年的旧杂志和纸片。

蓟花的花粉变得粉渣渣的。除了金茶色蝴蝶，还有闪着紫色光泽的黑色大凤蝶过来，久久地扇动着翅膀停在蓟花上。露台前的蓟花，还有屋后草丛中的蓟花，都有大凤蝶来。耧斗菜喇叭状的花则有蜜蜂进进出出。

无论看到什么都流眼泪。今天也流个没完。

太阳下山后，我去拿牛奶。工地上的男女来管理处休息，他们聊道，三四天前，在户外做石工的时候，因为风向的关系，传来女人的哭声，响了很长时间，真吓人。我从他们旁边匆匆走过。

好几户人家门口停着车，传来笑声。还有户人家像是在浴室里笑，笑声和泼水声一道响起。

晚　米饭（做成海苔饭团），味噌炖青花鱼罐头，煮豆，番茄。

因为狗死了而哭，不要憋着不哭。要只流泪不出声。要张着嘴，呼呼出气。

七月二十二日（星期六）晴朗无云，炎热

早饭前下山去把给《展望》的稿子寄火车邮件。富士山一片晴朗，山上残留着一道道一点点像油漆一样的白雪。

整座山是红褐色，一直到山顶。路上迎面过来大概二十辆往五合目去的大巴。还有摩托车往山上开。

搭上一点三十分到新宿的火车邮件。

车站的候车室快被人塞满了。每当火车和大巴抵达，人就更满了。我旁边坐了两个像是当地的农妇。她们把塞满黄菊、假龙头花和桔梗的背篓放在脚边，把用厚牛皮纸包裹的有一抱那么多的麝香百合花束竖着放在长凳上，靠在自己身后，俩人一直在聊天，直到火车抵达。她们说："最要紧的是有精神。有精神就不会死。年纪轻轻的死掉的，是因为没精神。""叫作命之母[1]的药，那个很有效。"

来了一个东京小学生的夏令营团。看起来他们接下来要坐公交车去湖边。水手服，双肩包，白色遮阳帽挂着白色松紧带帽绳。"小个子的三个人坐，三个人坐，听到了吗？"老师在讲坐公交车的规则。学生们都很乖。

一个上了年纪的男人在问乘务员："登富士山，要在八合五勺的小屋看日出，该在什么时候登山？该住在哪里？"他的发音是"ba ke wu shuo"。乘务员告诉他："最好晚上八点从五合目往上爬。那之前最好在旅馆休息。"然后说，车站不提供旅馆指南。接着来了个中年男人，"下

---

1 小林制药产品。调节女性荷尔蒙的药，多用于更年期失调。

一趟上行列车[1]是几点几分？"乘务员看看钟，回答了几点几分，那人问："我接下来去一趟风穴和冰穴，赶得上那趟车吗？"接着来了个年轻男人，问："我有旅游团的优惠券，是不是要买座位指定券[2]才能坐？"乘务员答："坐不了。座位票已经卖光了。别的团买了。"火车来了。检票口一开，候车室的人们就络绎不绝地往里走。当地人像是去海边游泳或走亲戚。母亲给孩子戴了崭新的帽子，牵着孩子的手。一个男的先进了检票口，朝着候车室的方向大喊："法官，法官！"我对面坐着个绅士模样的人，像汤川博士[3]一样的大脑袋戴着巴拿马帽，在扇折扇，他起身排到进检票口的队伍。他拿着登山杖。戴巴拿马帽的人似乎是法官。原来法官也登富士山。

　　我用加油站的电话告诉筑摩书房寄了火车邮件。一百六十五元。

　　加油站停着千叶车牌的车，全家人坐在沙滩阳伞下吃着棒冰。棒冰红红的，看起来很硬，他们说着什么，一起大笑。卖给他们棒冰的大叔经过阳伞前，说："吃那个棒

1　往东京方向为上行，反之为下行。

2　日本的火车分为自由席和指定席，指定席除了车票，需要另外买座位票。有的列车全车指定席。

3　汤川秀树（1907—1981），物理学家。提出"介子理论"，1949年获诺贝尔奖。

冰的时候，人人都大笑啊。"像是真的很硬。

在酒水店。易拉罐啤酒一千九百二十元，瓶装啤酒一千三百八十元，糠五十元，糠味噌腌辣椒三十元，六瓶葡萄芬达二百七十元，两块豆腐六十元，焙茶五十元，四个王子蜜瓜二百元。酒水店送了黄瓜。

火车邮件一百四十元，快信一百五十元。

在服装店。毛线七百八十元。

在药店。旭包鲜保鲜膜、铝箔纸二百九十元。妈妈柠檬洗洁精九十元。

在电器行。手电筒一千五百九十元。

在木材厂。让他们切割了三百三十元的搁板。给了我一些三合板的边角料。

从老路回。行驶在辽阔的稻田间，积雨云耸立在像钢铁一样的蓝天里。让人恍惚的正午。狗的死，有种无法形容的、毫无来由的悲哀。

午　小锅乌冬面。

丈夫下了力气割草。当天气如此晴朗，割完之后的草的切口的气味就会充满整个院子，就像进到理发店闻到的头发的气味。

晚　米饭，烤酒粕腌鲑鱼，红薯味噌汤，烤茄子。

邮件从今天起转寄过来。

淡淡的夕照持续了很久。大门旁的白色野蔷薇单单有一丛开得迟，正在盛开。其他野蔷薇结着果实。瞿麦花在开。冷杉树下的萱草在黄昏时开了一朵。红百合有四个花蕾鼓鼓的。有许多星星。普通夜鹰在叫。

七月二十三日（星期日）晴朗无云

富士山清晰地露出山顶，从五合目到山脚松弛地绕着云。

我晒了被子，打扫浴室。当我放起唱片时，鸟不输唱片地叫个不停，好笑。

丈夫在院子里用盆洗澡。他洗完我也洗了。三点左右，太阳照得透透的，放在外面的大盆里的水变温了，水温正好。在向阳处看见自己的肚子，肉感的白。

晒了狗屋，收起来。我不往露台底下看。露台底下有波可叼进去的锡箔纸团、碎纸片、鱼糕的衬板、松树枝。波可一到山里就快乐地从后备厢的篮子里跳下来，一口气冲下院子往家跑，喝水，然后进到露台藏东西的地方，检查它的财产。它的财产没有存折，没有日记，也没有衣服。

晚　米饭，金枪鱼，萝卜泥，蒜炒茄子，水果果冻。

太阳下山后，我去管理处拿报纸和牛奶。六个番茄九十元，一斤面包四十元。

新闻里。鸣泽村的路上有车辆迎面相撞。船津的路上，有个孩子被车撞了。富士山登山的人数达到最高峰，三万人。八合目附近拥挤到难以行走。

七月二十四日（星期一）晴朗无云，之后转阴

早　烤吐司，培根煎蛋，红茶。

早饭时，我说："波可死掉的事，得告诉花子。毕竟那原本就是花子的狗。因为她进了寄宿舍，才由我们照看。上次打电话的时候，我说不出口，等她今天来了，没法瞒着她。"

"说什么瞒着她，那可不行。是怎么死的也要好好地告诉她，不然可对不起花子。"

"很难说出口啊。孩子他爸，你来讲？"

"我才不要。我绝对不要讲。把她带到这里之前，你先讲给她听。"他用力拉开椅子站起来，进了工作间，关上移门。他在吸鼻子。他是个爱哭鬼，滑头。

午饭一直拖到《展望》的稿子写好，两点半吃午饭。

我下山寄火车邮件，顺便接花子。我打电话通知对方寄了火车邮件。给社里和印刷厂都打了，但编辑部的人不在。没办法，我去了趟邮局，发电报。

在酒水店。易拉罐啤酒一千九百二十元，八团手擀

乌冬面八十元，一袋茄子五十元，两条寒天五十元，煮豆三十元，六个鸡蛋七十二元，森永奶精二百元，醋墨鱼五十元，两盒纳豆三十元，柠檬三十元，五个水蜜桃一百五十元。

在五金店。大盆五百元，塑料桶二百八十元，带盖塑料桶二百元，线锯五十元，螺丝刀八十五元，竹匾六十五元，凉粉锤[1]（这边叫"粉锤"）一百七十元。

四点半，来到车站等。五十分，新宿河口湖之间的定期大巴（富士急）按时抵达。我去问，说是"京王巴士应该已经到了"。那辆大巴的乘务员刚到就立即下车，边说"药，药"边冲进游客中心，拿了塑料袋过来分给乘客。好像有很多人晕车。五点十分，京王巴士抵达，男乘务员下车，接着只有花子一个人下车，拿着包。她说邻座坐了个在外务省工作的男的，"给我讲了中国和日本今后的事，跟我说了许多话。"花子心情很好。我没有提狗的事。上车回山里。然而到家之前必须讲狗的事。我尽量慢慢地开。

开到高尔夫球场前的平路上，恰好能从正面看见富士山的地方，我说："波可死了。"花子只说了一句："是

---

1 日式凉粉用红藻类煮化后的寒天做成。做凉粉的工具是一个长方体木筒，一端带有网格，配一把小木锤，把寒天块放入木筒，用木锤往木筒深处一推，凉粉就被挤成细条，从另一端漏出。

吗？"她低着头。我简短地讲了波可是怎么死的。花子说："知道了。"说出来后，我的心静下来，仿佛给波可办了葬礼。

晚　煎汉堡肉饼，米饭，三杯醋墨鱼黄瓜，豆腐味噌汤，水蜜桃。

教花子用织机。花子说想织手提包的布。

晚上淅淅沥沥地下起了雨。筑摩书房打来"原稿拜收"的电报。那个去年也曾经送电报来的像登山者的人在雨里来了。

今天早上，突节老鹳草开花了。

七月二十五日（星期二）晴朗无云

决定了，晴朗无云的日子，就把昨天买来的大盆装满水放在院子里，把它晒成洗澡水。

早　米饭，纳豆，海苔，煮豆，佃煮。

午　烤吐司，咖啡。

从鸣泽道下山，去西湖据说新开设的游泳池游泳。途中，给讲谈社的佐久寄了快信。

西湖的入口，四个阿婆排成一排，在"桃直销处"的招牌下卖桃。

被泥石流冲走的根场村把树海一侧的熔岩台地挖开修

了路，建了房子，全村搬过去，正在以一种殊死的劲头建设旅游设施。基本都是两层楼的木结构，屋顶是钴蓝色。他们打算经营民宿。游泳池位于之前建成的露营地。宽阔的露营地上星星点点地散落着房子，每栋两个房间，带厨房和厕所。房子都是崭新的，装了纱门，还配了燃气灶、自来水、热水器。像出租别墅那样两栋一排。据说住宿费一个人一天二百五十元。游泳池还没有更衣处，于是我们借了边上的一栋。打工的大学生拿着钥匙带我们去，给我们钥匙。一进小屋，也许是涂料的缘故，眼睛难受。

游泳池周围还在施工，男男女女在干活。泳池呈钴蓝色，闪闪发光。池里一个人都没有。我们游了起来，周围做工的大妈们呆呆地望着我们，像是感到愕然，男工头对她们说了几句话。因为是熔岩台地，所以像是用一会儿炸药然后施工一阵。到处都张着网，禁止入内。爆炸声传来回响，我们在那声响中游了不到一个小时。泳池五百元。

回程，在S农园，一颗生菜三十元，两根烤玉米二百元，萝卜二十五元，卷心菜三十元，一袋嫩四季豆三十元。

正在买菜，一辆车停下，有个男的下来问："有仁丹吗？"看来是坐车的人不舒服。店里不断增设品类，除了香烟、山药、蔬菜，冰箱里有牛奶、可乐，又在冰箱对面摆了张桌子，让人吃烤玉米。男人走后，大妈遗憾地说：

"我忘了摆上仁丹呢。"

晚　炸肉串，生菜，四季豆，卷心菜，沙拉。

浅玫瑰色天空中有淡墨色的云，高原起了霭，一片朦胧，唯有山上的树木和树林的轮廓像剪纸一样。长时间的夕照。花子匆忙放起昨天带来的《圣经：创世纪》[1]主题曲唱片。

七月二十六日（星期三）晴朗无云

今天有风。富士山钻进云中。

早　烤吐司，奶酪，培根煎蛋，红茶。炒饭（丈夫一个人吃）。丈夫吃完炒饭又吃了两片面包。

午　小锅乌冬面。

两点以前，去本栖湖游泳。有风吹过，整面湖水起了涟漪，没有人游泳。我们去了和去年同一处的湖湾。游了将近半个小时。有一艘船在远处来来去去，船上有个女人的红帽子被风吹走了。他们怎么也够不到漂在水面上的帽子，红帽子在那过程中不见了。痛快。

我把车停在鸣泽村农协前，让花子去买六个鸡蛋。花子回来了。只有三个。让她再去一次。是农协的人把六个

1　*The Bible: In the Beginning*，1966 年的电影，由美国和意大利联合制作。

听成了三个。花子刚从水里出来，一脸茫然。六个鸡蛋七十元。

在理发店前面的店买了四百克葡萄一百元、三块素雁。有个农妇像是从石头工地过来买东西，买了各种颜色的牛奶，三瓶白的、五瓶柠檬色的、三瓶咖啡色的，又买了柠檬面包、果酱面包，抱着走了。一辆小卡车停在我的车后，年轻的农夫进了店。副驾驶上坐着个妇人，抱着一岁左右的婴儿。两个人都穿着干活的衣服。他把西瓜东挑西拣一番，买了一只最大的，买了两个果酱面包。俩人立即吃了。

今天也有长时间的夕照。

晚　咖喱饭。

和花子一起做炸豆沙包。做成的每一个大小都不同。

波可的墓的正上方，总是有一颗暗星和一颗亮星。我想，那家伙怎么样了呢，稍微腐烂了吗？我的眼泪不那么多了。我有时想，再养一回狗吧，有时又想，再也不要养动物了。

七月二十七日（星期四）晴朗无云，无风

早　米饭，纳豆，海苔，味噌炖秋刀鱼。

高原上从早上就笼了一层薄烟，晴朗无云。没有风。

丈夫为了砍松枝，架了梯子爬上去，锯子拉到左拇指。血在工作手套上红红地渗开并扩散。我给他涂了红药水，缠上绷带。大冈太太带了中央公论社的高桥来。她帮我拧紧织机的螺丝。她看到餐厅的地面，说："地上有血呢。"高桥喝了啤酒，待了差不多一个小时，回大冈家。他说走过去，于是我借了他一顶草帽。

午　荞麦糊，里脊火腿，芦笋，黄油炒四季豆。是招待高桥剩下的。

今天是游泳的绝佳天气，但因为明天要回东京就没去游。花子做了剪纸影绘，贴在玻璃门上。

打扫厨房橱柜。里面铺的报纸上刊载了昭和三十九年[1]八月二十二日奥林匹克圣火从希腊出发的照片。是山间小屋建好后第一次过夏天的报纸。过了三年呢。

丈夫在阳光灿烂的院子里用盆洗澡。我给他打了肥皂，帮他洗身体。之后，他全裸着在混凝土地上转动身体并踏步给我看。

"你简直是北京猿人。"

"做这种事，会写不出小说啊。"他不好意思地笑。不过，他看起来非常愉快和惬意。

1　1964 年。

花子去了管理处，取来集英社的挂号信。转寄费六十元。

晚　咖喱饭。

当太阳开始西斜，旁边的工地突然起劲地开工。然后刷地停了，人们不知何时走了。似乎是因为白天太热了才那样。

傍晚，富士山清晰可见。像一座矿渣山。山的身体（感觉是身体）的西半边因为夕阳的返照，染成了玫瑰色和橙色。东半边一片昏暗，灯光绵延到七合目。

院子里的月见草开始开花。从工作间也能看到，百合的茎长高了，红色花蕾变大了。

今天，丈夫被锯子锯到手，而且被蜜蜂蜇了中指。

大冈家送来许多三轮素面。

七月二十八日（星期五）晴

早上六点，回东京。

过了御殿场，在小山遇到一辆开得慢吞吞的小型卡车，上面载着马。马站在车斗里，为了不让它摔倒，把它装在用圆木搭的框架内，缰绳拴在圆木上。马频频地摇头。它的肚子鼓得厉害，毛色没有光泽，像是上了年纪。是一匹农耕马。它是要被送去杀死吗？我很快超车。到了二子玉川，变得炎热，呼吸困难。

七月三十日（星期日）多云

十二点，出东京。

把食材、唱片和其他东西装车。

昨天傍晚，赤坂的天空一片漆黑，下了大暴雨，因此今天凉快。

在大箱根吃午饭　花子吃凉面喝柠檬冰水，我吃番茄酱鸡肉炒饭，丈夫吃猪排盖饭。

梅子片[1]二百五十元，酒粕腌山葵一百元。

在富士小山的加油站，十五升汽油九百元。

去管理处，拿了报纸、邮件，让他们从明天开始订牛奶。四根黄瓜六十元。喜力烟七十元。

管理处让我们拔了两根他们田里的萝卜。花子是第一次拔萝卜。萝卜硬硬的，叶子长得茂盛。做成萝卜泥口感辛辣，正好。这里的田里的萝卜短短的，萝卜尖分叉成细细的须根。据说因为底下是火山岩。

晚　米饭，鲑鱼，海苔，酒粕腌山葵，萝卜泥，佃煮。（把饭做成鲑鱼茶泡饭。）

晚上，雾气浓重。淅淅沥沥地下着雨。

今天，一到山里，花子立即去了波可的墓前，换了水。

1　梅子捣碎，和寒天混合，压成薄片。

144

自从告诉她狗死去的事，花子一次也没提起过狗。

七月三十一日（星期一）阴，有时有微弱阳光

早　米饭，萝卜味噌汤，荷包蛋，牛肉大和煮，佃煮。

多云，凉爽。我把纸盒拆开来做织机用的绕线架。

午　面包，黄油，果酱，红茶。

旁边工地的混凝土搅拌机一直在响。传来工人的收音机的声音。流行歌、爵士乐，什么都放个不停。

不时下雨。傍晚，雨停的时候，瞿麦花从草丛中清晰地浮现。红百合开花了。

花子往空牛奶瓶上绕了绳子，涂上颜料，做成花瓶，又拿出她的邮票和明信片等物品，一边整理，一边慢慢地赏玩。

晚　米饭（做成海苔饭团），烤臭鱼干，酒粕腌山葵，蛋花汤。

在管理处。两块巧克力一百元。挂号信转寄费（来自文艺春秋）六十元。

开车的时候只要开着车灯，就会看到路上停着许多大大的白蛾子，这里一摊那里一摊。手掌大小的蛾子，像地上落着许多块手帕。当灯光靠近，它们便掀动翅膀。飞不起来。已经死了吧。

对面小溪的宿舍，暑假来了一个男孩。晚上，他打着手电，和父亲散步。

八月一日（星期二）阴，有时雨，雷鸣

闷热。午后，我带着泳衣下山游泳。淡黑色的云布满天空，远方传来雷声。

在酒水店。一升葡萄酒五百五十元（是名叫 H 的当地的酒。商标上有西方人的国王的脸。酒水店的大妈说，因为这酒有张大叔的脸，我们管它叫大叔牌）。易拉罐啤酒一千九百二十元，两块豆腐六十元，五块油豆腐三十元，炖菜味精二百八十元（炖菜味精送半身围裙赠品，送了我天蓝色围裙），牙膏一百一十元，味淋鱼干二十五元（这一带叫樱花鱼干），十个鸡蛋一百三十元，辣椒三十五元，威化（路上吃了，受潮了），一袋茄子二十元，四百克葡萄一百元，千叶的西瓜二百五十元，干鳕鱼片[1]七十元，柠檬五十元，六根红薯一百三十五元。

在邮局。挂号信一百八十元，邮票四百二十元。

雨哗地落下来，所以不去游泳了。在 S 农园，六根玉米二百元。送了我们一根。花子买了明信片。明信片一百

---

1 去皮去骨削成薄片的咸鱼干。

146

元（十五张一套，高山植物）。

回到家，烤了玉米吃，然后吃葡萄。正在吃葡萄，大冈夫妻来了。啤酒，里脊火腿，烤干鳕鱼片。他们来邀请我们一起去今年的湖上祭。过了一会儿又说："待会儿来我们家，看我们的拿破仑。"约好明天去回复他们湖上祭席位的预约情况，到时候欣赏拿破仑。

今天山中湖放烟火（报湖祭）。我看了之前的日记，河口湖的烟火（湖上祭）是五日。

晚　米饭，味噌炒茄子，沙丁鱼大和煮，萝卜泥，海带佃煮，干鳕鱼片。

在管理处。一斤面包四十元，番茄六十元，转寄费六十元。

晚上，什么也看不见。只有朦朦的灯火。有雾。

电视上。因为打雷，在穗高（？）登山的学生受了重伤。

边看电视边吃了半个西瓜。瓜子没有变成全黑，但很甜。

河口湖站前的马路上排列着搭了竹席凉棚的卖葡萄的摊子。装在筐里的无籽葡萄。筐上贴着绘有葡萄的红纸。摊子围着一圈红布。秋天已逐渐近了。

八月二日（星期三）多云，雷鸣，阵雨

早　米饭，海苔，海胆，放了鸡蛋的味噌汤。

上午，闷热。桔梗花开了。

午　发糕，汤，红茶，果冻。

和昨天同样的时刻，打雷。

两点下山。在酒水店。十团手擀乌冬面一百元。在蔬果店。五根大葱一百元，一百克茗荷三十元，红薯三百五十元，四季豆五十元。

去Ｋ园预约烟火席位。当我走进三楼的烤肉店，三个像是这里的服务生的男人正在角落的桌子吃饭。其中一个男的往意大利面上浇了一堆酱汁在吃，我对他说："我来订看烟火的位子。"他说："我想是有预订的。"女服务员出来了，但她不清楚预订的事。那个男的帮我对女服务生说："你去叫总经理来。"他在三个人当中看起来最粗野，没想到人很热情和亲切，在等人来的时候，他还告诉我："如果要看烟火，二十三或者二十二号桌比较好。"年轻的总经理来了，说："今年为了提高翻台率，不设预约席。"我问："那么几点来能有位子？"他说："我们不能保证几点来合适。""我付从七点到八点半的订位费，到时间就离座，这也不行吗？""我们今年不搞预订。"男人边吃边听，在我放弃并打算回去的时候，他对我说："我来想办法。四五个人吗？要是四五个人没问题。"尽管他打了圆场，但总经理端着架子让人不快，于是我说："不用了，

148

我去找别家。谢谢。"总经理像是听到了我的话，故意讲了其他店的情况："旅馆或者其他地方，订整个房间的预订是有的，订座可就没有。""是吗，如果是县议会议员的预订，你们就会接吗？"我坐上车的时候，总经理和女服务生从三楼俯瞰着我。

用挂号快信寄《朝日新闻》的稿子。一百八十元。

去L酒店问订位。面对湖水的餐厅的座位订满了。只在夏天摆出去的露天烧烤，面朝湖水的位子也满了。我订了烧烤最里面高出一截的地方（那里好像也看得到烟火）的一张桌子，五个人。说是今年因为早早地就有团体预订，所以满座。

据说将会有摩托艇从L酒店专用的码头开出去，七点半开始，绕湖二十分钟左右，一边行驶一边看烟火燃放，我订了。因为是L酒店的船老大，不用担心到了当天恶意涨价或缩短时间。关于晚餐选和食还是西餐，说好等回到山上跟大冈商量，再打电话来。年迈的总经理很有礼貌，他说不要订金，我还是留了五千元。

在加油站。十六点八升汽油一千一百十五元。我把周刊留在店里。下雨了。

刚回到家，外川来了。他说在附近的溪边做石头工程。我端出啤酒和奶酪。

外川的讲述：

〇三十日，一个从北海道夕张来的男人在河口湖淹死
了。昨天，他的家人从夕张过来，说"无论如何请再搜寻
一次"，所以我们义务劳动，把摩托艇开出去找，但没找
到。这边的找法是把锚放下去拉起来。有时候，淹死的人
会在过了若干天后的某一天轻飘飘地浮起来，再捞上岸，
但那样的话很难受，一个礼拜吃饭都不香。一伙伊香保的
女招待来这里，喝了酒坐船，站起来闹腾，船翻了。两人
获救，一人死亡。死者两三个小时就被捞起来了，所以不
太难受。夕张的男人也许会在烟火的第二天浮起来。有些
淹死的人当时怎么都找不到，过一个礼拜左右，会轻飘飘
地浮起来。基本是在早上。船还没出去，在镜子一样的海
的正中央，轻飘飘地浮起来。看起来就像一只白鸟，大伙
儿沸腾了。这时如果不赶紧把船开出去，忽然又会沉下去。
如果错过那一次，就很难再出现，会沉到底下深处。就
这些。

外川说他的工人们等在上面，坐了一会儿就走了。外
川他们把湖叫作"海"，湖面叫作"海面"。

六点左右，和丈夫去大冈家。我以为拿破仑的头是用
石膏做的，结果是用跟铜像一样的材料做的。有点像大冈。

跟阿贞也像。

他们端出啤酒、小竹荚鱼干、腌鲱鱼子拌毛豆、醋腌卷心菜等。

商量了预订的事。聊下来，这边的西餐很吓人，还是和食让人放心，由大冈打电话订上。

餐桌上除了拿破仑，还有法国的雕塑摆件。据说标题是《花》。像女人的身体，也像日本的"花"字。我们很快告辞。他们送了我们飞鱼臭鱼干和竹荚鱼干。说是大冈家没人吃臭鱼干。我们家特别喜欢吃臭鱼干，所以很开心。

晚　米饭，香肠，竹荚鱼干（来自大冈家）。

吃剩下的西瓜。凉透了，像雪葩一样。

夜里，有雾，什么也看不见。

八月三日 闷热，多云，有阵雨

上午给浴缸烧了水，花子、丈夫陆续泡澡。

一点半，去本栖湖游泳。在管理处停靠，拜托关井做一项工程，把厨房门口的混凝土地面延到院子，让他过来报价。

遥遥响起雷声，但西方的天空明亮，阳光不时照耀。

在本栖湖租船处旁边的游泳场游了一个小时。不同于湖湾，这里像海一样，越往里越深，底下多沙，容易走。

岸边的水温热浑浊，往里游个五米就是清澈的。游十米就没法站立，水蓝蓝的，二十米，水成了澄澈的紫色，让人害怕。几个年轻人只在腰间围一条白布，把车的前轮开进水里停下，从车顶浇下大量的水洗车。

回去的时候，在本栖湖入口的农户门口，一只茶色日本狗，一条前腿没了，在水沟边躲开车辆，垂着头，显得畏惧。它以前被车撞过。下起阵雨。在鸣泽公交车站跟前的店。八百克葡萄一百六十元。在小海的食材店。五片猪肉薄片五十元，两袋纳豆三十元。一位阿婆来买了一大袋面粉，让店家帮她放在肩上回去了。

从老路上山，大冈家下山的车迎面驶过。

吃饭前，关井来了，商量工程。

晚　米饭，洋葱炒肉，纳豆，味噌炒茄子。晚饭好吃。肉难吃。大家都说纳豆好吃。

从本栖湖回家的路上，到村政府交固定资产税。四千九百七十元。村政府既没有人声，也没有接电话的声音，静悄悄的，像睡着了一样。

八月四日（星期五）多云，有时晴，阵雨

早　米饭，蟹肉炒蛋，红薯味噌汤，沙拉。

昨天吃的葡萄剩下一串，有只蜜蜂飞到那串葡萄上不

离开。它吸了汁液，飞走了，又来了，把脑袋扎进自己钻孔吃过的葡萄粒。

午　米饭，酱汁烤油豆腐，清汤，佃煮。

一点半，带花子去本栖湖游泳。在游泳场游。

旁边的车，夫妻俩带着两个中学生模样的女孩。女孩没拉住淡蓝色救生圈和绿色蛇形浮圈。父亲把船划出去，拿回了游泳圈。女孩和母亲只会叫嚷。

三点，天和昨天一样转阴。从鸣泽到河口湖的烟草田，根部微微泛黄，变得透明。

在河口湖肉店。五块鸡腿肉五百五十元，四百克猪肉糜二百八十元。

在酒水店。一打易拉罐啤酒一千三百八十元，十团手擀乌冬面一百元。

在S农园。五串葡萄一百二十元，萝卜和卷心菜八十元，四根玉米一百元。店家割了一棵地里的生菜给我。

玉米好吃。今天的葡萄是一颗颗紫红色亮晶晶的圆葡萄，好吃。

晚　小锅乌冬面，芡汁肉丸（把花生剁碎了放进去，好吃），番茄，醋腌卷心菜。

八月五日（星期六）多云，阵雨

因为要去湖上祭，所以没游泳。去管理处拿邮件，我家的信箱里有张便笺。上面是大冈的字，大意是，五日早上，帮佣的姐姐去世，内人回了大矶。她走了没人开车，所以傍晚请你们来接一下。我把大冈家的邮件送去给他，顺便跟他讲，我们六点来接。太太今天早上五点回了大矶。说是明天上午回。大冈走到玄关的时候在挠睡衣底下赤裸的肚子。他好像正在工作，眼珠通红。

中午，雨淅淅沥沥地下了起来。

午（两点左右吃）红烧肉糜、炒蛋、海苔三色便当。汤，水果果冻，盐揉黄瓜卷心菜，把鸡腿肉预先蒸烤好（加油站让我们停车在那里，作为给他们的谢礼）。

五点半，丈夫像是等不及，匆匆忙忙地关了遮光门窗，去大冈家接他。我和花子带了毛线开衫。大冈也穿着毛线开衫出来。因为太太突然离开，他显得拘束和窘迫。我们在加油站停车，把肉递给大叔。大冈很认路。按大冈的想法，开进一条窄路，正好来到 L 酒店门口。大冈赤脚穿着凉鞋，看起来不好走。丈夫穿着胶底鞋，大步走在前面。

大冈说："武田在其他事情上没精打采的，走路倒挺快。"

在 L 酒店的大厅，穿单衣和服的团客们坐在摆好的菜

154

前，正在看舞台上的漫才表演。

　　席间，到处有穿和服、抹了白粉涂了红唇的女人在斟酒，好像是叫了附近的艺伎或陪酒女过来。预约席也满了。我们开始喝啤酒和日本酒。伸出去挨着湖面、没有屋顶的位子是上等席（因为能最清晰地看到完整的天空和烟火），那里好像是早早就订好的。写着"谷村燃气"之类的当地公司的名字。那边的席位也有两个有点胖的显得很结实的年轻的和服女人，像是艺伎或陪酒女，在巡回斟酒。我们也落座，先点了三瓶啤酒，一瓶果汁。烟火开始了。与 L 酒店相邻的岬角上架着放烟火的棚子。天色微暗，烟火燃出赞助商的名字。L 酒店虽然紧挨着，但因为在棚子的后方，客人伸着脖子，倒着认出文字，然后鼓掌。一群人一道鼓掌的，像是与赞助商有关的公司或生意人。然而，当人们的醉意渐渐上来，就算与自己无关，不管是哪家公司的烟火，都一道开始鼓掌。周围的人也开始鼓掌，不管放什么烟火。

　　蒸烤鸡腿肉，整条烤鱼，生剑鱼（？）块，毛豆，沙拉（番茄、卷心菜、柠檬），甜口红烧西太公鱼，粽子（竹叶里面是年糕，放了味噌馅）。这些盛在一个盘子里。豆腐（冷豆腐）上面放着山葵，浇了甜醋芡汁，这是一碗。鲤鱼的水洗生鱼片（配了醋味噌）。一碗米饭，味噌汤。

以上是和食套餐的菜单。套餐送来的时候，我们加了三瓶啤酒。最后的味噌汤送来的时候，女服务生把一碗味噌汤泼在我的右臂和右膝上。非常烫。

和食套餐好吃。大冈也说："没想到挺好的。早知道不用担心了。"天空和湖水都变暗了，烟火开始盛大地升空。当烟火消失变得寂静的时候，对岸的岬角以及更深处的湖湾那边像是忽然想起来似的升起烟火，但那些只是偶尔几下，声响和烟火都小，显得不起劲。烟火发出轻微的声响，拖着尾巴，像人的魂，升到晦暗的天空的正中央，升到顶，便化作几道白色的光慢慢地落下来，其间，湖面和湖湾的船上的人们，还有聚集在岸边的群众的脸和衣服都被照得清晰，泛起奇妙的惨白。大冈说："看那个，就会想起战场。真讨厌啊。"于是我也想起空袭之夜的照明弹，还有那之后到来的准确的投弹和燃烧。

大冈拿着一瓶没喝完的啤酒和杯子，坐到摩托艇驾驶员的旁边。我、花子和丈夫在后面的位子并排坐了。

摩托艇从昏暗的码头静静地驶出，刚开了一会儿，就在游船码头旁边的码头停了引擎，停靠过去。船老大说："从这里看烟火最好看。"我们想着大概是吧，没有人表示反对，从那里看烟火。大冈和丈夫喝啤酒。船老大不知什么时候也买了易拉罐啤酒喝着。在这里，从船上看了十来分钟烟火。湖岸上站满了人。游船上也全是不进船舱站在甲板上的人，都快要挤下去了。我们的船又开了一会儿，回 L 酒店。途中遇到一艘没有亮灯笼的暗乎乎的船，上面坐的都是小学生。船老大提醒道："不亮灯会挨骂的。危险。"小学生们说："没有点火的东西。"船老大说："你们问其他船要个灯。"

大冈率先下船上岸，付了船费。一千五百元，他说："两千元，不用找了。"在 L 酒店的小卖部，花子买了写着"风林火山"的土制铃铛，上面挂着金色的马。

我们从摆着摊子的路上走回去。运势占卜和卖护身符的店，卖束口袋和饰品的店，气球店，假花店，天津糖炒栗子店，射击店，投圈店，塑料玩具面具店，什锦烧，炒面，味噌关东煮，普通关东煮，章鱼小丸子，盆栽，烤玉米店，把西瓜切开卖的店和整个卖的店。

一袋棉花糖，两个装，八十元。

在旋转灯笼店，花子买了带龙宫城的画的。大冈买了舞伎跳舞的，上面有烟火的花纹。旋转灯笼一个二百元。

路上有些人仍在朝着湖的方向走，加上店铺的灯火，很热。两个小混混模样的年轻人边走边一本正经地说："烟火这东西，看的时候要放弃理性。"

到加油站，稍作休息。大叔和大妈请我们一人喝一罐啤酒，吃煮成甜口的豇豆、豆腐皮寿司、海苔寿司卷和西瓜。

丈夫自从到了加油站就醉得东倒西歪，大冈变得安静。

把大冈送到家然后回家。

喝茶，歇会儿。十二点了。今年的烟火结束了。盛夏过去了。

在 L 酒店。晚餐四个人四千元，啤酒一千八百元，果汁七十元，服务费五百五十元，税五百六十六元，共六千二百三十一元。

船，就只开了一会儿呢。大冈花了最贵的钱。

八月六日（星期日）多云，夜晚暴雨

早　米饭，茄子味噌汤，玉子烧，海苔，海胆。

午　烤吐司（丈夫），烤红薯（花子、百合子），汤。

晚　米饭，梭鱼天妇罗，花生碎拌四季豆，番茄洋葱沙拉。

午饭的时候，大冈太太过来放下一个袋子，说是"大矶的鱼"。她说："我刚回来。"她的发髻松散，脸色苍白。昨晚守灵。她从院子的草丛中慢慢走上去，用来固定和服腰带的牡丹色细绳的一端松垂下。即便累坏了，美人还是美的。

送给我们两条竹荚鱼、十条梭鱼、梭鱼开片鱼。

从管理处回家的时候，一辆希尔曼[1]从后方驶来，停下。车上的人说："F社的社内新闻想采访老师。"他们载上我，来了家里。那个人待了十分钟回去了。

关井来了，给出混凝土工程的报价。

中央部分如果用砖，比水泥砖贵一万五千元。需要六百块砖。一块（包含砌砖的工程）六十元，所以是三万六千元。与混凝土工程一道，差不多六万的样子。

丈夫从一开始就打算这次的工程用砖，所以请他们用砖。说是工程在盂兰盆节前能做完。

在管理处，裙带菜三十元，黄瓜五十元。送了四季豆。

晚上，在餐桌上做天妇罗吃。梭鱼天妇罗好吃极了。

晚上，八点过后大暴雨，之后转为普通程度的雨。

花子在午后被蜜蜂蜇了腿。给她涂了无比滴。

八月七日（星期一）晴，早晚凉爽

两点下山买东西。

在酒水店。一箱啤酒，六瓶果汁，六个鸡蛋，纳豆，方糖，白糖，三副劳动手套，一袋茄子，两袋鳕鱼干，焙茶，细豆沙，洋葱，共三千二百元。

---

1 五十铃希尔曼，与英国沃斯特公司的合作车款。

在站前食品店。奶酪一百二十五元，毛豆一百元，柠檬六十元，五个桃子二百元，葡萄二百元，一袋红薯三百五十元，生姜二十元，一把葱七十元。

　　在Ｋ五金店。一副塑胶面劳动手套一百二十元，燃气烤网七十五元，燃气防污垫六十元，布料剪刀、小剪刀八百一十元，刮鳞刀三十元，单面刃尖头厨刀一百二十元，喷壶一百五十元。

　　我想买铁丝，店家说，铁丝是称重卖的，你就要这点的话，送给你，于是我收下了。这家店给了七张中元节奖券。说是十六日抽奖，十八日在报上刊登中奖名单。

　　在肉店。三百克肉糜（一百克七十五元），三百克最上等的猪肉（一百克八十五元）。

　　在干货店。一百克樱花虾一百二十五元，一袋羊栖菜二十五元，一百克小鱼干四十五元，一条柴鱼干一百九十五元。

　　柴鱼干长满了霉，但那家的阿婆告诉我：“柴鱼干的霉越多越好。”

　　在加油站。十六升汽油九百零五元。送了我们两根又红又硬的棒冰。

　　在收费站。次数券二千元。

　　在Ｓ农园。一千克番茄六十元，四根黄瓜二十元，一袋四季豆五十元。

到家的时候，关井和另一个来做混凝土工程的人正在给平台伸出来的位置围上绳子，用板圈起来。说是明天开工。

[附记] 这幅画是武田想到要做混凝土平台的时候画的。画在稿纸反面。向关井说明的时候给他看了这幅画。

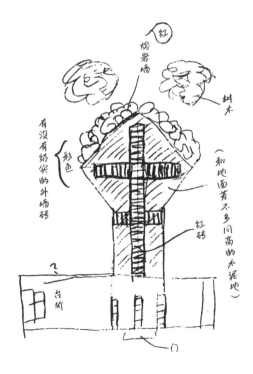

八月八日（星期二）晴，早晚凉爽

早　米饭，萝卜味噌汤，炒蛋，纳豆，炖羊栖菜。

十点，混凝土工程的工人带了一个像是打工的高中生模样的少年来了。少年用两轮小推车把铺混凝土前平整地面的石头（好像叫栗石）从大门运下来，一个人开始挖土。

午　放了培根的发糕，洋葱番茄汤，盐揉卷心菜。

我之前没注意，少年进了靠近下方扔垃圾处的灌木丛，正在吃便当，从餐厅和厨房门口看不到那地方。他说不用茶，喝水就好。我拿了冰过的番茄和一串葡萄过去。我说，上面的松树底下更凉快，那里好，他飞快地盖上饭盒，说"这里就好"。

三点，我把工人们喊到露台，端出放了水果的果冻。

在管理处，一斤面包四十元。去大冈家，花子在织东西，向太太请教经线的长度。大冈在午睡。太太在和室缝和服的袖子。大冈在地毯上铺了一张质地像巴拿马草帽的薄席子躺着，仿佛是阿拉伯的石油王。

晚　米饭，炸肉丸，整只烤茄子，黄油炒四季豆。

落日就像线香烟火烧到最后噗噜噜冒出的红黑色火星。花子边吃饭边把落日指给我们看，"看，看"。

天色暗下来之后，西面，大室山上挂着新月。像一弯眉毛，不对，比眉毛还细。

八月九日（星期三）晴

凉爽。风从西面的原野吹上来。

十点，工人今天带了另一个年轻人来。比昨天的少年有技巧，搬东西快，也不显得疲惫。

我们正在吃晚午饭，外川来了。他在对面溪边施工，好像有些在意我们家在做什么工程，过来看。他说："小溪那里洼下去，闷热。这里风最流通，凉快。"我端出啤酒和奶酪。丈夫说想吃外川家的手擀荞麦面，他说"明天拿来"。他的心情很好，聊了荞麦的事。但是外川自己不种地，而是让太太种，所以他的讲述可能有点不对。

〇荞麦有夏荞麦和冬荞麦。这一带的夏荞麦五月半播种。荞麦出芽快，如果太早播种，会被霜打。所谓八十八夜的告别霜[1]，在五月二日也就是八十八夜过后播种，但在这一带，搞不好五月半都会有霜，所以基本是在五月半播种。过个五十天左右收获。在荞麦旁边种长胡萝卜，是因为荞麦会让胡萝卜出甜味，特别好。收获荞麦之后，不马上接着种下一茬荞麦，是因为胡萝卜的收获期要到十月前后，让它留在田里。秋荞麦种在其他地里。秋荞麦从八月

1　春天临近结束时的霜。八十八夜指的是从立春往后八十八天。

半到月底播种，十月收获。鸣泽和山中湖是荞麦好吃的地方。我们家每天吃荞麦面。没有一天不吃，不过是买机制面来吃。

〇在这里的院子造个池子养鲤鱼多好。池底铺上塑料布造个池子，冬天加个盖子就行。只要留一个位置造深一些，鱼冬天会钻到那里，不要紧。

〇这附近还有貂。黄鼠狼和松鼠当然是有的。以前抓了黄鼠狼，把它放在铁皮桶里，罩了铁丝网，它跳到铁丝网上咬网子。可凶了。

〇冬天吃过熊肉。有油脂，但是难吃。也要看各人口味。冬天的野猪好吃。野猪肉不管煮得多滚，放进嘴里都不烫。就这些。

两点，下山买东西。

一打啤酒一千三百八十元，一箱易拉罐啤酒一千九百二十元，一升葡萄酒五百五十元，味淋六十五元，六团手擀乌冬面六十元，十个鸡蛋一百三十元。在酒水店。

八百克葡萄二百元，一根牛蒡四十五元，土豆九十元，西瓜（三浦西瓜）四百五十元。在蔬果店。

三百克猪肉糜二百二十五元。

在S农园。四根爬地黄瓜四十元，三根玉米一百元，一根萝卜五元。送了两根玉米。变成五根。大妈念叨："盂兰盆节之后是庆典，接连热热闹闹的，然后一下子入秋了。夏天太阳不多一点，不再热一些，农民就发愁了。夏天一过完，这边就冷清了。没劲。"

三点，我给两个工人送上西瓜。他们在露台的背阴处静静地边吃边聊。工人是个非常安静的大叔，一整天如此。栗石铺了三分之二，现在小伙子在往下运碎石和沙。

晚　米饭，西式蛋饼，沙拉，味噌汤，水果果冻。

七点半左右，有个红月亮，我们仨都吃了一惊。颜色像熟透的柿子，是偏红的锦带花的花色，如同充血一般的瘆人的月。九点半左右，我去晾洗好的衣服，月亮已经不见了。

看报纸，今天的月出 9:17，月入 21:07，月龄 4.0[1]。

昨天和今天，我在傍晚以为"月亮出来了"，并写在日记里，那其实是接近月入的时间。实际上月亮在早上九点就出来了，但因为天亮，看不见。尽管这么说，但我们也住在与月亮星星相同的东西上，所以说什么出和入，还是搞不清楚。

风大的时候，就会有蝴蝶破碎的翅膀落在玻璃门外。

---

1 从新月起计算月相的天数，新月的月龄为 0。

今天落着一片金茶色上有黑点的翅膀。

八月十日（星期四）晴

混凝土工程今天来了两个年轻工人和师傅。中午的休息时间，外川拿着满满地装在多层食盒里的荞麦面来了。

NHK 的大友来给大冈录音，顺便来了我们家。我端出手擀荞麦面。他待了差不多一个小时回去了。

晚　手擀荞麦面。

无籽葡萄开始上市，每天吃葡萄。蜜蜂来到一直搁在桌上的葡萄上，钻了个孔，探进去吸汁。有时不知飞去了哪里，然后又来了。我把果酱的盖子打开放着，它来了，停在盖子上沾着的果酱上。打开蜂蜜的盖子，它乐坏了。这是最直接和轻松的嘛。我觉得开开心心停在那里的蜜蜂可怜，想要告诉它："说起来，这原本是你做的呢。"这只蜜蜂跟昨天的是同一只吗？我用红色马克笔在它身上做了标记，结果停在葡萄上的，来到果酱上、蜂蜜上的，全是同一只带有红色标记的蜜蜂。其他蜜蜂就算飞来，也绝不跟它停在一处。值得敬畏的大吃货蜜蜂。我向丈夫宣布了这一研究结果，他说："和百合子一模一样啊。"

八月十一日（星期五）阴，有时晴

早　米饭，海苔，沙丁鱼大和煮，辣椒拌小松菜，海胆。

昨天浇灌了做基础的混凝土，所以今天停工一天。

天阴着，但没有风，闷热。

花子开始织手提包的布。

在管理处。一斤面包四十元，一大瓶酱油一百九十元，五卷厕纸一百五十元，十个茄子五十元，转寄费六十元。

从筑摩书房来了现金挂号信。去管理处的时候，我心想，从管理处的坡那边走过来的人，长得跟永井荷风一模一样，等开近一看，那是大冈拎着购物袋，从管理处拿了牛奶和报纸之类回家。我停了车，他说太太今天去了东京，中央公论的近藤二十日来，他不出席谷崎奖[1]的会议。

两点半，最热的时候，《别册文艺春秋》[2]的高桥[3]来了。他从鸣泽的公交车站走过来。丈夫和我都吃了一惊。他也没喊累。我端出啤酒、腌牛肉，又做了饭团。

1　1967 年秋，第三届谷崎润一郎奖的获奖作是安部公房的《朋友》和大江健三郎的《万延元年的足球队》。

2　《别册文艺春秋》，1946 年创刊，最初是季刊，2002 年改为双月刊，2015 年改为电子杂志。

3　高桥一清（1944— ），文学编辑。1967 年入职文艺春秋，在《文学界》《ALL 读物》《文艺春秋》《别册文艺春秋》等任编辑。1990 年任《别册文艺春秋》主编。有多部关于编辑职业以及作家的著作。

把《别册文艺春秋》的五十页稿子给他。送高桥，顺便下山，在湖畔让高桥下车。

在站前的蔬果店。二百克茗荷一百元，葡萄二百元（有七串），奶酪一百五十元，小苏打十元，西瓜四百五十元，三块盐腌鳟鱼六十元。四罐和平烟八百元。

肉店。猪肉糜二百三十元，十条鸡胸肉一百五十元。

在S农场。生菜五十元，山药二百三十五元（两大根），卷心菜三十元。老板娘给了我一只细长的冬瓜。这一带叫作素面瓜。素面瓜横着切成五厘米的厚段，放在热水里煮两分钟，用手抓一下，芯瓤就会像素面一样哧溜溜地脱落[1]。说是用三杯醋拌了吃。生菜和卷心菜是从地里摘的。刚切下的生菜从切口滴滴答答地滴落汁液，所以用报纸厚厚地包起来给我。

昨天深泽七郎来了明信片，说他去摘葡萄的路上来我们家，一道去，于是我们寄了快信，说十五日到十七日回东京。

晚　米饭，纳豆，烤鳟鱼，清汤。

吃西瓜。西瓜在回家的车上裂成了两半。

一到晚上，就有许多蛾子、天牛进到家里。还有小小

1　从描述看，并非冬瓜，而是金丝瓜。

的米粒大小的蛾子也进了屋。茶色的，带着白色斑纹的，淡绿色的。天牛像老鼠一样叫。狗死掉之后，我不想杀死生物，但只有天牛，我用脚踩。

花子织好了布。

院子里开了花，桔梗、败酱、红百合等。桔梗的花苞不断膨胀和展开，楚楚动人。

夜里，静静地下起了雨。

八月十二日（星期六）晴，傍晚有阵雨

早　米饭，海苔，油浸金枪鱼，萝卜泥，土豆味噌汤。

午　放了培根的发糕，红茶，番茄。

我做了西式蛋饼，端出去给工人们当午饭的菜。今天有三个工人，其中一个下午来。砌砖的工程。用水平器拉线，每放下一块砖，用锤子轻轻地慎重地敲。伴随着好听的笃笃声，砖砌了起来，用细抹刀往砖缝填上水泥。砖先在装着水的铁皮桶里浸过，然后再用。

三点，做了蜜汁红薯，切了西瓜，端出去。

在管理处。黄油一百八十元，面包四十元。顺便把大冈家的邮件拿过去，花子织好的布经纬不整齐，我去问原因。太太正好在玄关前修剪松树枝，我和她站着聊了聊。

傍晚，突然起风，云铺开了，大滴的雨落下来。工人

们在雨中砌了两层砖。然后他们匆匆奔上坡，回去了。

晚　做了花子要求的三色饭（鸡蛋、海苔、肉糜），生菜浇沙拉酱，上面放了切碎的茗荷，撒了柴鱼花。丈夫的牙变少了，因此他说："这样的饭菜吃着不麻烦，挺好。"

晚上，雨停了，月亮从云里出来。然而，西方的天空有闪电。很长一段时间，闪电像是忽然想起来似的一闪一闪。昨天和今天来餐桌的蜜蜂不是那只我涂了红墨水的。那只已经死了。

报纸上有青野季吉太太[1]的讣告。这个家盖起来之前，连续十多年里，我们去角间 [长野县] 过夏天，其间有几年和青野老师夫妻住在同一家旅馆。他们带着小儿子。我去寄稿子或快信之后回旅馆的时候，在汤田中火车站的公交车站的长椅上，和她一起长时间地等过黄昏时分往角间去的最后一班公交车。太太总是和青野或者孩子一道。

八月十三日（星期日）阴，有时阵雨

从早上起就闷热。阳光照下来，烤得很热。

三名工人从十点左右开始砌砖。砌成九层还是十层？

1　青野瑞穗，生年不详，婚前姓岛田，曾任小学教师。青野季吉（1890—1961）是记者、共产党员、无产阶级文学评论家，第二次世界大战期间曾被逮捕，和情人育有四子。瑞穗在战后才得知此事，抚养了四个孩子。

丈夫拿了椅子和遮阳伞过去试坐。决定砌九层。

十一点半，下山去本栖湖游泳。星期天，镰仓往返路上，去本栖湖的车，从本栖湖来河口湖、山中湖的车都排着队。鸣泽的田间突然建起一栋小小的人家，开起了鸡肉烤串店。零零星星地下起雨，吹起风，于是我们不游了，回家。

收费站，从五合目下来的车排着队，所长都亲自出来指挥。

在家门口遇到外川的车。外川带着孩子。给了他一个冰激凌。我打算把另一个冰激凌给邻居工地的工人带来的女孩，去邻居家那边的工地宿舍一看，入口处竖着一块板，人们睡得正香。女孩也在睡。我没喊她，回了家。我早上出门时见过这个小女孩，好像是木匠带来的。她和父亲一起坐在木料上，安静地玩着，不断把锤子递给父亲，又接过来。

傍晚，大冈太太过来说："来和池岛信平[1]一道吃饭。我六点来接。"我把小里脊做成叉烧，打算和茗荷一同拿去。太太六点来接。池岛也一道从院子斜坡下来。

晚　面包，叉烧，醋浸木耳，花子和我。丈夫去大冈家。

1　池岛信平（1909—1973），文艺春秋社社长。

九点左右，我去大冈家接丈夫。用车载了池岛和丈夫，把池岛送去高尔夫球场的旅馆。池岛心情很好，坐在车上的时候一直在说些好笑的话，我一直在笑。

今晚的月亮正好是半个。

院子里开的花，看了图谱，是白色蚊子草、沙参。

秋草开始开花。大大的黑凤蝶开始只在地面低处飞。

大冈太太说："这次是我们家的狗死了，今天。"说是因为丝虫病死的。

八月十四日（星期一）阴，有时晴

今天也无风闷热。工人没来。

花子忙着把院子里的花做成压花。

在管理处。希望烟四十元，莱朋洗洁精一百元，味淋一百六十元。外川家的一个男孩在树荫下削木片玩儿。

午　小锅乌冬面，火腿。

一个大妈忽然出现在露台下，"买玉米吗？"红色短袖衬衫，束脚裤，体格像女相扑选手，红脸膛。她背着满满一背篓玉米。她身后还有一个看着老实的大妈，也背着满满一背篓玉米。说是刚摘的。我买了十根，三百元。送了两根长得丑的。在这里盖房子后，还是第一次有小贩过来。

正在准备晚饭，大冈夫妻来了，来商量谷崎奖的事。

大冈太太正在熨衣服，大冈突然说"现在去武田家"，她被催着来了，因此坐在露台的墩子上，没有进餐厅。"好热，好热。坐在这里舒服。"

晚　米饭，芡汁肉圆，烤茄子，蛋花汤（教了花子，让她做的）。吃了桃子。

阴天，有几颗星，月亮是透明的橙色。周围雾蒙蒙的，尽是虫声。

八月十五日

早上五点出山。雾浓，所以从大月走。在大垂水峠看到两起事故。一辆跑车撞到山崖翻倒了。再过去一些的转弯处，一辆大卡车一头扎进崖壁。

八月十七日（星期四）晴

早上天阴着。闷热。东京之热！十点半出赤坂。花子和朋友坐大巴来，所以留在家里。

把十千克米、各种零食、蔬菜、牛肉佃煮、培根和罐头类装上车。

在大箱根休息。山药泥荞麦面三百六十元（丈夫、我），草莓冰水五十元（我），易拉罐啤酒八十元（丈夫）。

贴着车内座椅的位置，背和大腿底下，全都被汗水打湿了。临近三点抵达。汗一下子收了。

四点半，下山接花子和她的朋友。五点左右下起了阵雨。车站的人说车晚点了，于是我在车里看报纸，有人敲车窗。她俩连鞋子里都湿了。

带她们去 S 乐园，点了晚饭给她们，盐烤虹鳟鱼、裹面包糠炸鱼块、芝麻拌山野菜、蘸汁。她俩今晚住在这里的酒店。

工人们在十四日的工程之后一直没上山。

八月十八日（星期五）阴，有时小雨

九点半，去 S 乐园接花子二人。她说昨晚房间里有大蜘蛛，请前台处理了。

午　米饭，精进炸。

傍晚，带她俩去富士五湖烧的窑场。我们参观了一位被称作老师的人转辘轳做陶的过程。助手还带我们看了窑场。一个女的在做埴轮[1]。三个人都讲关西话。这个窑不做乐烧[2]。老师说"做做看"，在其教授下，花子的朋友做了一个胸针模样的东西。花子做了狗的摆件。不像波可。我

1　日本古坟时代的土偶，中空，有圆筒形和人偶形等。
2　让业余人士在素陶上画画然后烧制。

买了陶土花瓶。六百元。老师送了两个荞麦面蘸汁杯。

　　晚　面包，咸牛肉，土豆泥，芦笋，沙拉，牛奶，红茶。

　　吃饭的时候，大冈夫妻来了。他们在七点半过后回家。

　　花子和朋友在双层床睡。

八月十九日（星期六）晴

　　早　米饭，蟹肉炒蛋，红薯味噌汤，海苔，佃煮，水果果冻。

　　让花子她俩做了饭团，下山兜风。天很晴，车多。

　　从鸣泽道开到镰仓往返路的口上，就在公交车站的位置，有一起绿色大卡车和红色大卡车相撞的事故。两辆车都撞得歪斜变形，堵在出口。许多住在附近的人过来看，有的蹲着，有的往那儿一坐，伸着腿。老年人也来了，其中还有半截入土的老人，由年轻人扶着蹒跚地过来，靠别人帮着蹲下，开开心心地看。我的车开不出去。一个穿着白色汗衫和白色七分内裤的老人拄着拐杖，脚步不稳地匆匆走到我的车旁。他指着采石场那边，重复了好几遍："这里不通。车和车撞了，驾驶员受伤了，全是血。你从那边绕。"他的眼睛一直在流眼泪，像鱼眼一样，但他显然开心极了，有些飘飘然。我也下车走到现场去看。老爷爷跟着我一道走回现场，一路上笑眯眯地对事故做了讲解。

我们穿过采石场到国道上，去风穴和冰穴。我在冰穴的入口等。入口卖烤玉米的大叔和我聊天，说，以前从冰穴切割天然冰，现在进去的人多，能切的冰没有以前多了。冰穴里面很深，要是进去两百米，连当地人也会迷路出不来，死掉。里面有些地方磁铁会失效。

花子她们出来，买了三根热玉米吃。大叔的身后，剥下来的玉米皮有他的人那么高。

一个男的从冰穴出来，问门口检票的男的："我接下来还要去风穴，风穴就是风呼呼地吹吗？"他似乎以为，冰穴就是有冰，风穴就是有风吹。检票的男的正在让一个像是手下的男的帮他揉肩膀。

风穴门票一百五十元（三人）。风穴我也进去看了。整个人凉了下来。

我们上到红叶台的顶上，在松树的树荫下吃便当。游船驶过西湖，拖着尾波。在树海当中，我们之前游过泳的泳池闪着钴蓝色的光。扔了十元进去，用望远镜看，只见池边有个穿泳裤的男的，不久后跳进池中。用望远镜看到的树海已经有一些树叶开始红了。青木原整体有些泛黄。

下了红叶台，在茶屋休息。两瓶可口可乐，一瓶葡萄芬达，一百八十元。店家送了茶和一碟腌萝卜。喝可乐吃腌萝卜，两边的滋味相互抵消，变成一种无意义的味道。

去西湖。站在码头，渡船来了。船上的人说要等公交车来了才开船，再过十分钟就开。我们坐进船里等。阳光灼灼地一直照进水底，西太公鱼游到水边。女学生用手捞鱼。除了我们，还上来四个像是当地中学生的女生。船老大问"你们去哪儿"，她们说："去移居地。"一人付了一百元。女孩们晒得黑黑的，小心地抱着一大堆画图纸。

公交车来了。要去露营地的年轻男女上了船。他们立即用半导体收音机放起音乐。不久，缆绳松开了。一辆斯巴鲁一头冲到水边停下来，一个年轻人下了车，跳上刚开始移动的渡船的船头。那人是船老大的助手。

船停在叫作"红叶台自由露营村"的地方。

年轻人们哗地下了船。露营的人们在这里的码头游泳和钓鱼。水是深蓝色的，黏稠如天鹅绒，却很清澈。接着，船驶向叫作"青年旅馆"的码头。两个男的抓着浮木，游到离岸很远的地方，朝我们挥手。水的颜色让人感到恐怖。抵达"青年旅馆"。码头上有游累了仰面躺着的年轻男人，还有正在钓鱼的男人。中学生们在这里上岸。从这里回到原先的码头。船上就坐了我们三个人。助手大概是查看引擎的情况，船还在开，他倒挂在船头，脑袋探向船底。船老大让船全速前进，不时回头问我们的感想："舒服吧？"我点头，同时隐隐有些犯困。船费往返也是一人一百元。

花子和朋友买了作为手信的石头。

花子买了白玛瑙和黄色石头，两个一百五十元。她的朋友买了白玛瑙和虎眼石，两个一百五十元。此外，花子买了丝瓜瓤做的老虎，朋友买了陶土铃铛。她们各自从自己的钱包付钱。

回到家，桌上留了个条。写着：和中央公论的近藤去大冈家，麻烦傍晚来接。我去接丈夫，在大冈家，他们请我喝了啤酒。近藤说他的脚被烫伤了，所以今年夏天不能登富士山。

在大冈家吃的。生鱼片，牛舌，茗荷拌裙带菜，此外还有许多。

今天工人来了，把九层砖砌完。

六点，送花子她们去酒店。今天住的是三楼的和室。

不知是因为坐西湖渡船的时候晒了太阳，还是因为湖水返照，困。

八月二十日（星期日）阴 夜里有雨

早　松饼，番茄洋葱汤。

八点半，去接花子她们。一开门，两人并排伸着腿坐着，正在以同样的姿势用布打磨昨天买的石头。

今天去本栖湖游泳。我做午饭的海苔饭团的时候，她俩做了捞西太公鱼的网。

出门的时候爆胎，所以晚了，一点过后，带她俩去本栖湖。下雨了，于是我们等到三点天晴，游泳。

在管理处。面包四十元，巧克力一百元，转寄费三百六十元，四季豆三十元。

晚　米饭，裹面包糠炸鸡，沙拉，黄油炒四季豆，炸红薯。

晚上九点，送她俩去酒店。雨。

回程，在高尔夫球场的林间道上，一只山兔被灯光一惊，从草丛中跳出来。它没有逃进林中，而是沿着路笔直地奔跑。一直跑在车的前方。它拼命地跑，我觉得可怜，放慢速度，跟在后面开。被车灯照着的兔子翘着白屁股，有茶褐色的毛，是一只年纪还不大的兔子。它有时停下回头，有时耸着屁股背对着这边，等着我。每当我停车，它仿佛不可思议地扭头等我。重复了一会儿这样的过程之后，它跳进左边的草丛中。我在它跳进去的附近停车，感到它从草丛中一动不动地望着这边。我的眼泪突然上来了，用目光对草丛中的兔子说："你要长命呀。"

八月二十一日（星期一）雨

听说十八号台风正在接近。

九点，去酒店接花子他们。付了账。总额四千七百元。据说是中学生折扣。

我们家门口停着大冈家的车。太太刚从院子折回来。"我刚把鱼放你们家。"

一条黑鲷，三条小油甘鱼，一只大龙虾。收下了。

黑鲷做成炸鱼块。油甘鱼红烧。大龙虾用水煮。打算按顺序吃。期待！

用车载上花子她们，按照大巴的时间下山。花子的朋友在特产店买了给她母亲的手信，明信片和钱包。让她坐上两点四十五分发车去新宿西口的大巴，目送。

在收费站。次数券二千元。

到高尔夫球场的路上，两侧的芒草抽出了胭脂色的穗子。

晚　炸黑鲷鱼块浇糖醋汁，烤茄子，米饭。

丈夫吃得饱饱的。他心满意足，早早睡了。

八点左右，为了给东京打电话确认花子的朋友是否顺利到家，我出了门。管理处没亮灯，门锁着。

之前收到的浅山老师[1]的明信片上写着，预定在二十一日午后抵达 S 乐园。原本打算明天早上去一趟，既然出来了，我想去借用电话，顺便看看浅山老师，便下到 S 乐园。在 S 乐园的前台给东京打电话，家里人说："出去接了，还没回来。"我有点挂心，打算半个小时后再打电话。等的时候，我问前台："今天应该有女客人从京都过来。"前台说下午已入住。我到四〇一和浅山老师聊天，时间过了十点半。有人敲门，来的是前台的男人，"武田太太有位客人"。我想到底是谁呢，下去一看，丈夫脸色苍白地站在那儿。他的双手下垂，握着拳。花子跟在他旁边，一脸茫然。我来到外面，一辆吉普车明晃晃地亮着车灯，车上有两个管理处的人，拿着大手电。丈夫在发抖，一言不发。我发动车，跟在吉普车后面回去。丈夫在车里含着怒气低声说："不讲一声就不见了。这就是百合子的坏毛病。你不要不讲一声就不知道去了哪里！"我边开车边说："对不起。以后我不会不讲一声就走。"他的气还没消，还在发抖。"我会戴上你给我买的手表。"我又想起他总是责备我的事，补了一句。"没错。百合子晚上也当作是白天，

---

1 （铃木）百合子高中时代的老师。这位老师还出现在武田泰淳的《新·东海道五十三次》（中央公论社，1969）《眩晕的散步》和武田百合子的《游览日记》（作品社，1987）。

随随便便就出去了。时间观念根本为零。你以后会吃大亏的。""知道了。"

在高尔夫球场的林间路上，一辆车亮着除雾的黄灯，在和我们错车的时候停下。大冈太太开车，车上坐着大冈。他们说是来找我的。我一个劲儿地道歉。"我想着应该是在哪里喝酒吧，用不着担心。但武田脸色惨白地来了我家嘛。万一你死了，他以后会一直恨我，说大冈那时候都没出去找。我们就把车开出来了。你别太让他担心了。"我一个劲儿地道歉。

雾变浓了，路被雨打湿了，是个路滑难行的夜。

八月二十二日（星期二）阴，有时雨

早　米饭，海苔，纳豆，海胆，土豆炒蛋，味噌汤（洋葱）。

午　米饭，红烧小油甘鱼，佃煮，醋腌卷心菜。

晚　米饭，裹面衣炸肉，沙拉，炸红薯。

上午，去管理处，就他们昨晚开吉普车出来找我一事道谢和道歉。

"我们这边，夜里如果两个小时前出门还没到，就会出去找。经常有司机把车停在树林里睡觉。我们想着武田家的太太应该不会这样，还是开了两辆吉普车，分头往鸣泽和高尔夫球场方向找。"

"有雾气，路面也湿了。太太开惯了山路，想着不至于出事，但有时候车也会开进小溪翻车。我们边开车边用探照灯照着小溪和洼地。老师一道坐在吉普车上，看着看着，就更担心了。"昨天出来搜寻的人们聚拢过来，笑嘻嘻地说。

回程，我去了大冈家，为昨晚的事道歉。大冈来到玄关，说："别太折腾人。"我发自内心地道歉："好的。对不起。下次如果太太不见了，我会拼命找。"他说今天《朝日新闻》的黛[1]要来，你们来吃晚饭。

工人来了一会儿，很快就回去了。说是下雨就没法收尾，要看天气。

傍晚，大冈太太来接。她说三个人一起吧，但我和花子不去了，让武田一个人去，带了一点为晚饭做的裹面衣炸肉。说是黛之前来了三个客人，所以才这么晚过来接。她像是非常忙。

晚饭后，起了花子第二次机织的经线。花子说她边织布边看家。

八点过后，我一个人去大冈家接。我也坐下喝了啤酒。

1　黛哲郎（1936—1993），评论家，《朝日新闻》学艺部编辑委员。

我向黛解释昨晚的骚动，这时，又一次，我们全都笑了。

平时丈夫只要我一开始喝啤酒，就会说"百合子，说再见"，今晚他没说那样的话。他像孩子一样闹腾着，心情好极了，话多。

"武田，你的表情跟昨晚整个儿不一样了呢。昨晚你和花子出现在玄关的时候，那表情……"大冈太太一打趣他，又回到那个话题，我们全都大笑。

下车后，丈夫朝着对面溪边的工地宿舍撒了长长的尿，沙沙沙地。他边尿边大声说："百合子——松茸——松茸——"

院子里的胡枝子和败酱在盛开。晚上也能看见。

八月二十三日（星期三）雨，风

预报说十八号台风今天早上经过山梨，台风变弱了，变成风雨经过。

早　米饭（把之前的炸肉做成类似猪排盖饭），裙带菜味噌汤，番茄。

在管理处。味淋、面包四十元，十个鸡蛋一百五十元。

管理处说台风要来，把门关得死死的。关井一个人在雨中修路，像是在疏通排水。

十点半，去 S 乐园。载上浅山老师，从富士三合目开到大泽崩。有雾，几乎什么都看不见。偶尔忽然有一抹绿色从雾的缝隙出现，又立即消失。因为大雾，旅游大巴慢吞吞地往下开。

三点，到家。大家一起吃饭。

午　烤吐司，蟹肉炒蛋，红茶。

雨稍微停歇的时候，浅山老师把院子里的路上上下下走了一遍，参观。

五点，送她去 S 乐园。

晚　米饭，烤白丁鱼干，佃煮，芡汁豆腐，煮豆。

雨停了，只有风在刮，天空放晴了。

看到玫瑰色的夕照。

晚上用缝纫机缝花子的手提袋。

厕所的墙上有一只小青蛙，在捕猎蚊子。当蛾子掀动翅膀，青蛙把几乎没有的脖子尽量朝那边伸，像种子一样的黑眼珠一直盯着看。

八月二十四日（星期四）晴

晴朗无云。电视上说，十八号台风转弱并变成热带性低气压经过之后，今天的天气会是这个夏天最晴朗的。残暑会更重。

早　米饭，海苔，海胆，萝卜泥，佃煮。

午　海苔饭团，鲑鱼可乐壳。

晚　米饭，盐烤秋刀鱼，萝卜泥，炖炒魔芋丝，味噌炒茄子。

天气太好了，上午，给一半的露台扶手刷了漆，桌子也刷了漆。

两点，去本栖湖游泳。从三点游到四点，洗车。有风，不好游。

在河口湖町购物。

在肉店。三百克肉糜，二百克上等猪肉，饺子皮，魔芋丝，共四百六十五元。

在蔬果店。四个梨一百六十元，一根萝卜三十五元，一袋茄子五十元，柠檬四十五元，两袋纳豆六十元，一把葱一百元，三条秋刀鱼九十元。

去酒水店买手擀乌冬面，说是后面的人家生了孩子，附近的人送面条去道喜，所以全都卖完了。

在河口湖站等去五合目的公交车的乘客全都是外国的男男女女。夏天结束，封山的日子接近，日本游客就少了，外国人增多。今天登山，安静，天气好，是最好的富士山吧。

工人今天把砌砖的收尾做完了。

晚上，满天都是闪耀的星，一直到山的边缘。

我看过星星进了屋，过了不到三分钟，出来一看，满天散乱的星消失得毫无踪迹。简直像魔术。丈夫说我之前盯着壁炉的火，然后突然到外面看天空，所以看不到。他说是眼睛的缘故，但花子出来看，也看不到。接着丈夫出来了，也看不到。是突然起雾吧？

八月二十五日（星期五）晴，之后骤雨

早　米饭，咸牛肉卷心菜，纳豆，海苔，土豆味噌汤。

上午的日照强烈，刷漆，刷完了扶手。

午　烤吐司，培根煎蛋，花子吃拉面。

我正在管理处，突然下起暴雨。我被关在里面一个小时左右，呆呆地看着雨。回程，从坡上的公交车站到坡下，新铺了土的路变得泥泞，已禁止通行。

三点半，有电话打到管理处。说是白土［日中文化交流协会的白土吾夫 [1]］二十九日来。

晚　饺子。放了韭菜的饺子，好吃。又做了一些吃。

七点左右，管理处来了人，"《朝日新闻》说'明天十点半打电话来'"。

厕所的青蛙仍在同一个地方。

1　白土吾夫（1927—2006），曾任小学馆编辑。1956 年，以井上靖等人为中心，创立日本中国文化交流协会。白土吾夫从创办之初就在协会工作，后来任事务局局长、专务理事。

八月二十六日（星期六）阴，闷热

早　米饭，纳豆，海苔，海胆，萝卜泥，土豆炒培根。这个菜放大蒜好吃。

十点半，去管理处，等电话。原来不是《朝日新闻》，是 NHK 广播。我恳求道："以后如果快信来得及，请寄快信。管理处开吉普车过来通知，太辛苦了。我们想好了在山上不装电话。请让我们过没有电话的生活。"

午　发糕，汤，红茶，水果果冻，中式炒茄子。

工人今天休息。

晚　洋葱牛肉饭。

七点，我和花子去吉田的火祭。丈夫白天说"我也去看看吧"，可他又说，洋葱牛肉饭吃多了，犯困。

我把车停在河口湖站前，等待去吉田的公交车。一辆侧面写着"常盤酒店"的小面包车抵达，大概十五个穿着同款单衣和服的中老年男女下了车，排到公交车的队列。总觉得他们像是穿着睡衣出来的。有五六个登山装束的外国人也来排队，他们刻意不看那群单衣和服的人。公交车一直没来，于是我们坐火车。火车车厢里满满的，小女孩们，女学生们，小男孩们，还有一家一家的。西湖入口那家酒水店的女儿也穿着绿色的新连衣裙，和朋友一起在车上。

吉田的城区，火把稍微过了火最旺的时候。好像有胶卷公司的火祭摄影赛，聚集着拿着照相机的人。外国人也比去年多。我们没有走到顶上的神社，在坡道中间的御旅所[1]参拜，请了护身符。外国的男男女女，还有一群穿着越南奥黛的女人们，都在御旅所跟前眺望。穿白色和淡蓝色服装的神主们因为要担任照相的模特，坐着摆出各种姿势。神主们很会摆姿势。我们买了两串味噌关东煮，边吃边看。

糖炒栗子店，什锦烧，章鱼烧，关东煮，塑料模型，水中花，挂在腰上的饰品，画着画的遮阳纸伞，塑料布，卡拉美烧，气球，刀，卖绘有老虎、布袋佛以及富士山的挂轴的店。干花店写着大字，"正牌意大利进口"。棉花糖店的纸袋上的画是黄金骷髅侠和飞飞鼠。一直到去年，画上全都是 Q 太郎，现在彻底不见了。

吉田的旅馆好像家家都满了。对着大街的房间，每一间都有客人在吃喝。他们有的从二楼栏杆探出身子，有的靠着栏杆，满脸通红地俯瞰大街上的人群和燃烧的火把。客人们排成一串，感觉旧栏杆快要被他们挤坏了。

1　神停留歇脚的地方。北口本宫富士浅间神社的火祭分为两部分，8 月 26 日，神舆被送下山巡游一圈，然后被安置在御旅所，同时点燃街上的 90 多支大火把。27 日黄昏，神舆再次游行，回到神社。

与往年一样，每户人家都大敞四开，摆着屏风，插着花，旁边还搁着台灯。矮桌上铺着新塑料布，让客人进屋后打开啤酒瓶，客人吃着生鱼片和炸猪排。装饰的屏风和台灯看起来是家里最好的，平时珍藏的。日本酒和啤酒的空瓶不收进厨房，一长溜排列在能从大街上看见的廊子上、窗边和帘子背后。他们把瓶子摆在那里，有些滚在地上，仿佛在说，我们喝了这么多呢，给客人上了这么多呢，而且，这点酒根本不算什么。

　　今年吉田的城区效益不错吧。看到一些人家重新盖房子和增建。用了新建材和新照明器具的人家，客人尤其多。他们把屋子尽可能地敞开，让人能从外面看见。

　　也有不那样的老房子。进深很深的人家，没铺地板的房间看起来冷硬又凉爽，在昏暗的门前，安静地燃着篝火。他们把缘台[1]摆在门外，阿婆、妻子、年轻的儿子们，一家人出来坐在缘台上看篝火。好像也没有客人。走在路上，也有三四户这样的人家。

　　在唱片店，花子买唱片，五百元。

　　烤着火，身体变得懒洋洋的。搭乘临近九点的往河口

1　日式房屋通常整体架高，缘台形似木板条凳，高度和落地门的底端齐平，放在门口，让房间延伸出一个平面。

湖的火车。我旁边带着一个女孩的夫妻像是农民。妻子穿着黑白条纹连衣裙，晒得黝黑，她小心地拎着一只塑料袋，袋子开了气孔，里面装着五只浅茶色和黑色条纹的小鸡。

那家的丈夫对我说："去年过节也买了小鸡，不想自己家吃，给了别人家。真傻。但看到小鸡觉得可爱，忍不住每年都买。"看来，在农民家养着，就算是节日摊子上的小鸡也会茁壮成长。他说喂鸡饲料就行。小鸡不时歪歪倒倒，五只扎成一堆。其中还有一直闭着眼的。

好像是昨天，报纸的郡内版上写着，北富士的喷气飞机还是火箭的发射音导致将近一百只小鸡一齐死亡。据说它们被声响吓了一跳，朝一个方向挤，压死了。

一个老爷爷穿着从前的富士讲行者的服装，摇着铃铛进了车厢。他像是要去登今晚开始封山的富士山。在河口湖站下车，停着十辆从千叶来的旅游团的大巴。车窗玻璃上贴着"吉田火祭旅游团 小凑旅行会"。

去五合目的夜间大巴满员，有人没坐上。

在加油站。汽油一千零四十六元。

在酒水店。易拉罐啤酒一千九百二十元，焙茶一百元，煎茶二百元，炼乳一百三十元。

穿过院子往下走，只见二楼的房间、浴室、厨房亮着灯，让脚边不那么暗。是丈夫打开的。

丈夫没睡。他泡了茶，吃我们从火祭买回来的酱油团子。我和花子也吃了团子。我一直在讲火祭看到的情形。

火车票往返一百二十元，味噌关东煮（两串魔芋）二十元，十串团子一百元，面包六十元，零食三百元，网一百元，葡萄三百元，两包赤豆糯米饭的饭团二百元（一包三个）。

八月二十七日（星期日）阴，转晴朗无云

早　米饭（把昨天过节买的赤豆糯米饭蒸了），海苔，海胆，玉子烧，萝卜泥。

上午，感觉要下雨，水泥工边担心天气边做了最后的收尾。看起来是在平台的地面做出蛛网状的纹样。收尾的人不是工头，是个年轻的工人，但好像有些资历。长得很像河出书房的寺田[1]。

中午，端出鸡肉烤串和葡萄。

在露台给丈夫理发。理了十年，但每次理完的样子都不一样。有时候飞快地就理完了，有时候怎么都弄不完。今天是完成得快的，但发型方面是失败的。变得很像

1　寺田博（1933—2010），编辑，文艺评论家。在河出书房新社任复刊的《文艺》杂志编辑，后任总编。其后在作品社、福武书店（现在的倍乐生）工作。发掘中上健次等作家。

天皇陛下。

　　午　米饭，沙丁鱼大和煮，烤茄子。

　　下午，西边的天空变蓝，阳光照下来，继而晴朗无云。灼灼地热。

　　去本栖湖。从三点游到四点。因为昨天的雨，水比平时冷，但有种滑溜溜的表面张力，贴着肌肤。虽然是星期天，但只有三四个人在游。当我游到熔岩台地的湾口，那里有一整个夏天的游客留下的纸屑和空罐，很脏。唯有湖湾的水与垃圾无关，澄澈。我分开紫色真丝天鹅绒一般的水，游出水湾，不发出声响地往湖水的中央游去，这时我懂得了最近新学到的知识——其实白天也有月亮和星星，只是因为天亮而看不见。

　　在这个夏天游泳的日子当中，水的状态，风的状态，都是今天最佳。

　　厕所的青蛙从昨天起不见了。

八月二十八日（星期一）晴，有少许风

　　凉风吹拂。晴朗，云却是秋天的云。

　　早　米饭，茄子茗荷味噌汤，纳豆，海苔，可乐壳。

　　关井和外川一道来了。外川给了我们五根玉米。说是院子里的菜地长的。他绕着看了修好的混凝土平台，"要

我说，想在这里（用砖砌的围墙的位置）装个架子。放威士忌之类的架子"。他说了三遍。还说了好几次"可惜"。

外川喝啤酒，关井吃石衣[1]、仙贝，喝茶。

两三天前的报纸上登过，三个强盗进了O村的五金店，抢了一万元。那三个人昨天去了正殿（我不知道是哪里的正殿），正殿的阿婆去报案，所以外川他们消防员从昨晚九点半开始，在山上找了三个小时。之后喝了一杯，听刑警和片警讲他们的经验，还聊了犯罪手法之类。聊天持续到深夜两点半左右，内容很幽默（外川的形容），让人意识不到时间流逝。本地的警察当然在，听说连五湖外围的警察也来了。

"刑警和片警的推理头脑，跟我们的脑袋可不一样，他们可聪明了。"外川对昨晚刑警的话十分钦佩，看起来兴奋劲儿还没消。

外川听了刑警的话然后讲的：

O J 相互金融进了小偷，被盗八百一十三万元。因为涉及信用问题，让报纸不做刊登。过了一段时间，一个平时怠惰不爱打扫的寄宿舍老板娘忽然心血来潮，打扫寄宿

1　硬糖衣豆沙馅点心，形如鹅卵石。

人的房间，那是个二十五岁的男人，在做调酒师，老板娘想着顺便把壁橱里也扫一下，结果里面有个陌生的包。打开一看，竟然是成捆的钞票。她喊丈夫来看，丈夫吓坏了。他们报警，请警察来看，结果那人就是打开保险柜的犯人。据说那个犯人从小就对保险柜感兴趣。警察把他带到现场——这种好像叫现场还原——对犯人说，你把保险柜开一下，犯人仔细倾听，把保险一直向右旋。一直旋到"咔嚓"的位置。"咔嚓"一响，马上向左旋，一直仔细倾听。这次"嗑特"一声。"嗑特"一响，这时，锁在里面开了。保险柜的锁有两处，另一处也同样，向右旋到"咔嚓"，向左旋到"嗑特"，保险柜开了。并不是和内部的人里应外合犯罪，是独自作案。他的那个"咔嚓""嗑特"是普通人完全感应不到的，是只有特别的人才能完成的犯罪（外川说"反对""反对"，其实是在说犯罪）。

○进到 O 村香烟店的小偷，在进店前做了准备，是有计划的。他拿了一万元，去买一盒烟。店员去二楼拿钱找零。又一次，他在另外一天拿了一万元去。店员去二楼拿钱找零。他重复了三次，打探出大笔的钱在二楼。三次各是在不同的时间去的，调查了什么时候有谁在，有几个人在，然后进去偷。

○主妇的私房钱、女工的私房钱和戒指，绝不会放在高处或底下的**犄角旮旯**。基本都收在眼睛看到的地方（好像是指视线高度）。

○把抽屉柜从上面依次拉开的是外行，从下面拉开的是行家。

○警方就 O 村的抢劫案征求民间人士的意见，于是外川站起来，这样说："拿了一万元的现金，首先就不会在这边转来转去。也可以跑到东京去，犯人现在不会待在这种地方。"

○S 窪的片警说："我在派出所贴了张纸，写着'砂糖、酱油、盐、各种调味料和米，都有了'，于是别人送了生荞麦面作为中元礼。"不过不知道他是不是真的贴了张纸。那可是个幽默的人。大家都说，那个片警总是心直口快，所以完全升不上去。

外川一边说话，一边伸手到肚子上，不时突然挠几下。好像有虫子或蚂蚁。

○我带孩子去吉田的火祭。爬到坡上，又走下去，什么都没买就回去了，孩子生了好大的气。他生气地说"就只是烤了火"。

○最近学校好像在做蚂蚁的研究，孩子在家后面荒地的角落养了蚂蚁，喂砂糖。早上起来就到荒地那边，蹲着看。

○抓老鼠，桶里的水装到八分，上面洒满细糠。把一块木板像梯子那样架在桶边，老鼠就会闻着细糠的气味爬上板子，掉进桶里。我去富岳林道干活的时候，野老鼠太多了，裤子都被啃了，所以我这么一弄，进去二十只。

○这一带把睡鼠叫作"鼬"。鼬有白的和花的。

○外川的弟弟住在马込，盖着被子正睡着，脚疼，一看，有只老鼠在咬他的大脚趾。于是从外川家拿了一只小猫走。

○两三天前，在管理处的广场上，大伙儿追着一只今年生的兔子，逮住了。但就在想要换个东西装它的时候，给它逃走了。

○外川唯独讨厌蛇。之前给N家砌石墙的时候，出来一条带条纹的蛇，用石头砸蛇头，尾巴黏黏地粘在裤子上。整个人都不舒服了，难受。外川家的妈妈也讨厌蛇。"她看到人家抓了蛇放在火上烤，一个星期都吃不下饭。躺倒了，在被窝里缩成一团，缩成一团。"说完了。

聊到条纹蛇的时候，丈夫的脸色变白了，反问："N家是哪里？这边没什么水，没有蛇吧？难道还是有吗？"

他和外川一样怕蛇。外川安慰道："很少有。就算有，也是小蛇，没有毒的。"又问："太太讨厌蛇吗？""不喜欢，但也没有讨厌到'啊'地叫起来。是因为我小时候长大的地方是湿地吧。到处有水涌出来，有两个池塘，特别大的青蛇爬来爬去，在池塘边的草丛里发出哧溜哧溜的声响。一到春天就出来。大人经常说，它是这里的主人，不要惊扰它。看到的时候别出声。所以我养成了习惯，就算从厕所的窗户看见那条蛇爬过池塘边，滑一下，歇一下，滑一下，歇一下，也只是默默地看着，心想，它现在要去这边的池塘玩吗？我战时疏散的地方也在山里，去厕所的走廊上，有时候有蛇盘在那里，每当天冷了，蛇不知什么时候就进到浴室。不过，那地方的蛇是蝮蛇，所以上厕所的时候，大伙儿一道提着灯去。之前有个失明的男孩，晚上去厕所，踩到爬上走廊的蝮蛇，被咬了，好一番闹腾。我一次也没被咬过。我比较习惯蛇。"

中午下山买东西。

在富士吉田的蔬果店。黄瓜，一把韭菜，红薯，香菇，卷心菜，四季豆，萝卜。共四百三十元。

然后在隔壁的蔬果店。四百克葡萄八百元，一瓶矢生姜[1]一百元，四块油豆腐四十元。

在肉店。四百克上等猪肉糜三百四十元，十条鸡胸肉二百元。

在鱼店。三块鲑鱼一百五十元，一块青花鱼十五元。

零食二百元。

吉田的城区，寿司店增多了。两家日本电影院的上映内容。一家《七武士》《用心棒》，另一家《绝伦》《美人局》，预告片是《吃花虫》。

在酒水店。一打啤酒一千三百八十元，两条片栗粉五十元，六团乌冬面六十元，两袋纳豆三十元，两袋干鳕鱼片七十元，两袋焙茶一百元，味淋一百二十元。老板娘给了花子一串绿色的新麝香葡萄[2]。

酒水店的后门拴着一只土佐狗，趴在那儿。老板娘望着老狗说："这狗十六七岁了，去年中风，腿不行了，打了针，好了。以前可活跃了。跟别的狗打架，半边脸差点被咬掉，左耳也被咬了，那之后就竖不起来。以前是那样的狗，可现在一天只吃一顿。尽管这样，晚上还是会对经过的人叫，它大概觉得是自己的工作。我想把它送去保健

1　一种带叶的嫩姜。用糖醋汁泡过的红色嫩芽，常作为配菜。
2　日本开发的葡萄品种，甲州三尺和亚历山大麝香葡萄的杂交。

所，我儿子生气，所以没送。它上了年纪，像这个样子，每天看着觉得太可怜了。养动物也很难受啊。"

八月二十九日（星期二）阴

我下山接十点四十六分到河口湖站的白土。我把车停在火车站，时间还早，就去买东西，回来一看，白土面朝站前广场，站在车站的正中央。他似乎是因为陌生而茫然地站着，但看起来完全不像是那种状态。他戴着纯黑墨镜，穿西装，拎着手提包，双腿分开与肩同宽的站姿，有种概莫能近的堂皇气势。像是经由香港走私进来的大型立像，或是××组的年轻老大。让人想大声送上喝彩。我载了白土上山。他说东京还有34度左右，可热了。

今天是个阴天，唯独富士山是晴的，呈紫红色，展露着长长的山脚。白土说，这么近地看到富士山，上次还是中学演习［军事训练］来山脚的时候。

午　啤酒（丈夫、白土。我喝了几口），肉圆，蟹肉炒蛋，米饭。

打算在白土坐三点的火车回去之前到五合目玩一下，锁了门，大家一起出门。

从五合目往上难得没有云也没有雾，能一直清晰地看到山顶。从五合目往下，或许是有雾，山脚如同水墨画。

唯独湖面闪着浑浊的光，因此知道那是湖。五合目的马夫在烦人地揽客，骑马吧，骑马吧。茶屋翻修一新，几乎没认出来，里面依然充满了拉面汤的味道。丈夫买了明信片和登山斗笠等，想要送给白土。

我们参拜了小御岳神社，上到新建的展望台，扔了十元，用望远镜看了山顶。这个望远镜很奇怪。与肉眼看到的没区别。有个穿红毛衣的人在八合目一带登山，肉眼也能看见。

到河口湖站还有十分钟到三点。送过白土，丈夫在车站吃荞麦面。荞麦面七十元。和平烟（五盒）一千元。

回山上的途中下起雨，到家的时候雨停了。之后有长时间的夕照，壮观。

晚　米饭，肉圆（花子、我），小锅乌冬面（丈夫）。

花子在五合目小御岳神社花了十元抽签。大吉。与今年正月在吉田浅间神社抽到的签写的话是完全相反的，所以她说真奇怪。晚上，她把签文誊写在她的日记里，然后把签给了我。我夹在这里。

五合目小御岳神社御神签
时来，山阴如枯木的
樱花亦会绽放，散发香气

运势　大吉

愿望　起初不顺，后必成

待人　迟，会来

失物　难出，到别人手中

旅行　利少，回程波折

买卖　焦躁则有损失

学问　且安心勤学

投资　波动的此刻要紧

争事　顺其自然

恋爱　以诚回应

迁居　不扰为佳

生产　意外地早早安产

疾病　重病但无忧

姻缘　起初波折不顺，之后成就

八月三十日（星期三）一整天雨

早　米饭，海苔，海胆，鸡蛋，煮豆，萝卜味噌汤。

我吃煮豆的时候，煮豆拉丝了，丈夫在我之前吃的，他慌忙吃了若未止泻药。我没吃药。是我煮的花芸豆。

关井在十点过后来了，代替油漆匠帮我们刷了西侧墙板的木漆。油漆匠前几天讲过要来刷，但他的本职是报纸配送店的工作，上午因为有活儿，没法过来，木漆让关井刷也没有太大区别。

午　炒面（放了鸡肉、樱花虾、卷心菜、葱），关井、我、花子。小锅乌冬面，丈夫。

我把混凝土平台的费用七万一千六百元付给关井。比报价多了六千，装饰砖的钱。

关井在餐后休息时的谈话：

○我说："飞机场旁边采石场的路很糟糕。采石场今年又采了很多石头，变大了。"关井听了说："那边有四家石材店在采石。爆破一次就会有六张榻榻米那么大的石头飞掉。"

○地面的权利规定到地下多少米为止，再往下就没有权利，所以在别人的地面挖掘温泉，其权利也属于挖到的人。

○现在想要让机场的正式许可下来，把跑道的幅员笔直地伸出去，哪怕遇到一棵树都不行，而且在跑道之外如果有太高的树也不行。上次有人来视察，只有一棵必须砍掉的落叶松大树，于是去向树的主人（此地的树，县有、村有和个人所有混在一起，这棵落叶松是个人的）交涉，对方说不论大小，一棵树一万元。平时的木料一石三千五百元左右，那棵落叶松的木料看起来就四千八百元左右（一石是指四边各一尺、长十尺的方木料）。他要一万，我们觉得贵，但因为事情紧急，再说可以之后把那棵树当作木料卖掉，也可以切成板材，我们自己用，一万减四千八百元，也就是说给对方五千二百元的补助，以这样的打算说了OK。把那棵落叶松砍倒之后，打算做成板材，把它截成六尺长，大伙儿辛辛苦苦地把木材全部运到车能开进来的路上的时候，树的主人开车来了。"哦，你们砍完了。"说着，他打算把木材带走。还说："砍下来的树也是我的。"我们吃了一惊，说："没这种事吧？"他不以为然地说："你打电话给公司问问看。"我们都觉得太傻了。大伙儿都生气地发牢骚，说早知道就砍下来扔在那儿，但我们什么办法也没有。就这些。

《文艺春秋》的山本在毛毛雨中来了。我端出啤酒和里脊火腿。

把山本送到大冈家。窗帘开着，门锁着。在大冈经常躺着的那个房间，桌上的盘子里摆着开胃小点。我对他说大冈他们或许去了高尔夫球场，开去管理处，遇见大冈夫妻。大冈说："我们原本想去武田家，那个坡很滑，还停着一辆奇怪的车，过不去，觉得烦，刚回来。"从坡上转到我们家的弯道有太多的泥，车仿佛开在地毯上。山本坐过来的车因为雨而沾满了泥。

在管理处。转寄费二百四十元。因为明天回，把夏天订的牛奶和报纸都停掉。

五点，去加油。汽油一千二百一十五元。

晚　火腿茶泡饭（丈夫、花子），米饭，蟹肉炒蛋（我）。

滴滴答答、淅淅沥沥地下着寂寥的雨。这下暑假也过完了。

八月三十一日 毛毛雨

早上五点半下山。

九月五日（星期二）阴，有时雨

昨天有客人待到很晚。十一点出东京。出东京的时候有薄薄的阳光，闷热，到厚木一带，天阴下来，不时下雨。在大箱根小憩。

一碟关东煮一百元（百合子），易拉罐啤酒一百元，咖喱饭一百六十元（丈夫），牛奶三十元，冰激凌六十元。

在山中湖的加油站加油。汽油一千三百二十元。

去管理处拿夏天剩下的邮件。芒草的穗子有几朵完全散开了。月见草开着小小的花，种荚带了点茶色。

晚上小雨。夏天的时候，花子总会在家里的某个地方。如今我一个人，时间变得缓慢。也习惯了没有狗。

那时埋完狗，浑身是泥，我说："我这就立即去一趟东京。我要买只跟波可一模一样的狗，买完马上回来。"记得丈夫说："不要那么做。之后会难受的。"

九月六日（星期三）阴

早　烤吐司，鲑鱼罐头，汤。

午　炒饭，汤。

晚　米饭，天妇罗（每人一只对虾，两块梭鱼）。

院子里开着的花。蓝盆花，胡枝子，败酱。缠绕在大门一侧松树上的山葡萄的叶子红了，像塑料。

今天邻居工地的工人没来。道路也没有施工。静悄悄的。

下午，关井来了。他过来商量，为了防止院子斜面的泥土滑坡，把原本要用竹木做的围栏换成石头怎么样。他说，如果用竹木，只能管三年，石头的话是永久的。现在因为道路施工，把石山刨开了，可以从附近运石头过来，所以能比竹木围栏便宜。

丈夫、我和关井一道去石山看石头。

大冈夫妻来了。他们去了忍野八海[1]，在吉田小钢珠店二楼的餐厅吃了猪排饭，现在正要回家。他们送了一袋核桃作为手信。他们说起，最近入室盗窃多，要更换窗玻璃，是不是做成双层玻璃窗。我们也要改成双层窗，约定回头把玻璃店的人介绍给我们。

　　我正在做晚饭，大冈太太又来了，分给我们鱼糕、四季豆、两只对虾、四条梭鱼。本来要做发糕，急忙改成做天妇罗。

　　晚上，玻璃店的人（大冈家介绍过来的）来了。天色暗，我举着灯，送他到大门口。玻璃店的人一边上坡，一边气喘吁吁地说，从大门口到家，搞这么长一条路的，只有你们一家。各种各样的虫在叫。雾气很重。金钟儿的叫声最清晰。

九月七日（星期四）阴，有时雨

　　早　米饭，萝卜四季豆味噌汤，油浸鲑鱼，洋葱裙带菜沙拉。

　　午　发糕，黄油，果酱，毛豆，汤。

　　今天邻居的工程也停工。安静。

1　山梨县南都留郡忍野村的八处涌泉，位于富士吉田和山中湖之间。

起了雾，雾气流过来，变淡了，又起了，什么都看不见。有时下小雨。

我下山到政府交村民税，顺便买东西。去了大冈家，带上大冈家的村民税。从鸣泽下山。一辆车也没遇见。四五只铜长尾雉走在路上，被车一惊，进了草丛。是今年出生的孩子吗，脑袋小小的，身子也瘦。像是还不懂得害怕，逃跑也慢。一只大铜长尾雉从隔着道路的右边树林飞出来，落进小铜长尾雉们钻入的草丛。

我去了政府，收费员仿佛不可思议地说："你们还在山上吗？"

吉田的城区星期四是定休日，行人少。武藏野馆在放《座头市凶状旅》。我仔细地看了宣传照。

在五金店。棕榈小笤帚一百五十元。

在化妆品店。洗面奶九百元，面霜四百五十元。

在药店。若末止泻药二百五十元，脱脂棉二百四十元，莱朋洗洁精九十五元。

在鱼店。鲑鱼块一百五十元，秋刀鱼三十五元。

在蔬果店。一袋煮豆一百元，茗荷四十元，两根黄瓜三十元，一根萝卜四十五元，巨峰葡萄二百四十元（两串）。

在河口湖的肉店。三百克猪肉糜二百四十元，培根一百元，二百克上等猪肉一百八十元。

在收费站买两套次数券四千元。

丈夫最近一直说："想送大冈点什么。我们一直在收他们送的东西。"今天早上也说："得送点什么给大冈道谢。他们给了我们一堆东西。虾，鲷鱼。"

"上次我们买的，放在车上的便携灯，带红灯的，能照得特别远打信号的。他家太太说，'我们也得买一个像那样的'。所以我们买一个那个灯吧。"

"那种东西可不行。最好是更加常用和重要的。我之前就想好了一样，收费站的次数券，这个多好啊。"

"是吗？我觉得不好。还是电筒好。虽然次数券很重要，肯定要用，但感觉跟钱一样。"

"没这回事。他们肯定会高兴的。你今天下山买回来。"

因此，和我们家的一起，买了两套。

我把村民税发票和次数券拿去大冈家。我在玄关递给太太，大冈出来了，看到次数券，他说"你们这样我会生气的"。我立即把次数券收进口袋。果然还是应该送电筒。

晚　汤豆腐（放了培根）。

山下的城区很热，回到山上，穿毛衣。赤脚感觉冷。

从鸣泽道下山走到底的地方，那户天理教的人家的周围，丛生的秋英正在盛开。牡丹粉、浅桃色、白色的花开了一整片，活过了夏天的蝴蝶们聚集在这里飞舞着。这个

角落像不可思议的白日梦。每年到了这个时候，我都这样
想着开车经过。

九月八日（星期五）有时晴，阴

早　米饭，秋刀鱼，煮豆，萝卜泥。

午　烤吐司，西式蛋饼，蘑菇汤，葡萄。

晚　饭团（放了鲑鱼、柴鱼花），清汤（放了鱼糕、
茗荷）。

下午，给厨房门刷白油漆。

晚上，大冈来了。之后太太来接。他们八点半左右回
去。当时起了像雨一样的雾，十点左右开始下雨。

厕所的青蛙还在。

九月九日（星期六）阴，有时毛毛雨

早　米饭，放了土豆、韭菜和蛋的味噌汤，醋浸鲑鱼
洋葱。

正在吃饭，关井来了。今天开始给院子嵌石头防滑坡
的工程。来了四个人，两个人用两轮小推车运石头，一个
人开车运输。关井确定位置，挖土，放石头。

午　米饭，玉子烧，萝卜泥，三杯醋银鱼。

今天隐隐有股寒意。我穿束脚裤和毛衣。

为三点的茶点做了炒面。

端出蜜汁红薯、炒面和黄桃果冻。

晚　高汤泡饭，烤盐腌鲑鱼。

我在深夜做明天的可乐壳，丈夫起来吃了一个，然后
睡了。

九月十日（星期日）晴

久违的好天气。盛夏的炎热回来了。晒被子。

早　米饭，可乐壳，味噌汤，裙带菜洋葱沙拉。

石头工程来了六个人。

十一点下山买东西。

当我开到昴公路，不断有去五合目的车开过来。车身
反射着阳光，闪闪发光，刺眼。淡蓝色的车最刺眼。

在酒水店。一打啤酒，一打易拉罐啤酒，两袋蒸面
八十元，四团拉面一百元，面包糠，焙茶，香菇，天妇罗
粉，六瓶芬达一百八十元，十个鸡蛋一百五十元，共四千
零九十元。

在肉店。四百克肉糜三百二十元，四百克猪肉三百
二十元。

在吉田的洋货店。两双室内袜套六百二十元。

在鞋店。护腿（中）一百八十元。

在蔬果店。三根黄瓜五十元，一千克无籽葡萄二百元，葡萄（巨峰，一百克二十五元）三百五十元，卷心菜五十元，大蒜三十元。

从吉田往河口湖的车的长龙，是上山去五合目的车，以及越过御坂峠去石和摘葡萄的车。只能一步一步挪。到"昴公路近道"立牌的路上，不断有车因为引擎过热离开队列。我前面的车上，副驾驶和后座的男人轮流下车跑到路边住户的水龙头前，打湿毛巾来冷却散热器。我的车也直到快要过热的时候才终于从队列中驶出，我提速让它冷却。

两点，终于到家。丈夫搭工人们的卡车去石山看石头，不在家。留了个条。

三点，做了炸串，和葡萄、啤酒一起端出去。

傍晚，来了许多赤胸鸫。

晚　小锅乌冬面。

在车里长时间地被太阳照射，所以困。

晚上，外面充斥着虫鸣。

九月十一日（星期一）小雨

早　红薯鸡肉杂蔬汤，米饭，炒蛋。

午　面包，番茄汁，油浸牡蛎。

晚　烤竹荚鱼臭鱼干，米饭，红薯鸡肉杂蔬汤。

212

雨停了，阳光薄薄地照下来，随即雾气盘绕，什么都看不见，又下起小雨。一整天重复着这样的过程。

石头工程今天停工。洗的衣服也一直干不了。

三点，我切了陈的年糕，试着做成酱汁烤年糕。

下着雨，赤胸鸫也来了。衔着虫子走路。不是走，而是双脚齐跳。鸟没有手。古怪的模样。

傍晚，大冈太太过来教我用织机。她说今天接下来回大矶。

晚上，正式下起雨来。

电视上拍摄了富士山山小屋的人们用钉子把遮光门窗钉上然后背着行李下山的情景，解释道："他们被秋风追赶着下山。"

二十号台风缓缓北上。说是以自行车的速度行进。

九月十二日（星期二）阴，有时毛毛雨

早饭前，送电报的人来了。这人去年也来过。关于河出书房文艺奖[1]审查会的日期，附回电费的电报。

十点，我打算从管理处打电话发电报，但因为"附回

---

1 由河出书房新社于 1962 年设立的面向新人的文学奖，每年评选一次，获奖作品除了刊于《文艺》杂志，还发行单行本。武田泰淳从 1966 年开始担任该奖项的评委。

电费"，不能通过电话发，所以我下到鸣泽村。鸣泽道的林道，路面和树林都湿漉漉的，让人感到已是深秋。路边的菜地雪白，耀眼。唯一的一块向日葵田，底下的叶子枯萎凋落，只剩花在顶上凝固成茶色，耸立在那儿。摘完卷心菜剩下的外圈的叶子湿漉漉地烂掉了，驶过卷心菜地的时候，有股难闻的臭味。

在鸣泽邮局请他们发电报，说是即便发成急电也有二十元余下。我说"那就不要"，邮局的人说："这样我们难办了。"我和邮局的人各自感到为难，把"武田"发成"武田泰淳"，正好用掉二十元，两边都放了心。

河口湖的城区闷热。酒水店老板娘说："夏天很忙，一下子闲下来，反而不带劲，身体不舒服。"

今天胜山和小立村有运动会，管理处人手不足，所以石头工程停工。我因为之前做了果冻，拿去管理处。

我说明天回东京，关井说："最好走鸣泽道下山回去。我刚才看过，高尔夫球场那边的路全是泥，卡车都过不去。"

晚　米饭，煎汉堡肉饼，炖炒魔芋，醋腌卷心菜。

晚上，风一下子停了，星星出来了。月亮也出来了。据说台风明晚或后天早上到关东。

九月二十三日（星期六）晴

六点出发，从厚木走。在大箱根吃饭。小里脊炸猪排定食两人份七百元。酒粕腌山葵一百元。

在山北。二十二升汽油一千三百二十元。

山北一带，石榴和柿子的果实染上了颜色。胡枝子盛开。雁来红、一串红、百日菊、大丽花，在农家的院子里和树篱边开得灿烂。

我们的院子铺满了碎石，水泥平台的两边还埋了大石头。

午　米饭，寿喜烧口味的葱烧牛肉，酒粕腌山葵。

三点半，我们俩一起去大冈家。他给我们看了从大矾带来的刀锷。平时放在紫色的像被子一样的东西内。太太说："据说用花的油[1]打磨才好。他一开始自己拼命磨来着。他这人很容易厌倦嘛，就对我说，喂，你来磨一下。真讨厌。"她像是一点也不喜欢刀锷。有一枚刀锷上有飞舞的蝴蝶纹样，大冈展示道："这个很适合武田。你喜欢吧？这个送给你。"说完又收了起来。

夜里冷。点起暖炉。

1　含有山茶油的防锈油。

九月二十四日（星期日）阴，下了一阵小雨

一清早，底下村子的孩子们就上来采树木的果实等。今天是星期天。传来一位阿婆的声音，在指挥孩子们采日本海棠。

早　猪排盖饭（丈夫一个人），之前在大箱根点了小里脊炸猪排，剩了三块，用纸包着带回来，做成猪排盖饭。

午　米饭，秋刀鱼，海苔，酒粕腌山葵，萝卜泥。

晚　米饭，糖醋芡汁鸡肉圆，布丁，番茄汁。

丈夫期待着大冈来，但始终没来。在晚饭吃掉了肉圆。

九点半，地震。

晚上到屋外，有虫子在"哩哩哩哩哩"地叫，是名叫长瓣树蟋的虫。天空一片漆黑。院子也一片漆黑。真正的黑暗。

九月二十五日（星期一）阴，有时晴

早饭后，下山用快信寄（给《东京新闻》平岩的）稿子。丈夫同车。阳光不时照下来。快信一百八十元。在邮局对面的干货店。一条柴鱼二百五十元，两合花芸豆六十元。

去本栖湖。鸣泽的山变黄了。菜地到处都在收卷心菜。人们把菜堆进小卡车。菜地边的花因为下雨有点脏。

朝雾高原上有大量茶色和黑白两色的牛。天久违地放

晴，牛看起来很惬意。开车时望见的本栖湖闪着钢铁色泽的光，水量比夏天少了许多。

去吉田购物。

肉店。四块用来做炸猪排的猪里脊四百三十元，一百克培根一百元。

蔬果店。一把韭菜十五元，柠檬四十元，十个鸡蛋一百六十元，四根黄瓜六十元，一根萝卜四十五元，四百克芋头六十元，黄油一百八十元，味之素一百六十元，两串葡萄一百八十元，五百克栗子二百元，纳豆三十元，两袋金时豆[1]一百元，两块豆腐六十元。

在酒水店。一箱易拉罐啤酒一千九百二十元，酱汁一百五十九元，味淋二百一十元，焙茶五十元，绿茶三百元。

八个胡枝子饼一百二十元（在果子铺桃太郎）。

有太阳的时候，吉田的城区依旧像夏天一样热。

午　汤豆腐，胡枝子饼。

关井来了。付了修缮院子的务工费。关井也吃了汤豆腐。

关井的讲述：

〇流过关井家下方的河，能钓到香鱼、桃花鱼。晚上

1　芸豆品种。

九点困了，睡下，结果早上三点醒了。要是在家里发出响动，家里人会嫌烦，于是先到屋外再穿上裤子，去下面的河钓鱼。太太有高血压，不能碰凉水，所以关井做用水的家务。明天去池袋再过去一点的地方扫墓。说是太太娘家那边的墓。就这些。

四点，我先备好炸猪排的料，然后去邀请大冈家。大冈还有一个小时写好稿子，说写完再出门。太太在给车打蜡。

六点左右，大冈夫妻来了。

醋浸木耳，炸猪排，皮蛋，奶酪苏打饼干，栗子饭。

他们八点半回。

傍晚，院子里响起仿佛是狗的脚步声，我朝外面看，只见一个茶色的东西从上面冲下来，穿过水泥平台，进了邻居的地界。是一只竖着耳朵的不怎么大的兔子。

今天大冈太太说："兔子吃大花马齿苋的叶子呢，吃得可香了。它吃的时候我瞧见了。"

九月二十六日（星期二）偏阴

早　栗子饭，韭菜土豆味噌汤（放了纳豆），海苔，煮豆，佃煮，鸡蛋。

昨晚的炸猪排剩下许多，所以送给管理处。管理处的女人正在用剩饭喂鸡，但鸡不吃。南边的平地上铺着报纸，在晒蘑菇，蘑菇旁边有二十来粒南瓜子。女人说，这个蘑菇叫扯布菇，也叫酒杯菇，因为是小酒杯的形状。扯布菇可以放在馎饪里，也可以做三杯醋或者味噌汤。刚摘下来的会出水，一点也不好吃，要等它变小了，稍微晒干一些再用。叫扯布菇，是因为这个菇长在那里就像扯了一块白布。平时喝酒的人吃了扯布菇，一整天不能喝酒，会压迫心脏，难受。从现在起一直到下霜，到落叶松的松针落下为止，这一带采到的蘑菇，红的绿的颜色分明的不能吃，其他的都能吃。

说着，她把晒着的扯布菇全给了我，作为炸猪排的谢礼。回去的时候，有个男工人叫住我，说："吃了扯布菇，不是一整天，而是两天不能喝酒。会没命的。"

我织了一会儿布。看到丈夫一个人从院子走上去，我停下织布，跟他去散步。走到高尔夫球场。途中捡到高尔夫球，又扔进草丛中。乌头在开花。野蔷薇的红果。藤蔓的紫色果子。山椒[1]的胭脂色果子。开始枯萎的蓟。我想起死去的狗。

1　中文名胡椒木、日本胡椒。

散步的中途，丈夫说："我们院子里长着奇怪的东西。"我们去看那个奇怪的东西，就在进屋的位置，在厨房门一侧的草丛中。奇怪的东西从地面伸出一根如同橡胶的茎，铅笔粗细，没有叶子，也没有刺，白白的，尖端是红色。红色的部分有一圈带着光泽的黑圈，像涂了沥青。与其说是植物，更像动物，摸起来就像瘪掉的气球。用手杖刨开根部，只见一些像气球的白色球状物附着在草根上。

深泽 [七郎] 上了今晚的"11PM"[1]。我正在泡澡，看到他出现在节目里，是山梨葡萄节的特辑，播放了制作特产馎饦等。越看越觉得，山梨这地方真是什么都没有啊，甚至把聚合草、葡萄、蔷薇花、菊花都做成天妇罗，大讲特讲。

九月二十七日（星期三）晴，有时阴

我想如果深泽还在石和，就去看看他，在管理处让他们帮我查了三人 [深泽的侄子] 的电话号码，打过去，说是他昨晚回去了。

午　饭团，玉子烧，咸牛肉。

两点左右，我载上丈夫，带了饭团便当，去给梅崎扫墓。

1　日本电视台和读卖电视台共同制作的直播节目，全名为"WIDE SHOW 11PM"，放映时期为 1960—1990 年。

灵园被修整过，整洁得几乎认不出了。我们在管理事务所询问了墓的位置，在小卖部买了花和线香，附赠一小盒火柴。店家想给我们水，我拒绝了，给梅崎供了水壶里的水。

晚　粥，黄油，油浸牡蛎。

明天早上回。

今天早上的新闻说，最近连续发生蘑菇中毒事件。

十月八日（星期日）晴

五点出发，星期天路上都是去摘葡萄的车，会堵，所以早点出门。从厚木走。

厕纸，糯米饭，蔬菜，年糕，面包，少许冬天的贴身衣裤和毛衣类。

山北一带的柿子变红了。

在河口湖站吃荞麦面。一百六十元。

在加油站加油。一千二百三十元。送了我们烤玉米。把车停进高尔夫球场旁边一片新的分让地的道路，吃玉米。阳光照耀四周，让人沉醉。龙胆花在开。

午　糯米饭，咸牛肉，芜菁味噌汤。

被子冷冰冰的，所以把它晒到外面。然后我沉沉地睡了午觉。

晚　面包，鸡汤，咸牛肉，醋腌卷心菜，红茶。

电视上。为了阻止佐藤首相访问南越，反日共系全学联在羽田的弁庆桥[1]附近举行示威，和警官队发生冲突。一名京大生死亡，五百人受伤，五十多人被捕。电视上播放了从桥上掉落河里或是跳进河里的学生。

十月九日（星期一）晴朗无云

早　关东煮，茶饭。

阿尔卑斯山清晰可见。还吃了赤坂饼。下山买东西。十一点半。

在吉田。

电暖桌六千八百元，零食二百六十，一袋牛蒡五十元，五个茄子五十元，十个土豆一百元，十个橘子二百一十元，四个苹果八十元，纳豆三十元。

两条开片秋刀鱼三十元。

瓶装啤酒一千三百八十元，易拉罐啤酒一千九百二十元，两袋蒸面九十元，两袋焙茶一百元，芝麻油二百元，四团手擀乌冬面六十元。

在加油站买了五罐白煤油，一千六百五十元。他们送上来。

1　作者笔误，应为羽田机场附近的弁天桥。

有夕照。天气变冷了，邻居工地的工人们早早地回去了。

晚　西式蛋饼，米饭，卷心菜，芦笋。

我刚把遮光门窗全部关好，阿宣和另一个年轻人来送白煤油。我让他们帮我收进仓库。天黑了，冷，所以他们跑上坡回去。送了他们一瓶烧酒和一罐咸牛肉。

十月十日（星期二）晴朗无云

今天好像是什么体育日，放假。底下的村子好像也在举行运动会。丈夫说想要带上三明治去本栖湖。他说："今天早上散步的时候经过大冈家门口，车在那里。临走的时候喊他们一声，要是他们去，就带他们一起去。"大冈太太从下面的道路走上来，拎着装有梅花草的桶，一只手拿着铲子。大冈正在睡午觉。我把赤坂饼留下，没有邀请他们就回了家。在本栖湖坐船，一个小时两百元。我们把船停进湖湾，吃三明治。

青木原树海的红叶刚开始红，现在是黄叶的盛期。红叶台、鸣泽一带的路边有人摆摊卖玉米。孩子、母亲和老人把玉米放在小炉子上，顺便还摆着卷心菜和山药。

虽然是假日，但农民们还是为了收卷心菜而全家下地。

午　米饭，秋刀鱼，萝卜泥，芋头，魔芋，甜口红烧海带。

今天没有多少夕照。丈夫说，今天早上散步的时候有霜柱，所以我往车的散热器前放了好几张报纸，然后盖上车罩。

七点，大冈来了。因为冷，披着一件厚睡袍。他说胃不舒服，不太能喝酒。据说大冈家的玻璃窗花了两万五千元。

十月十一日（星期三）晴，有时阴

早　米饭，红烧鸭，牛蒡炒胡萝卜丝。

做了三个吃饭坐的椅子的坐垫。我在平时点篝火的草丛里把一床旧爪哇棉被的棉絮取出来，塞进坐垫。这时，邻居那边有人声。好像是屋主来看工程的状态，传来踩踏草丛、拨开枝叶的声响和兴奋的说话声。那边说："都说'大棵的土当归中看不中用'，还是第一次看到大棵的羊齿呢。"说了完全不好笑的话，在那儿笑。

午　高汤煮乌冬面。

晚　关东煮。

傍晚，我走着去管理处，一辆卡车停下，让我搭车。来了两封信。大冈家今天回去了。经过他们家跟前，有只兔子从院子里跳出来，逃走了。

十月十二日（星期四）晴，有时阴

早　米饭，中式葱炒蟹肉土豆鸡蛋（这不是我做的，丈夫做的。非常好吃）。

十点半，下山绕河口湖一周。夏天的时候，丈夫讨厌人多，经常留下看家或割草，他说："到了红叶季，我愿意每天下山。"河口湖的游船码头全是中小学生的旅游团。开到大石、长滨，开始有一些红叶。我们到了西湖，在西湖庄吃午饭。

两份西太公鱼天妇罗盖饭三百四十元。西太公鱼好像有点不新鲜，不好吃。盖饭有三条西太公鱼和一片菊叶。客人只有我俩。丈夫问他们要船，西湖庄的老板从家里拿出船桨和固定船桨的金属件，陪我们走到泊船处。西湖庄的每一艘船都积满了水，所以丈夫和西湖庄的大叔两个人轮流舀水，我们把扔着的周刊杂志铺着坐。大叔说："不用按一个小时，你们随便坐。"有风浪。我们划到湖中央。翻斗车和混凝土搅拌车行驶在湖边的路上。擦拭得闪闪发光的红色消防车飞驰而过。坐船一小时二百元。

在加油站。汽油、润滑油一千元。今天就阿宣一个人，麻利地干活。

昴小屋[1]那边今年会举办全国滑冰大赛[2],但因为山梨县没有选手,据说要雇老家在长野、去东京念书的选手,借此取得胜利。店里的客人们在聊这样的传言。

晚　发糕（放了培根和洋葱），鸡汤,水果果冻。

我们院子里开的花。乌头,龙胆,蓝盆花。羊齿泛黄。卫矛变红了。

在图谱查了乌头,"著名的毒草。阿伊努人猎熊的时候会用这种毒。根部也有毒。少量入药可用于治疗神经痛、类风湿关节炎。"之前大冈太太忙着把乌头移栽到院子里。我得把这个告诉她。我和丈夫讲了,他说:"大冈胃痛,也许是因为乌头。"

回去的路上,在小山前面的隧道内发生了事故,路上的车停在那里,排成长长长长的队列。感觉引擎会过热,于是我折回去,越过乙女峠,下了箱根,从东海道回。

十月二十三日（星期一）阴,有时晴

十点半出东京。把红地毯装上车。另外就是中国的罐头和蔬菜等。山北的橘子林有了色彩。两点半到。院子里的绿色几乎都没了。槲树变成黄色,树梢的叶子枯成了茶

1　富士开发株式会社于 1965 年建在五合目的休息处。

2　1968 年,日本全国高等学校速滑 / 花样滑冰竞技选手权大赛在山梨县举行。

色，开始掉落。松树下方的叶子也枯了，开始落在路上。

放在壁炉上的三角奶酪被啃了一半。是老鼠。

午　粥，味噌炖青花鱼，味噌腌菜。

晚　海苔裹年糕，清汤。

在大箱根。山药泥荞麦面（丈夫）一百六十元，山菜荞麦面（百合子）一百六十元，牛奶三十元。丈夫说面太硬，几乎都剩下了。他的牙又少了。他如今会为容易吃的食物而开心。

十月二十四日（星期二）阴，夜晚小雨

早　关东煮（百合子），汉堡牛肉饼（丈夫），米饭，醋腌卷心菜。

十一点半，出门赏红叶。上到富士山大泽崩。白桦林、落叶松林、杂树林，变成了黄色、茶色和红色。大泽崩的停车场只有一辆卖热狗和土特产的流动售货车。我们回去的时候，遇见一辆坐了五六个修女的车上山。一合目的草原上仍开着月见草的小花。

边看树海的红叶边往朝雾高原开。草原上有五六只黑白两色的牛，看起来很冷。在"富士冈入口"公交车站停车，丈夫坐在草地上抽烟。路边上，一头黑白两色的大牛朝着那边，趴着睡。来了一个农妇，她对牛说了什么，又

是敲它的头，又是拉缰绳，但牛始终朝着那边，无动于衷。农妇把它背上盖着的骆驼色旧毛毯重新盖过，轻轻地拍打和抚摸它的背和肚子，牛稍微转了转脑袋，又看向那边。我之所以知道那是一头相当大的牛，是因为妇人摸它的肚子的时候，她的身体、胳膊和手显得特别小。妇人把搁在牛旁边的像是电疗仪的四四方方的东西收起来，一个人走了。这头牛脑袋周围的黑毛闪着光泽，显得年轻，但似乎有病。看上去，它仿佛是单独离群，一直镇定地望着远方，但或许它是因为生病而难受，一动不动。

在酒水店。易拉罐啤酒一千九百八十元，十个鸡蛋一百五十元，三团手擀乌冬面四十五元，煮豆三十元，香菇海苔罐头九十元，沙丁鱼七十五元。

在河口湖站。两碗荞麦面一百六十元。

车站的出租车彻底闲下来，司机们在车站广场上转悠。当我们回到山上，白色的东西飞到车前窗，刚沾上就变成水滴。是富士山上的雪被风吹过来。

晚　米饭，烤了沙丁鱼，萝卜泥，炒蛋，清汤。

因为有风花[1]，晚上，用旧毛毯盖在车上当作车罩。深夜，下起小雨。

1　晴天下雪，或是山上的雪被风吹下。

电视上。说是台风来了，明天经过鹿儿岛一带，往东北方行进。

十月二十五日（星期三）阴，有时毛毛雨

早　关东煮，茶饭。

午　面包，汤，汉堡肉饼。

晚　炒蛋和海苔配米饭，鲤鱼炸过再炖。

今天就只是用篝火烧了落叶。一整天没出门，用织机织布。明天一早回去，所以我在八点左右去查看引擎的情况。站在大门口，看到一盏小小的亮光和一个像人影一般移动的东西朝这边靠近。我用手电筒一照，原来是不知何时出门去散步的丈夫。为什么呢？他让我感到怀念，感觉就像有一段时间没见面的人。

十一月七日（星期二）多云

昨天有客人待到很晚。收拾完凌晨两点半。睡过了，所以早上六点半出发。山北和富士小山一带，农家的院子以及田间路上的柿树叶全落光了，挂着一簇簇的红果。枝条坠弯了。阳光一照就闪着光，像茧玉¹或簪子一样美。

---

1 用柳树或灯台树的枝条穿起茧形的各色年糕团，是养蚕地区祈愿丰收的装饰。

树篱的黄菊白菊开得漫出来。红叶似乎也到了尾声。

野鸟园的立式荞麦面两碗二百元，放了鹌鹑蛋、葱和天妇罗屑。风冷，所以我们在车里吃。除了我们，半个人影都没有。

午　面包，放了香肠的西式炖菜。

傍晚，我走去管理处，想看看他们有没有高汤素，没有，买了莱朋洗洁精回家，一百元。我问，是不是应该给散热器加防冻液，他们说，这里的卡车还没加。我翻了日记，前年一直到十二月三日才加防冻液，散热器和引擎冻住了[1]，所以我惦记着。

晚　明星唢呐方便面，牛奶。

有淡淡的夕照，天黑之后变成了星空。银色的月。新月。八点半，月亮笼着橙色的烟霭，沉入大室山的一角。

在电视上看苏联革命纪念日游行。白马排成行，拖着大炮，扬起蹄子行进。

十一月八日（星期三）晴转阴，强风

早　米饭，关东煮，黄芥末拌小松菜。

有阳光。在玻璃门里沉醉地做日光浴。

1　见 1965 年 12 月 2 日的日记，极为惊险的一幕。

十点半，今天去赏红叶。往本栖湖。鸣泽村的桑树林呈黄色。风穴一带的树海，许多树的叶子落光了，只剩下枝干。我们晚了一些。看起来红叶的高峰一直到明治节[1]。开到开拓训练所，折返。富士急行大巴停在训练所门口，大概十个穿着卡其色工装的学生零零落落地跑过来，拎着淡蓝色塑胶包上了车。

　　在精进湖左转。水极少。风大，水面上起了三角波。

　　安冈章太郎[2]曾经推荐："有一部描写精进湖的小说《神州纐缬城》[3]。很有意思。这书适合武田。"走在精进湖边，丈夫的裤子上沾满了草籽。

　　绕精进湖一周。暗沉又寂寥的湖水。水位一向很低，裸露着熔岩。把车停在红叶台的山麓，爬上展望台。一个年迈的自卫队员走下来。西湖的移居地区多了些淡蓝色屋顶。

　　在酒水店。一升葡萄酒五百五十元，三个红玉苹果

1　明治天皇的生日（11 月 3 日），该节日已于 1948 年废止，改为"文化日"。

2　安冈章太郎（1920—2013），小说家、批评家、翻译家。代表作《玻璃鞋》《海边的光景》等。

3　国枝史郎（1887—1943）以 16 世纪日本战国时代为背景的传奇小说，在杂志《苦乐》从 1925 年 1 月连载到 1926 年 10 月号，共 21 回，未完。作者生前出版过包含前 16 回的版本。1968 年，桃源社出版 21 回的版本。三岛由纪夫对其给出高度评价，该书也引发了后来日本文坛的怪奇幻想热潮。书名中"纐"为日文汉字。

四十五元，一千克橘子一百五十元，两条味淋青花鱼干六十元，"第一的一"味精一百六十元，五百克香蕉四根一百五十元，纳豆三十元。酒水店老板娘说："太太，你家要是有空瓶，我们收。山上天一冷就冻裂了，可惜了。"

傍晚，风变大了。不时有大片的枯叶落下，那声响就像有人走过来的脚步声。我忽然有种波可还活着的感觉。

晚　年糕汤。

月亮周围的云跑得飞快。变冷了。

十一月九日（星期四）晴，有时阴

阿尔卑斯顶着雪，呈紫色和玫瑰色。

丈夫说今天想去石和看看。十一点半出发。第一次上御坂峠。没多高。穿出御坂隧道，在收费站付了一百五十元。下山经过的御坂町的山间仍残留着红叶，阳光照耀。山谷对面小山丘上的农家比河口湖一带的房子大，显得从容又暖和。还有两处特别时髦的休息站，像是最近才盖好的。还有一家叫"黑驹胜藏[1]诞生地休息站"。

路边的葡萄田不断变多，进入石和町。三人的家在右

1　黑驹胜藏（1832—1871），幕末侠客，尊王攘夷派志士。曾加入政府军参加戊辰战争，后因离队嫌疑被捕，一说被杀，一说死在狱中。

边，刷着淡绿色涂料，和之前来的时候一模一样。我们一路找小松葡萄园，慢腾腾地开到大门口。我们要去这里面的温泉中心，付了两张农园成人门票，二百元。进去，穿过大餐厅，在温泉栋的二楼入口，这次付了入浴费，两人二百四十元。上到二楼，有个大箱子，里面放着塑料袋。在那里脱鞋，鞋子装进袋子，自己拎着。没有拖鞋。只有工作人员穿着拖鞋或凉鞋。在宽广的休息处的中央有座舞台。铺着榻榻米的地面有平缓的斜坡，上面排列着细长的桌子，俯瞰着舞台。我们先去泡澡。从休息处穿过走廊，下楼梯右转，来到一处大玄关，摆着海狮和鹈鹕标本，让人不适。从鹈鹕的位置左转，便是大大的罗马浴场。进到男女分开的脱衣处。我把放着毛巾的包忘在车里，要顺着长走廊走一圈回去拿也麻烦，于是在小卖部买。小卖部没有店员，玄关的接待处也没人。在隔着老远的那头，阳光照着的走廊，几个男的在修像是幕布的东西。我走到那边说："小卖部没人。"其中一个说："那个混蛋又跑哪儿去了！"说着，他陪我走过来，卖给我毛巾。毛巾一百元。脱衣处寄存柜十元。一个泡完澡的阿婆告诉我，比起大浴场，扇形浴场的水更干净，于是我去了扇形浴场。扇形浴场就只是一个扇形池子。我和三个大妈正泡着，三个五十岁上下的女人进来了。她们从脖子往上，整张脸涂了液状白粉，呈铅灰色。其中一个人用墨一根根画过睫毛，看起来像漫画里的贝蒂娃娃。一个肥嘟嘟的，一个普通胖瘦，一个瘦得皮包骨。皮包骨的人五官最端正，显得年轻，但身体最老，连腰骨都支棱在外面。肥嘟嘟的人和普通的人在池子里相互搓肩膀。普通的人对胖人说："搓出来的垢，背上有很多。"胖人显得很惬意，说："这里真好。温泉干净。是极乐。"先泡在池子里的阿婆们对那几个女人说："大姐，我们看过你们的舞蹈和戏。真不错。""真想每天都来看。""扮作男的是哪一位大姐？真好啊。"她们口口声声地送上关怀。看来是在这里表演的艺人们。阿婆们还问我："你从哪里来的呀？"我说"从东京"，她们又问："哦，还想着怪不得今天有许多陌生的客人，原来连东京人都来这里啊。你们当天往返吗？"在脱衣处脱衣服的两个人也是阿婆。"咦，你这件和服真不错。花纹好看，刚做的吗？"一个佝偻着腰的阿婆脱得赤条条的，摸了摸还穿着和服的阿婆。和服受到称赞的阿婆说："有女儿就是极乐。女儿每个季节都会买和服给我，我自己不用花钱。"佝偻着腰的阿婆像是个很在意别人的人，在聊衣服之前，她对穿和服的阿婆道歉："我自己先来了，对不起。我想去小便。"

按摩椅塞十元就会动，我没有塞钱，坐在按摩椅上等着，丈夫出来了，他的脸也光溜溜的。我们回到有舞台的休息处，坐在角落的桌子，点了咖喱饭和豆腐皮寿司。菜单上还有猪排盖饭、金枪鱼醋饭、握寿司、散寿司饭、馅蜜[1]、啤酒、苏打汽水、果汁、日本酒。藏青色坐垫印着休闲中心的标志，里面是发泡海绵。周围全是老人。他们带着薄木饭盒和日本酒过来，轮流去泡澡然后睡觉，睡一会儿，唱一会儿歌。还有人忙着和睡着的人说话。就算对方不回话，全无反应，仍然若无其事地说着。阿婆们穿着羊毛印花和服、羊毛御召[2]和服、羊毛和服，上面罩着绗缝和服外褂或羊毛短大衣。有个阿婆看起来十分惬意地抽着烟。年纪很大的阿婆脱掉和服，底下是大红色里衣和护腰。

就在我们前面一桌，一个从肩膀开始没了整条右臂的爷爷脱掉长裤和上衣，穿着一身像是崭新的驼色毛料内衣裤去泡澡。回来后，他花了很长时间，用一只手穿上淡蓝色短袖，套上裤子，然后穿上西装外套。和他一道的爷爷阿婆们望着这一幕，和他说话，但并不帮手。爷爷也跟没事人似的。穿裤子的时候，好不容易把裤子拉到腰上，他立即飞快地坐下，不让裤子掉落，然后十分灵巧地

1　一种甜食，寒天、甜豆、赤豆沙、干果等浇上糖浆。
2　传统的御召是将拈紧的生丝先染色，再织布，一种高级和服面料。这里是用羊毛代替生丝制成。

扣上扣子。

贴着的纸上写着，表演从十二点半和两点半开始。悬着写了节目的垂幕。《正调武田节》《天目山》《勘太月夜鸦》。还有一个小时开演。我说："我想看，哪怕就看一首歌。"丈夫表示反对："这样等着太傻了。"幕布那头在敲铃鼓，咚咚啪啪，咚咚啪，一直在重复那首歌。我们从座位起身，一直走到底下的小卖部，都能听到那声音。丈夫在小卖部买了两个肉包，五十元。

外面阳光照耀，工作人员正在用水管洒水。坐在行驶的车上，身体仍然烫乎乎的。本来应该在寺院跟前右转，我发呆开过了头，开到河滩上方，和深泽来摘葡萄的时候走过的路。我掉头往上开到御坂隧道。

晚　味淋青花鱼干，萝卜泥，米饭，关东煮，醋浸裙带菜和洋葱。

今后等天冷了，想要经常去一下。下次我要备好便当，想在能看到表演的时间去。我们旁边一桌女人的铝饭盒里紧紧地塞满了米饭，她们带了味之素的小瓶，撒在饭上。

月亮笼着烟，胖了一圈。大概是因为泡过温泉，我们都有点昏沉。丈夫说："给我泡杯咖啡。"接着又说："啊，不用了。我太困了。"他说完就睡了。

十一月十日（星期五）晴，有时多云

十一点半，每天都去温泉，今天打算去忍野温泉看看。在忍野温泉入口左转，沿着往忍野八海的箭头开，路变成一辆车宽的窄路，我迷路进了落叶松林。是在哪里走错了。我在树林中一次次迷路，终于回到原来那条通往山中湖的铺过的路上。从头再来。这次在自卫队入口转弯。自卫队基地门口的路铺完了，变成了砂石路。沿着"I庄"招牌的箭头，来到I庄的院子，是一处新盖的用了新建材的房子。问能否泡澡，答说"水大概过个十分钟烧好"，让我们进了一楼尽头的房间。好像客人只有我们。订了泡澡和午饭。传来男人急忙用刷子擦洗浴场的声响和说话声。

等洗澡水烧好的时候，去旁边忍野著名的池子兜了一圈。池底长满了像菖蒲叶的鲜艳的绿叶，顺着水流的方向弯曲摇曳。水流的前方有水车小屋。是富士名胜明信片中总会有一张的水车小屋。小屋内响起女人的声音，我没往里看。长椅上放着大概十根钓竿。一个小时一百五十元。最深的泉眼池里有许多鲤鱼，其中只有两条呈银灰色。得了白化病的鲤鱼，奇妙的颜色，让人觉得不是这个世界的鲤鱼。游的姿势像在漂浮，跟其他鲤鱼有点不一样，一定是盲的。泉眼旁边更深一截的地方，底部聚了一堆纯黑色的鲤鱼，在那里游动。

泡澡的池里放了白色的药粉。吃午饭前，送上来热水瓶、一套茶具、削了皮浸在盐水里的苹果。

午饭 米饭，味噌炖鲤鱼，水洗鲤鱼生鱼片，每人两小条盐烤虹鳟鱼，冷豆腐（虹鳟比预想的好吃）。

我去让他们结账，只见老板呈大字躺在账房的暖桌下。他一开始说六百，又改口说："一个人四百五十元。"我付了九百元。老板走出来，告诉我们回去的路。

在加油站。汽油九百六十元。大叔在宣传一种高度计（三千二百元）。装在车上上山，刻度上就会显示现在位置的高度。说是，加油站一带海拔八百五十米，因此，放在店里的这六个高度计，指针都指在八百五十的刻度上。我没买。送了山药给我们。

晚 山药泥拌饭，关东煮。

明天早上回。做了便当，放了饭团和玉子烧等。今天又冷了一截。绕着忍野的池子走的时候，风很冷。月夜。

十一月二十六日（星期日）晴

昨晚，丈夫说："星期天会堵车。五点出发。"但我睡过了，变成六点半出发。丈夫很烦躁。我什么也没吃，连一杯水也没喝，把车开出去。打算就待个两三天，所以车上装了家里现有的食材。关东煮材料，炸鲷鱼，萝卜，芋头，鸡蛋，面包，土豆等。

比起从大月走，从厚木走的事故要少，但今天看到三起。最大的一起在山北隧道前的转弯处，四车连环事故。一辆满载着土的大卡车把红色轿车撞在崖壁上，挤扁了。另外两辆停在那两辆车前后，车体凹陷。被压扁的红车喇叭一直在响，但因为大卡车压在上面，也没法让喇叭停下。

在野鸟园前，两碗荞麦面。四个来滑冰的中学男生正在吃饭。

在加油站停靠，买了四升防冻液（这是买来给冲水式厕所用的），加了汽油。汽油和防冻液二千六百元。请我们吃了关东煮。来销售新型暖炉的人正在试着安装。今天是S乐园滑冰场的第一天，还飘着宣传气球，据说可以免费滑。

午　米饭，红烧秋刀鱼，裙带菜土豆味噌汤，黄油炒洋葱。

阳光很好，但风冷。鸟饮水盆的水结了冰。院子里有色彩的东西只有红果。

晚　米饭，中式炖炸鲷鱼（浇在上面的芡汁，不再用醋和砂糖，放了蒜，试着做成单单是酱油味的。配菜只放了土豆条和大葱）。这个菜好吃得让人震惊。

把丈夫盖的毛毯换成虎纹厚毛毯。从今晚开始，把暖炉放在厕所里。冬天终于来了。不过，加油站的大叔说：
"富士山今年的雪比平时早，所以今年年内不会下雪了。"

电视上，山梨县说，开始对消防队的机制进行改善。
外川会被改善掉吗？

十一月二十七日（星期一）晴

早　米饭，秋刀鱼大和煮（丈夫单独吃的第一顿早
饭），烤吐司，里脊火腿，牛奶，洋葱花菜沙拉（第二顿
早饭）。

没有风。阳光很好。虽然是星期一，但邻居的工地休
息，安静得像正月一样。远处的村有林响起电锯声。

丈夫说，虎纹毛毯虽然暖和，但是有潮气，睡得难受。
我把虎纹毛毯晒了。

午　米饭，中式鲷鱼。

两个人走去高尔夫球场。我们知道是否有人在打高尔
夫球，是因为挥起的高尔夫球杆（？）会闪闪发光。要是
有人在打球，球会飞过来，很危险。有人在走路的时候被
飞过来的球砸死了。一只大鸟从小溪的树丛中飞起来。

傍晚，管理处的人来了，说，你们走的时候锁好门。
有好几起闯空门事件，被偷走的是收音机、电视机之类。

我做了发糕，当作明天回去在车里吃的便当。

昭和四十三年
1968 年

一月四日 晴

要在往年，我们年底就来了。

丈夫在圣诞节前后患上流感，传染给我，他一直咳嗽，时隔四年，我们在东京过了新年的头三天。

花子一月七日回宿舍，于是我们打算待个两三天，急忙来了。

十点半出发。从厚木走。丈夫在大箱根去上厕所。从秦野一带望见的富士山一片白。看到三起车辆事故。在野鸟园吃荞麦面。三人份三百元。滑冰场满员。

笼坂峠没有雪，但等到翻过山到了山梨这边，雪一下变多了。

在加油站停靠，加油，装上一罐白煤油。汽油和白煤油一千一百元。

加油站在年底扩建了店面，两只重油炉正在发出巨大的声响。我说我们年底感冒了，到现在才来，大叔说"这个特别有效"，给了我们他开封喝过的咳嗽药。

今晚看着会结冰。我把车的手刹放开。开门一进屋，就立即燃起壁炉，点起暖炉，同时打开遮光门窗。便器和水箱里的防冻液冻住了。洗脸池的水管和下水管冻住了。我在浴室也点了暖炉，让冰融化。水流出来，洗脸池水管的接缝开始漏水。

晚　米饭，萝卜味噌汤，咸牛肉，炒蛋，腌菜。

星空。一弯镰刀般的月亮熠熠生辉，挂在西南边的松树上。感冒后期依旧难受，脊椎骨痛。我十点睡。花子今晚看来会做作业到深夜。

☆自从暑假来过之后，差不多四个月没来了。莫名地有些怀念。夏天和冬天，无论是天空的颜色还是山的形状，莫名地不一样。尤其是因为下过雪，周围白白的，我以为，这种景色是悲伤的景色。波可的墓上也积了雪，积了雪才像是波可的墓，我感到高兴。波可的墓顶上有小小的兽的脚印。感觉怪怪的。现在是十一点。爸爸因为他自己上的电视节目是八点到九点，看完那个节目就睡了。"看自己出现的电视节目有意思吗？"妈妈一脸不可思议，问爸爸。

妈妈也在节目过后立即睡了。我有作业。感觉周围过于安静。传来爸爸的鼾声。我正在琢磨今天写作业到几点，看到在我写作业的桌上，放着这本日记。红色硬封面有金色花纹，用金字印着"日记"，底下印着"河出书房"，于是我以为是一本叫《日记》的书，结果里面是本子，是我们在山上一直记的日记本。我厌倦了学习，于是也写了起来。看前面的妈妈的日记。莫名地很好玩。日记里有画。地图、云、月亮、花、草，像图鉴的画一样详细，用箭头做了说明。整个就很像妈妈的风格。

——花记

[红色封面的日记本——一九六七年彩色版《日本文学全集》[1] 刊行纪念（河出书房）的日记本]

一月五日 晴朗无云，无风，一整天温暖

能完整地看见银白色的阿尔卑斯。

早 米饭，生鸡蛋，海苔，海胆，裙带菜味噌汤，沙丁鱼罐头。

来了差不多十只大山雀，从松树枝飞落到枯萎的蓟花

---

1 《日本文学全集》第36卷（河出书房，1969年）收录了椎名麟三、梅崎春生和武田泰淳的作品。

上，把脑袋扎进花里摇晃，吃了点什么，然后飞回松树枝，如此往复。下一只鸟飞落到蓟花啄食。在雪中耸立在地面上的就只有枯萎的蓟。

厨房的水管一直冻着，不出水。

丈夫想去看富士山的雪。说想要开车上到上不去为止。十二点左右，我去发动车，车轮打滑，开不出去。车下面的雪冻住了。用千斤顶把车抬起来，在四个轮子下面垫了席子和纸箱，但还是开不出去。管理处的人来了，从旁边工地运来沙子和碎石，撒在车轮下，他们推着，我把车开出去。我说我们接下来要上富士山，他们劝阻道，现在上山，途中突然降温，就动不了了。丈夫立即说不去了。

顺便让他们修厕所和洗脸池。管理处的人说："今年降温比往年厉害，正月来这里的人家，没有一家的用水不出问题的。只要有哪怕一点点水分，有的人家因为没留防冻液，厕所裂了，有的人家连墙里面的管道都冻住了。以前就是晚上把总阀关掉，但因为太冷了，也有人说，是不是最好把总阀开着，水龙头也开一点，让水流一整夜，是不是这样才不那么容易冻上。"

厨房的水管，他们仿照大月水道局的融冰机器做了一个装置来处理（在燃气罐和燃气炉上面搁上一斗的日本酒樽那么大的罐子，烧水。把热的水蒸气通到长长的橡胶管，管子从龙头插进水管，让冰融化），花了一个小时。

今年以来，听说已经下过两次四十厘米的雪。

我们明天回东京。傍晚，富士山变成玫瑰色。与昨晚一样，升起一道镰刀模样的月亮。

午（为车子一通忙完之后三点左右）发糕，鸭肉罐头，汤，橘子。

晚　红鲑鱼罐头，萝卜泥，海带须清汤，油豆腐饭。

晚上，我正在收拾，一只艺伎鼠从冰箱附近探出脑袋，缩回去，然后从鞋柜旁边探出脑袋。重复四五次之后，它不见了。它有纤细的手爪，真的像艺伎。

脊椎骨的疼痛加重。追尾的后遗症又来了。晚上到睡着为止都很艰难。睡着之后做噩梦，也很艰难。做了噩梦，累得要命，然后醒了。

一月六日

脊椎骨的疼痛在夜间移到左腿。早上正想起来，左腿变得软绵绵的。让花子搬运要到装到车上的行李。只要坐上车，就可以不活动身体到东京。只要到了东京就能解决。这样想着，我拖着左腿，好不容易坐进驾驶座，然而左腿不听使唤。当我试图把脚放在离合器上，一阵剧痛从腰蹿到背。我一会儿往背后加个靠垫，一会儿往左脚套只厚袜子，继续开车。丈夫的眼神像是看到什么恐怖的事物。我说："没事的。比起走路，还是开车轻松。能开到东京的。"他默默地用双手捧着易拉罐啤酒，坐在我身旁。我说"你喝啤酒吧"，他喝了起来。笼坂峠也顺利越过了，把车停进御殿场十字路口前的空地休息。左腿像是整个麻痹了，垂在那里。这是我的腿吗？感觉像是其他人的腿，或是义肢。从这里往前，来来往往的卡车很多，驶入东京之后还会拥堵，所以我再一次试了各种办法，调整背后的靠垫和坐姿等，终于想出了一个好主意。我把手巾缠在靠近左膝的大腿上，系紧。要踩离合器的时候，抓住手巾，拉起左腿，将脚底搁在离合器上。不需要踩，就抓住手巾拉起左腿，让脚从离合器回到地板上。像提线木偶一样就行。我试着踩了两三次离合器，效果不错，于是我对那两个人说："这下更加没问题了。"他俩除了呼吸，一声都不吭，一直望着我。听了我的话，他们依旧沉默着，像是稍微放了心。一到赤坂的公寓，丈夫和花子像孙悟空一样在台阶上上下下搬行李。花子帮我脱袜子（腰和背都弯不了），丈夫请我吃鳗鱼盖饭，帮我按摩脑袋，我像三藏法师一样若无其事。

接下来的一天（此刻，正在写这段的今天），去 I 师傅那里。立即治好了。去的时候坐出租车。坐出租车的时候上下车就已经用尽全力，回程坐公交车回的。

这次的疼痛和左脚的麻痹让我感到震惊。那样的疼痛是生平头一次。左脚软绵绵的也是生来头一次。变成这种怪样子能开车吗？能开到哪里呢？我在这种古怪的好奇心驱使下，终于开到了东京。

三月二十二日 阴

冬天过去了，第一次来山上。也担心食材被老鼠啃了，所以今天多装了一些罐头食品。

中国的罐头食品。昨晚做的芝士蛋糕，牛奶，可乐，蔬菜，白吐司，鲱鱼等。

在大箱根停车。三瓶牛奶九十元。在车里吃了芝士蛋糕，喝了牛奶。梅花和桃花在开。

一段时间没来，从松田往山北右转的东名高速公路的高架桥开始了建设工程，看上去像一栋大楼。通往山北的方向，从橘子林间穿过的高速公路也开始建混凝土柱。这一带也有梅花在开。油菜花也在开。从御殿场右转，雾气起来了。在野鸟园停车。荞麦面三百元。雾气浓重。爬上笼坂峠进入山梨，下起毛毛雨。山中湖只有一艘在雨中钓西太公鱼的船。

吉田的蔬果店将一大堆油菜花放在桶里卖。从这里开始，道路也干了，天晴了，还有阳光照下来。

过路费二百元。旁边摆着立牌：有雪崩的危险，登山中止。收费站的职员说："五合目附近结冰了，到四合目还能上去。"

院子里的雪看来比往年融得早，只有背阴处留着雪。净化槽的烟囱从根部断了。

花子发现，厨房蔬菜筐的腿（塑料的，呈筒状）里面有只死老鼠。丈夫用火钳夹出来，里面还有一只。

午　米饭，萝卜味噌汤，鳕鱼子，红烧鲱鱼，玉子烧。

晚　叉烧面，猪肉豌豆罐头，卷心菜黄瓜沙拉。

三月二十三日　阴，夜晚有雾

早　面包，培根煎蛋，汤。

用了陈的固体汤料，所以有股霉味儿。这个汤不要了，用调味盐加热水喝，比奇怪的汤要好喝。这做法是丈夫发现的。

小雨夹雪稀疏地下着。我们仨一起下山买东西。

在酒水店。六团乌冬面九十元，一打啤酒一千三百八十元，六罐啤酒四百八十元（只有六罐），一升葡萄酒四百四十元，一升烧酒三百六十元，三个夏橙一百五十元，西式清汤素一百元，巧克力五十元，腌墨鱼肠七十五元，江户紫九十元，干鳕鱼片三十五元，草莓果酱一百元，炼乳一百三十元，猪肉一百元。

去朝雾高原。只有本栖湖附近晴了一会儿，路是干的。我把车停在生乳收集所入口的公交车站。外面寒冷。这里的牛有黑白两色，茶色，还有身体是茶色而脸是黑色的。放牛的地方不是草原，而是把泥土翻整过的地方。有的牛在泥地里慢慢地走，有的一动不动地站在泥地里，有的沉重地躺在泥地上。一动不动的牛在雨簌簌落下来时也不挪动身体，连脑袋也不动一下，就那么一动不动。我下车走过去，原来，朝向我这边、身子紧贴着泥地趴在那儿一动不动的牛，其实不光是把脸朝着我这边，而是从刚才就一直戒备地盯着我看。

在加油站。白煤油三百五十元，三套明信片三百五十元。

一个爷爷坐在店里的暖炉旁，在看电视上的歌舞伎直播。加油站的女儿们给了我们热牛奶。丈夫拿着易拉罐啤酒，说不要牛奶，又说"给那个爷爷吧"，她们给了爷爷。接着，那个爷爷一口都还没喝就把牛奶全洒了。我们在洗车的时候看电视。好像在放《八百屋阿七》[1]。

---

1 歌舞伎剧目，取材自历史上的真实事件。蔬果店一家因为火灾去寺庙避难，阿七在那里邂逅杂役庄之介。回家后，为了再见到庄之介，阿七纵火，并因此被捕并处死。

加油站大妈说她昨天去了"日野之灸"，只要一年去个一次，一整年身体都好。她拿来塞着各色最中[1]和仙贝的盒子，还有酱油团子，让我们吃。

在收费站，次数券二千元。

职员像是很闲，在下围棋。他们说："今年富士山下了自从昂公路开通以来最大的雪，车可以开到树海台，但再往前到大泽崩，只开了一条车道。从大泽崩到五合目完全没除雪。用推土机加上另一辆车除雪一整天，也只能前进两公里（？）。我们在作业，想要赶上四月一日开山，但按这个情形，就算四月一日能开到五合目，周围也全是雪。说不定东京的客人反倒会高兴。有些地方的雪仍旧有两米深。"

傍晚，稀疏地下起小雨夹雪。

晚　米饭，红烧鸭，海苔，海胆，卷心菜炖油豆腐做成甜口。

今天一整天，富士山都没现身。电视上说，像今天这种阴天与毛毛雨的天气，叫作"菜种梅雨"。

晚上，雾气缠绕着整栋屋子。我打开小窗，雾气仿佛绕着人似的进了屋。

花子给晚饭淘了米，调整水量，之后做刺绣。临睡时，

1　饼皮夹着豆沙的和果子，饼皮的口感近似华夫。

她说胃痛。我在橱柜里找了胃药给她吃。

三月二十四日（星期日）一整天阴，雾气往来

十点左右，管理处来修因为下雪断掉的净化槽烟囱。每年都断，所以从底下换成整根塑料的。

午　松饼，鸡汤，卷心菜炒培根。

丈夫说："早上去散步，大冈家对面正在盖一栋新房子。"丈夫从午后睡到下午四点半。起来以后看相扑比赛。大阪场的千秋乐[1]，若浪胜。

晚　米饭，混炸樱花虾葱丝红薯丝，萝卜泥，夏橙果冻。

七点左右，星星出来了，但等我过了差不多半个小时出去一看，天空一片漆黑。听不到一丁点车声、人声。

三月二十五日（星期一）一整天下雪

夜半有雨声，七点半起来一看，雪薄薄地积了一层，还在下。

早　洋葱牛肉饭，汤。

电视上又说："今天天阴，然后转雨。春雨。菜种梅雨。"他们好像不知道这一带在下雪。

1　最后一场。

丈夫突然说想用桑拿罩。我从仓库里把差不多两年没用的桑拿罩拿出来，跟花子两个人一起组装。把罩子朝着院子的方向搁在餐厅里，丈夫钻进去，一边看下雪一边蒸。之后刮了胡子。我和花子也进去用了，边蒸边看雪。

丈夫像是因为桑拿罩心情很好，说："大冈要是瞧见这个，一定想用。是折叠式的，所以可以借给他。"大冈说不定不想用，他却说这种话。

午　发糕，醋腌卷心菜，培根汤，红茶。

午饭由花子做。因为下雪了，所以她把卷心菜的芯都切了丝，不浪费。

雪没有停。上午传来硬是冒雪爬坡的车声，午后就不再有了。

午后，我拿出缝纫机，花子缝了枕套。

傍晚传来鸟鸣，我以为雪停了，结果还在下。鸟在下雪的时候也在叫。

晚　米饭，鲑鱼罐头，红薯鸡肉杂蔬汤，水果果冻，白味噌糖醋拌裙带菜和葱。

雪在夜里也没停。我怕车冻上，去松开车的手刹，结果车埋在雪里。我叫上花子，拆开纸板箱，用纸板把车身和车顶的雪掸落，在车里放了品川暖包，盖上车罩。雪在我们除雪的同时积起来，所以花了差不多半个小时。车顶积了三十厘米的雪。我有过把钥匙掉在雪中的差错，所以这次把钥匙放在手套里面，紧紧地捏着。从邻居工地拿了两条小木料压在车罩上。风一吹，雪就横扫进眼睛嘴巴，倒是不冷。春天的雪。今天给丈夫的被窝也放了品川暖包。这里有过四月下雪的情况，但像这样下一整天是头一回。

三月二十六日（星期二）阴，有时小雨

昨晚我们走去盖车罩的脚印彻底消失了。好像半夜也在下雪。今天暖和。

早　米饭，猪肉汤，海苔。

天阴着，感觉会再一次下雪。下方涌出了雾，辨不清远近。十点左右，远远传来推土机的声响，逐渐接近。我往大盆里面垫了毛毯，当作雪橇，和花子滑下院子的斜坡。我拖着雪橇出门来到坡上的公交车站，正好推土机一边铲坡上的雪，一边开上来。我请他们把大门口的雪铲掉，然后用雪橇滑下坡，一路玩，去了管理处。管理处有电刨声。关井和另外两个人正在做滑冰比赛用的旗座（？）。有一个人在做放气象观测用的冷暖计的箱子。好像是因为今年S乐园有国家体育赛事，所以要用。他们说，没有规格和样本，他们自己想象，边琢磨边做。

在管理处。买了面粉、咖喱原料、酱油。我问他们有

没有米，说是只有夏天才有。

午　年糕。各自加上自己喜欢的料吃，黄油、海胆、花生酱、萝卜泥、海苔。

三点，装上雪链，花子和我下山。

似乎不下雨，把雨刷停了，结果车窗不觉间满是水珠，看来是玻璃的缘故。来到河口湖的城区，看来昨天只下了很少的一点雪。

在酒水店。豆腐，煮豆，竹轮，秋刀鱼干，卷心菜，拉面，黄油，纳豆，焙茶，零食，鱿鱼丝，一打啤酒，夏橙。二千五百八十元。

十千克米一千四百三十五元。酒水店老板娘给了我一袋四季豆，说是本地摘的豆。

在蔬果店。一把葱一百二十元，豆芽二十元，三根红薯一百二十元。

去到车站，报纸卖完了。五罐和平烟一千元。

在肉店。肉糜，小里脊，六百七十元。

长筒胶靴五百五十元。

在加油站。汽油，两罐白煤油。雪链的响动不正常，于是请他们查看。太松了。以后中间要扣到最紧，外侧留两个锁扣，扣在第三个上。不能忘记，所以写下来。

加油站大叔的讲述：

〇阿宣今年冬天去帮他奶奶养猪。平时一直养着一百头，生了小猪就以五千元左右分给邻居。一百头的饲料靠的是收集河口湖各家旅馆的剩饭。一天用卡车收三回。据说阿宣在拼命干活。

三月二十七日（星期三）阴，雾浓

上午，打扫。丈夫进了桑拿罩。

一点，下山买东西和接人。阿克坐两点抵达河口湖的大巴来。我在 S 乐园停靠，说我们家的浴室有问题，能否只泡澡。那边说："今天客人少，不知道今天浴场开不开，我去问问。"进了里面出来，说："今天工作人员也要泡澡，所以浴场开的。五点半或六点半来就行。"

在酒水店。夏橙，土豆，洋葱，豆腐，味噌，零食，一打啤酒。二千六百元。

在车站小卖部。一打易拉罐啤酒九百六十元。《每日新闻》和《日经》[1]三十元。《北富士山脚故事》一千二百元。在《ALL 读物》《小说新潮》旁边有这一本，所以买了。因为丈夫经常对我说，如果看到这种当地出的书，就

---

1 《日本经济新闻》。

买回家。富士山故事经常是一些下流故事，这本或许也是那一类，不过我没细看就买了。

在 S 乐园停靠，月见荞麦面（阿克）一百元。滑冰场三月十七日关门了，乐园没什么人。

阿克带来的手信，一条小油甘鱼，四分之一做成生鱼片，剩下的做成照烧和红烧。

早早地吃了晚饭。

油甘鱼生鱼片，照烧（我们），炸猪排（阿克）。卷心菜，煮竹轮，煮豆，土豆泥，夏橙。

很久没吃生鱼片了，好吃，仿佛从口腔一直沁入心胸。

五点过后，和花子两个人在高尔夫球场的斜坡上，用盆做的雪橇轮流从一棵孤零零的杉树的位置往下滑。

六点，花子和我去 S 乐园泡澡。只有男澡堂的池子烧了热水，所以让我俩单独先泡。女服务员说可以泡四十五分钟，我慢慢洗了头，半个小时后结束。脱衣处摆着两三个冲澡桶，是因为天花板在滴滴答答地漏水。我们泡完出浴场一看，他们在入口贴了张纸，写着"女子入浴中，到七点"。

入夜后，雾变浓了。气温上升，雪化得快。除了雾，地面还在冒烟。今晚不关总阀试试。

三月二十八日（星期四）阴，有时晴

早　米饭，汤豆腐，红烧鸭，浓郁甜口红烧肉糜洋葱，炒蛋。

卸下雪链。天晴了。这三天因为雾而看不见的树林和山变得清晰。临近十二点，锁了门，四个人一道去石和。下到河口湖，路上车来车往。

葡萄林之间的梅林开满了白梅。农家的院子里有红梅在开。

小松农场。入浴费四人四百八十元。今天从小松酒店的玄关进。酒店的大房间成了休息室。有五个房间，但每一间都满是人。预约的包间，三间是"甲府面类妇女部"。一间是"U石材"。我们坐进大房间中的一间。全是人，几乎是人挨着人。丈夫立即带着阿克去泡澡。我和花子因为昨天在S乐园泡过了，坐着看行李。坐我们旁边的中年妇人（带着一个男孩、两个女孩）独自连续吃了四个煮鸡蛋。最小的女孩六岁左右，心情很坏，既不吃姐姐哥哥在吃的巧克力，母亲劝她吃煮鸡蛋，她也说不要。母亲说："那你要不要泡澡？"她说："我也不要泡澡。"母亲焦躁起来，问："你想要怎样？难得带你们来这么好的地方。"她小声说："我在这地方不舒服。想回家。"于是母亲忽然摆出不理不睬的神色，从报纸里拿出海苔饭团，一个人吃了起来。小女孩像是真的不舒服，无力地坐着。

躺在最里面的一个爷爷被广播喊到名字，吃惊地起身。他来到走廊，服务员说："您家的男孩从船上撩（掉）进了池子。"这回爷爷并不怎么吃惊。

屋里，中老年妇女比较多。有的人大概是想要尽可能多占些地方，整个人躺着聊天，吃东西。那群人的丈夫有时回来坐一会儿，又出去了。女人们根本不起来。从里面出来的人或是回到里面的座位的人们从躺着的女人们的身上跨过。过来通知男孩落水的服务员问我们："是从境川来的吗？"

在大食堂，我们吃了咖喱饭（丈夫、阿克），豆腐皮寿司（花子、我）。说是咖喱饭是酸甜口的，好像是做成浇酱汁吃的口味。豆腐皮寿司甜得要命。糖放得太多，豆腐皮整个儿缩起来。预约席的面类妇女部的人们在吃盖饭。

小卖部还在卖花种。农家的妇女们围拢在盆栽花的周围买花。花子买了番红花的盆栽（一百元）。

丈夫说："大浴场也全是人。今天水脏。小孩不当回事。潜水到池底，浮上来，又潜下去玩。"

在河口湖的酒水店。白吐司三十五元，六团乌冬面九十元，油豆腐二十元，猪肉二百元。

在加油站。十二点八升汽油七百三十元。

听说大叔今天去了五合目。好像到二合目为止，普通车也可以不装雪链开上去。

没装雪链上了富士山。二合目竖着"前方禁止通行"的牌子，我试着往三合目开，开上去了。三合目第二次出现立牌，"禁止通行"。我们在树海台休息，打算从这里折回，这时有辆斯巴鲁开下来，坐在副驾驶的女人像是无法抑制兴奋一般，叫喊着劝我们："上面有一处景色很美，去吧！"驾驶席的男人沉默着。

开到能开的地方试试吧。上到大泽崩，停着两辆车。"再往前装着雪链都有点害怕，感觉开不过去。"从车上下来的男人告诫我。我走路过去看看。感觉能开。路渐渐变窄了，车蹭着两侧的雪墙。一层层厚雪叠成的雪墙将近两米。车就像从冰之隧道穿过。我开到御庭。阳光照过来，冰之隧道呈现透明的淡蓝色。原来雪是淡蓝色的。再往前是豪雪，路不通。两辆车跟在后面上来，从车里下来的男人们也都呆呆地站在那儿。感觉就像穿过镜子开到了另一边。安静，又冷又美。

我说："还能再来一次吗？"丈夫催我开车："这种地方，只要能来个一次就行了。趁着有太阳的时候下山吧。"

晚　米饭，蟹肉炒蛋，山药，味噌汤。

临睡时，花子说："下次带上大盆去。"

三月二十九日（星期五）阴，有时晴

早　杂炖乌冬面（猪肉、油豆腐、葱）。给还想吃的人：烤吐司，培根煎蛋，红茶。

十一点半，今天去朝雾高原。

在酒水店停靠，六瓶可口可乐，六瓶葡萄柚果汁六百元，六个夏橙三百元。

天晴了，几次看到拿着地图边走边看的青年男女。进入静冈县，太阳开始被云遮蔽。

鹑亭改名为"富士美休息站"。一伙摄影团体，带着两个模特女孩，大概二十个人，在吃午饭和休息。店里摆着自动唱机和游戏机。还装饰着绿雉和狐狸标本。看来换了老板。

鹌鹑蛋荞麦面（阿克、花子）二百四十元，天妇罗屑荞麦面（丈夫、我）二百四十元，三盘味噌关东煮一百五十元。

我们去看养着绿雉的小屋。四只雄的，一只雌的，两只火鸡，一只鸡。花子在窄长的小屋跟前来回地走，一只雄绿雉在网的另一边跟着她走。当她折回去，它便折回去跟着。当她奔跑，它跑得往前栽。快要赶不上她，它啪啦啪啦地拍动翅膀飞起来，然后接着跑。鸡就一只，有着坏心眼，一个劲儿地跟这只人来疯的绿雉打架抢食。鸡上前

260

威胁，绿雉便往后退。另一只与人来疯要好的雄绿雉过来帮它，上前威胁鸡。鸡像是打不过这只雄的。两只火鸡以奇妙的姿势坐在地上。一只坐在那儿不动，帮另一只啄眼睛周围。看起来是痒。鸡和这些胖火鸡倒是关系融洽。火鸡什么都吃。我们把带的蒸红薯给它们，又给了花生，它们都坐在那儿吃了。火鸡的嘴边沾着红薯，显得悠然自得。

把车停进白线瀑布的停车场，我们在车里吃了烤饭团。花子一边吃，一边面无表情地说："我最讨厌白线瀑布。"谁都不想下车去看瀑布。从这里折返。

荷斯坦种牛牧场有三四头小牛躺在那儿，于是过去看。在放哨的狗也长得像小牛。给狗巧克力，它吐了出来。给它红薯，它吃了。给它仙贝，它更加开心地吃了，尾随过来，一动不动地从门外窥视车内。一架直升机低低地飞过来，盘旋着。

在加油站。十五升汽油八百五十元。

日头变长了。四点半还有阳光。

晚　米饭，可乐壳，沙拉，红烧小油甘鱼，洋葱炒肉，白味噌糖醋拌裙带菜和葱。

打扫厨房餐具柜的深处，角落里整整齐齐地排列着大概六十粒夏橙的种子。每天早上，燃气灶的边上散落着像是大蒜的白色表皮的东西，原来是夏橙种子的外皮。艺伎鼠每晚从扔垃圾的地方把我们吃完的夏橙的种子衔过来，剥掉表皮，一粒粒整齐地排列在橱柜的深处。

三月三十日

早，树莺在叫。越过箱根回东京。箱根的樱花开了七成。

四月八日（星期一）阴

下午两点出发。从厚木走。

山北的油菜花田盛开。太黄了，让人眼晕。桃花也在盛开。

收费站的立牌只写着"路面冻结，小心落石"，不是"禁止通行"。看起来到五合目的路通了。

傍晚，淡玫瑰色的富士山宛如飘浮在半空。山脚笼着雾，或是晚霞？树莺在叫。

晚　盐烤鲷鱼，豆腐味噌汤，米饭。

昨晚睡得晚，所以早早睡了。

四月九日（星期二）晴，有时阴

早　米饭，烧卖，萝卜味噌汤，油醋浸白菜。

日照从中午变强了，晒褥子。把毛毯和被子也晒了。

烧垃圾。篝火旁边的山椒树缀满了绿芽。我给饮水处换了水，立即有只三道眉过来喝水然后离开。黄蝴蝶也像迷路一样飞来了。

"我昨晚做了一个梦，有只鸟紧紧地贴着墙，仔细一看，那是只乌龟，身上是绿色和红色。"在做日光浴的丈夫说，"那条毛毯是阿克盖过的？年轻人身上有种带尿臊气的活力。你好好地晒一下。""有股稻草味儿？一定是类似兔子笼的气味。"

晚　蟹肉蛋炒饭，汤，橘子果冻，裙带菜沙拉。

出来一个朦胧的月亮，挂着小小的晕。

四月十日（星期三）晴，强风

昨天的黄蝴蝶来了。同样的时间，和昨天一样迷路，离开时去了和昨天同样的方向。翅膀还有些泛白。昨天的三道眉也来洗澡。做日光浴的丈夫说："昨天三点左右来过一只身上像清漆一样闪光的动物（似乎是黄鼠狼），今天也在同样的时间来了，窸窸窣窣地进了邻居那块地的同一个地方。"

傍晚，西面的天空突然被黑云遮蔽。我以为要下雨，因为风大，夜里星星出来了。

晚　米饭，煮山药鱼糕，玉子烧，清汤（鲷鱼）。

丈夫做了一整天日光浴，脸变红了。说是做日光浴就不困了。

四月十一日

一早回东京。

越过箱根回。乙女峠有大雾，从隧道跟前就像摸索着在云里行驶。在收费站停车小憩。一伙轿运车司机和一伙卡车司机相互高兴地说："真吓人。""没出事真是不可思议。"

四月二十五日（星期四）晴，无风

六点从家里出发。

今天是东名高速公路东京厚木区间开通的日子，所以在濑田的路口右转，试着走东名高速。新绿。海老名服务区有广告气球和花环。车少。二十分钟左右到厚木。在出口，工作人员问我："票呢？""是这个吗？"我拿出在入口领到的名为《东名高速公路指南》的小册子，对方说："不是这个。上面打了一串孔的纸。""需要那个吗？我扔掉了。"去事务所，付了三百元。对方让我写了经过书。他们不停地教育我，那张纸是最要紧的，扔掉就麻烦了。是用在电子计算机（？）的纸，不能重新给，所以很麻烦。我边听边想，虽然听不太懂，但感觉很小气啊。

出了厚木，走二四六号公路。油菜花还在开。屋顶背后和树林中开着闪闪发光的白花，十分炫目，是皱叶木兰。丈夫在车里吃饭团。"刚才怎么一回事？""在事务所写了经过书。他们说以后绝对不能把那张纸扔掉。"

吃了野鸟园门口的荞麦面。有先到的客人，是一对走了新开通的东名高速公路的老夫妇。老人说："今天早上，刚开通的东名发生了追尾事故。十一辆车接连追尾。"听说他们要从本栖湖翻山去身延山。每个月一次去那边参拜。他说，一月的时候，本栖湖隧道内的雪冻上了，开车很可怕。是一个说话大大咧咧的精神昂扬的人。我们先走了。他们的蓝鸟上插着小国旗。

九点半，来到收费站。日照变强了，是个悠然的晴天，所以我直接开上三合目。我们去树林里看玛利亚像，树林里有厚厚的霜柱，积雪仍是冬天的模样。玛利亚像的面孔显得阴沉。

富士山今天难得没有风。

一辆车在树海台停下，年轻男女们嘈杂地下车，看都不看景色，开始玩抛接棒球。

午　米饭，烤青花鱼干，萝卜泥，整只烤茄子。

晒被子。富士樱在有阳光的位置开了一半。

一只比大山雀小的鸟飘飘悠悠地落下来，衔了树根的苔藓飞走了。在筑巢。它衔走了比自己的脑袋还大的苔藓。

厨房的土豆出芽了，于是在波可的墓上种了三颗，在菜地种了十颗左右。折了一枝富士樱插在墓顶。

露台前的樱花，花蕾刚带了点颜色。厨房窗前的樱花开了三成，扔垃圾处旁边开得最多。过了一会儿，我又去兜了一圈看院子里的樱花，花比刚才多了许多。花时时刻刻都在开。

盖着晒过的被子午睡。睡到五点半。真舒服。

晚　粥，黄油，咸牛肉，煮山药鱼糕。

满天星斗。

四月二十六日（星期五）晴

早上有些多云。醒来时，树莺在叫。

在朝阳照耀的院子里转了一圈。樱花比昨天开得更多。日本海棠也在开。堇菜也在开。今天邻居那边传来工人们的声音。还有女人的声音。我收起一只暖炉。

午　红薯，黄油，洋葱番茄汤。

两只小鸟飞到作为地界的松树桩上，轮流把脑袋扎进树桩上的空洞，吃虫子。我放了指头肚大小的猪油在树桩上，它们便啄猪油吃。猪油对它们来说，可以比得上我的"和田金"牛排。

四点过一会儿，我下山加油。高尔夫球场水泥路两边的樱树在微暗的光线中浮现浓郁的桃色。昂公路上一辆车都没有，也没有声响。只有杜鹃和樱花静静地开着。

收费站往返四百元。

汽油一千一百四十元。

在酒水店。一箱啤酒一千三百八十元，五个夏橙二百五十元。

车站小卖部关着。买不了易拉罐啤酒。在天开始黑的时候回家。回程也只有我一辆车。车灯照射下，兔子蹦出来，横穿马路，跳进树林。毛色灰黄的软乎乎的兔子。它拼命地将身体拉到最长，纵入林中。

富士山在天空中晕成淡蓝色。落叶松的芽长到赤豆大小。下次来山上的时候，就会是青青的枝叶了吧。富士樱将会开败了吧。下面的村子如今樱花开到最盛。出收费站到加油站的途中，一栋田里的房子被盛开的大樱树围绕着，像一幕戏。我今年第一次注意到，这户人家的四面都围绕着樱树。

扔垃圾处旁边的富士樱如今在盛开。傍晚的时候如同一盏盆形灯笼。入夜，樱树仿佛一个人伫立在那儿。

丈夫说明天早上四点半回去。我做了发糕备着。

五月六日（星期一）晴

五点二十分出东京。走东名高速路，出东京的只有我的车和另外两三辆车。往东京方向有卡车驶来。

在海老名的休息站，丈夫去厕所。杜鹃开得正盛。一大早，花带着水气。丈夫出来后说，厕所是新建的，像医院。看起来因为昨天是休息日，夜里工作到很晚，一个男服务员穿着制服睡在搬到一起的餐厅椅子上。醒着的两个服务员也显得困倦。因为是大清早，用蜡做的西式炖菜和炸猪排的样品，价格牌大多朝下翻着。在卖定价五百元的套餐。我买了两块巧克力、一袋糖。四百三十元。真贵。这地方太新潮了，让人无语。全是进驻军的零食。

在野鸟园，丈夫又去小便。

看起来人们是昨天来山中湖住一晚，早上回，他们拎着行李站在长途汽车停靠点。玩累了，在发呆。

在加油站。汽油九百五十元，蜡八百元，明信片一百元。

收费站次数券二千元。

往家去之前先上到五合目。二合目的富士樱盛开。杜鹃也盛开。在奥庭停车。树林中，冬天的雪还是老样子。风冷，带着松脂味儿。在这里，春天才刚刚来。

下山，我突然被睡意侵袭，边开车边用手抹脸和扯头发。是因为吹了松脂味儿的风。我一会儿开到右车道，一会儿过于靠左，差点翻下山，我吃了一惊，醒过来。晃晃悠悠地开下山，在御胎内入口左转。

午　奶酪面包和汤。

睡到四点半。

晚　米饭，味噌炖青花鱼，芝麻拌鸭儿芹，油醋浸黄瓜，佃煮。

天色微暗的时候，在大门口的路上的正中央，有只兔子一动不动地蹲着。很肥，看着像只黑猫。它朝着富士山的方向，一动不动。

带点儿桃色的昏暗天空中，月亮旁边只有两颗星。月亮的轮廓模糊，明天像要下雨。晚上，树莺不时鸣叫。

五月七日（星期二）雨，毛毛雨

七点，醒了。在下雨。穿上冬天的厚毛衣。

院子里的绿色比昨天又浓了一些。

午　洋葱炒肉，玉子烧，醋腌卷心菜。

有点冷，燃起壁炉。雨中来了只鸟，吃了面包屑，走了。我把鸭儿芹的根种在狗的墓旁。一整个白天，我给花子做衬衫，做好了。

三点，把红薯切成厚片烤。

晚　米饭，烤盐腌鲑鱼，高汤山药泥，煮豆。

晚上，天空红得异样，雨淅淅沥沥地一直下，雾也浓。丈夫说："天气预报说还要下两三天的雨。明天回东京吧。"

五月二十一日（星期二）多云，暖

早上五点出东京。走东名，在海老名休息。杜鹃花在开。停着三辆轿车，两辆小卡车。

咖喱饭（丈夫）一百五十元，火腿三明治（我）一百八十元。

四个像是从事卡车运输的人在吃早餐套餐，饭后喝咖啡。他们当中有人说："人没有梦想可不行。"四个年轻的男人，都吃的咖喱饭。一对男女进来，他们也要了咖喱饭。人们都静悄悄地发着呆。晨霭散了，像暑假的早上。

沿着二四六号公路开到安妮工厂 1 的门口，变成交替通行。正在指挥交通的男人紧张得快哭了。道路中央横着一辆进口车，玻璃碎了一地。看起来是被轧上去碾碎了。再往前一些有辆黄色大卡车翻倒在地。木材掉了出来。驾驶座下面是红色。停着两辆像是一道来的同一家公司的黄色大卡车。指挥交通的男人像是他们的同事。

---

1 创立于 1961 年的女性生理用品制造商，1993 年被狮王合并。品牌名来自《安妮日记》。

山北的隧道前的转弯处，一辆上山的大卡车像是没打够方向盘，一头栽进岩壁。扎进岩壁的左侧车门开不了，车座上的两个男的正在一点点挪动身体，试图从右车门出去。像是刚刚撞上去的。在御殿场有一起卡车相撞，再往前又有一起，玻璃碎了一路。

在野鸟园休息。荞麦面二百元。

野鸟园门票两人二百元。

以及，那里面的野鸟笼门票两人一百元。

八点。九点开园，对方没办法，破例让我们进。客人只有我们。修整桥梁与绿植、负责照顾鸟和花草的人们在劳动。

正值繁殖期，野鸟笼中满是鸣叫声。看了看巢盒，里面有五个蛋。绿雉知道到了喂食的时间，蹲在入口附近，等着喂食的人过来。乌灰鸫过来吃散落在乌鸦笼外的鸟食。

只有鸦科被放在别的笼中。山斑鸠从野鸟笼外飞来，停在笼子上，看着里面。旁边的小屋里，人们在做鸟食。两个负责做鸟食的大叔的双腿间放着巨大的研钵。他们不时混入像猪油的东西。煮了白煮蛋，只把蛋黄放进去。"不喂蛋白？""蛋白给猴子。"小屋的地上散养着五只灰喜鹊雏鸟。

去百花园。温室内杂乱地塞着盆栽仙人掌、一串红、秋英、牵牛花苗。

待了差不多一个小时出来。出来的时候正好九点，入口响起开园的音乐。没有客人。

往家去之前，先上到大泽崩。落叶松披着新绿，锦绣杜鹃盛开，白桦林的白桦粗粗的树干是纯白的，格外显眼，枝头微微泛红。我们在树海台小憩，有辆车上来停车。车上是老人和年轻女人，载着一个外国人。外国人打开地图，看上去在问老人什么。女人朝我跑来，问："你会英语吗？"我摇头说："完全不会。"丈夫走过去。老人说："他背着行李在走，我在底下让他上车，但我根本听不懂他说什么。是不是他本来想去其他的山，我给带错了带到这里？"车里有个像喜马拉雅登山队一样的大背包。丈夫问："你要去哪里？"外国人好像在说："我想从 fivestation（五合目）去 top（顶上）。我想换成 boots（长筒靴）。"丈夫把外国人的话向老人做了解释，然后说："到了五合目就有会讲英语的人，你把他拉到那里，交给那边的人就行。"老人像是喜欢西方人，说："这个人是想要去山顶吗？他没问题吧？我原本打算送他去五合目，再送他下山来着。"

在大泽崩，流动小卖部的车把望远镜借给我们看。今天能望见山顶，蓝黑墨水色的富士山。下山，我又被睡意侵袭。做了梦，我进到榻榻米房间弹吉他。醒来时，有车迎面驶过。接着又做梦。深泽进到榻榻米房间，一边弹吉他，一边说着什么。我和丈夫在看他弹。醒来，卡车迎面驶过。这才意识到，我是在开车呢。

十一点到家。

午　米饭，春卷，盐水蚕豆，豆腐味噌汤，苹果沙拉。

堇菜开了满地。今年，堇菜和日本海棠缀着大量的花。

两点左右，去管理处拿诹访的田中纯一郎[1]送来的枸杞树苗。一打开包装，就有股枸杞的气味。里面有十一棵树苗。我和丈夫一起，在狗的墓上种了一棵，露台前两棵，上面的院子三棵，白桦树下两棵，沿着围篱种了剩下的。丈夫种了一棵就不种了。

晚　烤吐司，洋葱汤，沙拉，香鱼佃煮，萨拉米。

白天是六月下半的天气。种枸杞的时候一身汗。

我今天早上在海老名的餐厅不光吃了火腿三明治，还吃了半份丈夫的咖喱饭，在野鸟园吃了荞麦面，此外还吃了自己的那份正餐，好像吃多了。

1　田中纯一郎（1902—1989），电影评论家、电影史家、编辑。曾任《电影旬报》主编，代表作为《日本电影发达史》。

五月二十二日（星期三）多云

早上，大杜鹃在叫。树莺在叫。多云，比昨天冷。

早　米饭，秋刀鱼干，玉子烧，萝卜泥，野泽菜[1]，裙带菜味噌汤。

午　面包，洋葱汤，橘子果冻。

我去看厨房窗套里的大山雀，鸟蛋从巢里掉了出来。巢是用苔藓、波可的毛、鸟羽、红绸带的碎屑等做成的。我捏住鸟蛋，放回巢中。

三点左右，下山加油。还付了罐装燃气的钱。燃气四千三百二十元。二十升汽油一千一百四十元。

难得阿宣来了加油站。看来他同时在养猪和给加油站干活。现在还有菜地要管，似乎很忙。接下来要把路边的猪圈搬到菜地那边，那个活儿似乎也会很忙。

我问大叔："我把山雀蛋放进鸟巢，用手碰了蛋，鸟是不是就不孵了？"他回答道："有一次，两只燕子的雏鸟掉下来，聚集了大概十只燕子，在那儿吵吵。接着它们把雏鸟挪走了。好像是用嘴衔着走的。我觉得重，但它们还是只能用嘴。而且好像是一只燕子衔着走。虽然有十只在那儿吵吵，还是其中一只搬运。好像两只一起反而不

_____

1　长野特产，芜菁的亚种，食用茎叶，通常做成腌菜。

好弄。"

去森林公园玩。门票一百五十元。绕了一圈漂浮着火烈鸟的池子。我以为伫立在池对面的鹿是标本，到跟前一看，是活的。说是鹿太能吃了，会把花坛里的花草都吃光，所以只放了两头作为代表在外面走。白兔、山羊、孔雀等是放养。对大猩猩的幼崽来说，山里的气候像是太冷，它们抱在一起发抖。见此情景，四五个年迈的男女客人说了些下流话，笑起来。还有骡子母亲和幼崽。幼崽三月刚出生，像绘本上的一样可爱。

甚至还有圣伯纳犬。我站在笼子跟前，在里面喂食的人说："太太，你喜欢狗是吧？"说着让我进了笼子。是个之前在管理处的面熟的人。狗食像是用整棵白菜煮的，狗立即一大口吞了下去，连同汤汁一起。我摸了摸狗头。它的眼睛渗出泪水一样的东西。狗太大了，显得忧郁。饲养员喂它苹果，它像是讨厌苹果。它用眼角看着苹果滚在地上，不吃。我对狗说："你是不是无聊啊？"饲养员说："你喜欢狗是吧？要不要养这个品种的小狗？"我说我们在东京住的是公寓，没法带去，他说："你们回东京的时候，把狗寄放在这里，我给你们放在这个笼子里。进山的时候带回去养就行了。"我拒绝了。回去的时候，饲养员折了一枝花给我，上面缀着芳香的穗状花。我拿着走，那两头担任代表的鹿走过来，连花带叶地撕扯着啃了个一干二净。是叫作欧丁香的花（后来查了图鉴认识了）。

晚　米饭，汤豆腐，草莓。

今天早上，我还没起来的时候发生的事。丈夫说，我正在厕所里，上面的院子的松树根那边传来很响的沙拉沙拉声。我以为来了一只大鸟，从窗户看去，一只黑乎乎的兔子正在与黄鼠狼殊死搏斗，兔子好像被咬了。兔子和黄鼠狼就像缠在一起似的往底下跑，然后只有兔子蹒跚地回来，走上台阶。看着是一只上了年纪的兔子。

野生的鸟兽不轻松啊。动物生病也没人照顾，也没法表明"我生病了"，一动不动地等死。即便上了年纪，也只能独自熬着。要是生病，或者老了，走路都会不时遭遇袭击。要么被咬死，要么在洞穴里丧失活动能力死去。

六月一日（星期六）阴

五点半出发。在海老名的餐厅吃早饭。丈夫，咖喱饭一百五十元，我，炸虾套餐五百元。今天的咖喱饭里只有一块肉。相应地，盛了差不多两人份的米饭。套餐等了很久才来。炸虾的面衣很厚，虾非常非常小。

山中湖畔如今盛开着白花。有些树像樱树一样大。树们像行道树一样延续在路边，或是从人家的围篱漫出来。

花朵繁多，叶子不显眼。像雾凇一样，缀着的全是花。是沙梨树、杏树，还是山楂树？我用眼角余光看着开过去，所以不清楚。

驶入昴公路，两侧盛开着酒红色锦带花。

九点半抵达。

午　烤奶酪吐司，番茄汤。

两点左右，去大冈家。邀请他们晚上来喝啤酒。他家来了一只美国可卡犬六个月的小狗。它开心地朝我扑过来。据说是一种很喜欢陌生人的狗。

午睡。

六点，大冈夫妻和狗来了。太太做了高汤浸蕨菜带来。

晚　啤酒，黑啤，春卷，烧卖，西式炖牛肉，海苔饭团。

他们说，狗的大名叫安德列，爱称是迪迪。这只狗像是特别爱吃饭团，跳起来吃完了。丈夫穿着棉布厚军袜，跷着二郎腿，迪迪伸长脖子，开心地去啃他翘得高的那只脚的脚尖。丈夫晃腿，它更开心了，使劲啃脚尖。大冈一开始不吭声，后来像是忍不住了，斥责迪迪："迪迪！脏！"

蕨菜的做法（大冈太太教的）：

○要做灰水，这里没有稻草，所以把落叶松的松针烧成灰，用热水浇在灰上，取上层澄清的部分，用来煮蕨菜。

煮得太软，皮就会整个脱落下来，所以在变得太软之前关火。之后在流水里浸一整天。然后：

○用酱油和姜拌，撒上柴鱼花。

○或者用醋拌。

六月二日（星期日）

早上四点半，我一个人回东京。去拿《文学界》对谈资料。丈夫来到大门口，目送车离开。

从小山到秦野，往东京方向是一长串自卫队罩了篷布的卡车。大概是演习之后吧？车斗里，累坏了的军人横七竖八地叠在一起睡。我超过好几辆这样的车。不管超过去多少辆，前方又行驶着同样颜色的卡车，载着同样在沉睡的横七竖八叠在一起的军人。我感觉自己像在做梦。我开始以为，也许我现在并没有开车，也许我什么都没做。从刚才起我不断超过去的卡车的队伍，是在梦中不断超车吧？我眼前又出现的卡车，难道是在梦中看见的？我感到不安。我还是第一次遇到这样长长的、长得异样的自卫队卡车在行进。

六月三日（星期一）阴

　　十点出赤坂。我在有职[1]订了三十根竹叶寿司，出门的时候去了一趟，把寿司装上车。还把剩下的东洋文库也装上了。一打黑啤。也没忘记《文学界》对谈资料。顺便装了少量食品。

　　一点半到山上。

　　午　丈夫吃烤吐司、鸡汤。我吃丈夫早上剩下的炒饭。

　　把一半竹叶寿司送去大冈家。

　　大冈他们让我俩晚上六点去。

　　○啤酒

　　○煮过的豆腐皮上面放了一片山椒叶

　　○醋拌蕨菜

　　○甜口煮山独活香菇

　　○蟹、胡萝卜和香菇，煮完加蛋

　　○蟹肉可乐壳和番茄

　　大冈家的饭菜（除了啤酒，全都是大冈太太做的）非常美味。

　　迪迪好像昨天在我家吃饭团吃多了，今天喂它不怎么吃。它在桌下啃我的脚。我让它啃，不让大冈发现。

1　位于赤坂的外卖寿司店。

大冈家的蟹肉可乐壳的内容：

○往白酱¹里放煮鸡蛋，就容易成形（太太的话）。

黄昏时分，松树芽一齐朝向天空舒展，根根分明，像花牌上的画。我的心一阵骚动。我的金钱欲、物欲和性欲。

六月四日（星期二）多云

从早上起，伐木的电锯声一直在响，就在大冈家旁边的村有林。从露台看去，先是有声响，过了不久，树慢慢地倒下。然后又有声响，过了不久，下一棵树慢慢地倒下。眼看着就被砍倒了一片。据说 F 旅游公司买了借地权，要在六月把那里的树砍完。大冈似乎很在意，说："会建成什么呢？不会一整天在放'天——空中'吧？"他说的"天——空中"，是指那首在马戏团和游乐场放的音乐，"空中鸣啭的鸟鸣声，从山峰落下的瀑布……"²

早　西式炖牛肉，米饭。

来了一只毛乱糟糟的看上去营养不良的松鼠，蹒跚地走了。

丈夫说："二日，百合子去了东京的那天，来了一只

1　奶油可乐壳用白酱代替土豆泥，口感更多汁。此处很可能是罐装白酱。如果自己制作，用低筋面粉加有盐黄油炒，逐次少量加牛奶。
2　《美丽的天然》，作于 1902 年，田中穗积作曲，武岛羽衣作词。

兔子。还来了啄木鸟，啄了露台前的树然后走了。那只啄木鸟的脑袋是红的，尾巴也带着红色。"听起来是叫作大斑啄木鸟的种类。

每当从松树下走过，松树的花粉就落在脖子上、眼睛里。今后必须戴帽子。我细看梅树，只见上面聚集着毛虫。树枝分成三叉的位置黏着一层塑料状的薄膜。那上面满满地堆着一厘米长的毛虫，在摇头。它们每天长大一点，摇着愈发沉重的脑袋。我洒了 DDT 杀虫剂，毛虫簌簌落下。戳破那层膜，里面也有毛虫。

午　发糕（放了肉糜），鸭儿芹汤，夏橙果冻。

傍晚，我一个人去采蕨菜。在溪谷的底部和松林中都盛开着仿佛是透明的淡红色杜鹃花。在微暗的林中，飞蛾和蜉蝣虚弱地飞舞着。兔子从我的脚边蹿出去跑掉。它像是跑开一截然后观察我。只采到四根蕨菜。我进到邻居的地界，有股像香水的气味。没找到是什么东西发出的气味。在邻居那儿采了三根蕨菜。

晚　炒饭（放了剩下的春卷馅），汤，高汤浸裙带菜。

淡红色天空中出现了月亮。

六月五日

五点，回东京。在海老名吃早饭。

汉堡肉饼（丈夫）二百五十元。饼干和牛奶（我）二百三十元。饼干极其难吃。

从海老名出来，开了一小段路。大概开了九十公里，有辆车超过去，一个男的从车窗伸出脑袋，口型像在说"爆胎""爆胎"。我向左停靠，轮胎没气了。我正在换轮胎，来了一辆巡逻车，警察像是非常担心地说："因为是高速，请注意后方来车。你能换轮胎吗？没问题吗？"

六月十二日（星期三）晴，有时阴

六点出东京。在东名高速靠近横滨的小卖部买了三明治（二百元）、中华便当（二百元），还有果汁（六十元）。

一辆大阪牌照的车停在那里，一男两女在车里睡得正沉。一个开黄色小型车的年轻男人在小卖部的桌旁慢慢地喝果汁，吃面包。

过了松田，睡意袭来。我脱了鞋，光着脚踩油门和离合器，又拍打脸颊，但终于熬不住了，开到一休食堂停车。打算在车里睡个五分钟，结果睡了半个小时。做了梦——慢慢地进到榻榻米房间，跟人说话。不清楚在说什么，是非常担心的话。

一休食堂的背后，悬崖底下有溪流，溪边有路，路似乎通到某处，有小型车驶过，有公司职员模样的人走在路上。溪边有间马舍，养着三匹三岁模样的小马和五头奶牛。溪流中，杜父鱼在叫（丈夫等了我半个小时，他在那期间去看了回来讲的）。

在野鸟园的荞麦面馆，两人份荞麦面二百元。一辆翻斗车停过来，司机用水壶要了水，走了。

午　米饭，汉堡肉饼，洋葱卷心菜胡萝卜沙拉。

松鼠把三明治剩下的面包衔走了。像是正在换毛季，蓬乱的黑毛掺了点灰色。从腰到后腿根，再到尾巴，正在出现一道条纹。四肢和腹部的毛色正在变成混合了朱红色与茶色的像是烧焦了的颜色。面包大，所以它先爬上岩石，再把面包拽上去，重新努力叼着走。它在羊齿丛中休息，吃面包，叼着剩下的面包走了大概三米远，然后又进到羊齿丛中吃和休息。

日照强烈，所以我抹了防晒油，边做日光浴边睡。

丈夫问："那是什么？"我解释给他听，他说："你光想着自己变美。也给我涂点。"于是我给他涂了背和腿。"恶心。"说着，他把腿往回缩。

晚　米饭，整条烤鲷鱼（试着用冷冻的鲷鱼做），海带须清汤，炖羊栖菜。

晚上有点冷。

六月十三日（星期四）晴

天气预报说"梅雨季的阴天，雨"，但天空在早上十点左右变蓝了，西面的天空涌出积雨云，转晴。舒爽的风。

早　米饭，烤秋刀鱼干，玉子烧，萝卜泥，裙带菜味噌汤，牛奶果冻。

临近十二点，从本栖湖方向下山。丈夫同车。在风穴附近的树海，一辆推土机开进去，铲开通道。看来在建旅游设施。在本栖湖小憩。开到朝雾高原放牧的地方，停车。看得到深蓝色的夏天的富士山，残留着纯白的雪。鸣泽村街道的一侧不知何时修了漂亮的人行道。人行道只在鸣泽村的路段，到了与邻村的交界就倏然中断。

在酒水店。五个鸡蛋四十四元，奶酪一百八十元，番茄四十元，金时豆五十元，香菇海苔九十元，卫生小馒头[1]四十五元，薄烤仙贝九十元，两打黑啤一千九百二十元，四个夏橙二百元。

药店由丈夫去买，我在车里等。等太久了，于是我进去看，只见店家把各种杀虫剂的罐子排在他面前，他正在一筹莫展。

正露丸，武田肠胃药，羽毛牌剃须刀，替换刀刃，杀

1　由京都西村卫生馒头本铺生产的小点心，类似"旺仔小馒头"。

虫剂，塑料梳子，共一千九百六十元。

药店的院子里，溪荪盛开。

两点半，回家吃午饭。樱花虾蛋炒饭，山药鱼糕汤，煮豆，夏橙。

日照强烈，树荫凉飕飕的。每天来的松鼠进了餐厅，听到电视的声音，它站住了，折回去。

我跟着丈夫去散步。在小溪、树林中和路边，锦带花正在盛开。太阳落下去的前一刻，锦带花呼出气息，有种气味。

晚　奶酪烤吐司，鸡汤，沙拉。

明天早上回。

电视上。胜山村的投票可能有大量弃权。三月三日的村长选举，胜山村有百分之六十八的票是不在者投票[1]，警察要求当地人到警察局，询问情况。因此有不少村民说，下次的参议院选举绝对不去投票，村政府慌了，发传单说服大家要去投票。

六月二十一日（星期五）多云，之后转晴

五点半出东京。

1　无法在投票日前往指定地点投票的人，在公示日到投票日期间到"不在者投票"专用的指定场所或通过邮寄等方式投票。

把昨天在青山第一园艺买的七盒大花马齿苋苗（七百元）、山楂树苗（八百元）、升麻（八百元）、虾夷龙胆（五百元）装上车。还装了沙滩遮阳伞。山北一带，绣球花盛开。目睹三起事故。

野鸟园的荞麦面馆还没开。我们正在闲逛，面馆的大妈来了。荞麦面二百元。

升起白色积雨云，虽然有阳光，但是有些寒意。

九点过一点抵达。把山楂苗种在狗的墓上，大花马齿苋种在石头旁边，升麻种在工作间的窗下。之后困了，睡到三点半。

文艺春秋的高桥发来电报。

午　米饭，味噌炖青花鱼，茄子清汤。

晚　蒸土豆，抹上黄油吃。

大冈家的门锁着。

傍晚燃起暖炉。

六月二十二日（星期六）

早　米饭，西式炖牛肉。

午　烤吐司，汤（百合子）；粥，红烧大黄鱼（丈夫）。

晚　米饭，炖炒新土豆牛肉，白味噌糖醋拌裙带菜和葱。

天气预报说今天应该是"阴，然后天气逐渐变糟"，结果有阳光，逐渐变成晴朗无云。

丈夫一整天割草，搬运，晾干然后烧掉。

露台的一角停着一只蛾子，像用别针扎在那儿似的。像是好不容易从蛹里生出来，累坏了，在休息。头一次接触到空气的翅膀和身体覆盖着一层湿润发光的软毛。傍晚，我把它放在松树枝上拿出去，放在院子里被西晒照得明亮的桌上，它头朝下向前倒了两三回，然后翻回去，之后开

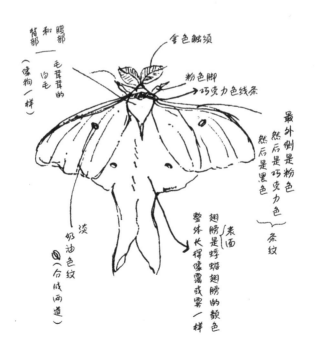

始扑簌簌地扇动翅膀。接着，它的翅膀扇得更厉害了，像在做飞行的准备。我看了五分钟左右，它一直那个样子，我看厌了，正准备进屋，它在一眨眼的工夫突然飞高了，在我的头顶回旋，停在松树高高的枝干上。像怪兽电影一样。

底下溪谷的刺槐树缀满了白色的花穗。蜜蜂聚集。我折了一枝走在路上，蜜蜂一直跟着我。

六月二十三日（星期日）晴朗无云

阳光照过来，红色大花马齿苋开了一朵。

九点五十分左右，《文学界》的高桥来了。我们吃早午饭，西式炖牛肉、沙拉、红烧鸭。大家正吃着，打雷了，下起大滴的雨。雨很快停了。

丈夫看对谈的样稿期间，高桥在餐厅的长椅上睡着了。他小心翼翼地把长腿伸直了躺下，很快发出规律的呼吸声。

送高桥，顺便三个人一道下山，绕河口湖一周，又转了西湖和本栖湖。绕河口湖的时候，高桥静静地又开始睡。他似乎昨晚没睡好，显得十分疲倦。在西湖的根场村，新建的小屋也好，大房子也好，全都开起了民宿，民宿桃屋、民宿湖月等。

把高桥送到河口湖站，三点回山上。

吃了第二顿比较晚的午饭　米饭，味噌鲷鱼，炒蛋，高汤浸菠菜。

晚　蒸土豆，黄油，汤，水果果冻。

为了把夏装拿出来，挪动茶箱，发现"原始长命食"[把黑芝麻、黑豆等磨成粉的拌饭素。据说吃了这个就能无病消灾，所以我去买了，想给牙变少了的丈夫吃。武田说这玩意儿像印第安人的食物，他一口也不吃，我替他吃]的纸箱的角被咬破了，里面塑料袋装的"原始长命食"少了许多。我懂了，难怪老鼠不吃厨房里的东西。老鼠吃了长命食，一定越来越健旺。

晚，燃起暖炉。

六月二十四日

早上五点出山回东京的时候，驶入山北的隧道前，在我们的右下方，必定会遇到御殿场线下行的蒸汽火车。火车冒着黑烟，必定会鸣响一次汽笛。蒸汽火车到六月底废止。

六月三十日（星期日）阴，有时雨

五点出东京。在东名高速的小卖部买了烧卖便当二百元，饭团便当二百元。

把车停在一休食堂，在车里吃。背后溪边的马棚里有一匹马，地上躺着一头黑白花的牛。小马不见了。

在加油站加油七百元。加油站的报纸上登着："富士山今年的残雪多，登山者请当心。"

收费站的立牌写着："本日，富士山天气恶劣，登山者小心。"

院子里，玉蝉花盛开。数了数，花有六十四朵。

午睡到三点。其间下了大雨。我睡着的时候，有只松鼠蹒跚地进了厨房，一动不动地待到雨变小为止（丈夫说的）。

雨停了之后，在旁边建新房子的 T 与一个像是她母亲的人来打招呼，送了我们荞麦面。T 是个女企业家模样的五十岁上下的开朗的人。

《文艺》[1] 的佐佐木幸纲[2] 寄来快信，通知《文艺》再一次复刊。

五点，两人一起去大冈家。迪迪很开心。七点半回家。

1　1933 年由改造社创刊的文学杂志。1944 年由于军部的压力而解散，改由河出书房刊行。河出书房的第一代《文艺》主编野田宇太郎在 1945 年 5/6 月合并号刊载三岛由纪夫的初期作品《也速该的狩猎》。1957 年，河出书房破产，《文艺》停刊。原社长河出孝雄重新创立河出书房新社，1962 年复刊《文艺》，并开设文艺奖，延续至今。1967 年，河出书房新社又经历一次破产宣告，此处的"再一次复刊"应与此有关，实际上杂志并未停刊。

2　佐佐木幸纲（1938—），和歌歌人、编辑、文学评论家。1966—1969 年在河出书房新社工作，后任《早稻田文学》编辑委员，早稻田大学教授。

他们送了六条盐烤白丁鱼。

大冈家的菜。

裹面包糠炸维也纳香肠，黄油拌白煮蛋，黄油烤鸡肉，凉拌竹荚鱼，盐烤白丁鱼。全都好吃。凉拌竹荚鱼尤其好吃。

雨后夜晚的院子满是野蔷薇的香气。白玫瑰香水的味道。

七月一日（星期一）有时晴，夜里有雨

早　米饭，梅干汤，试着把盐烤白丁鱼煮了。海苔佃煮。

把纱窗卸下来洗。阳光不时照下来，天很快又阴了。西面的天空覆盖着黑云，一动不动。赤胸鸫长大了。"托—去去卡去库"，这样叫的是赤胸鸫。

午　米饭，可乐壳，沙拉，味噌汤。

三点，蒸新土豆。

傍晚，俩人一道割草，烧篝火。每年开花的红百合今年也在同样的位置长出来，缀着花蕾。

晚　奶酪吐司，番茄洋葱沙拉，汤。

吃饭中途，丈夫觉得不舒服。葡萄酒喝多了。

七点半左右，有大地震。

入夜，开始下雨。无声的雨，就像是雾浓了之后逐渐变重，变成了雨。

到了十点左右，篝火仍在雨中冒着烟。

电视上。

在甲府，地震仪的指针摇断了。各地火车晚点。震源在熊谷附近。

今天富士山开山。今年雪多，从八合目往上是五十厘米厚的雪道，所以登山者要做冬天的装束，穿登冬山的鞋。

七月七日（星期日）从傍晚开始转阴

五点半出赤坂。昨天雨下得很大。今天早上，东边的云染成了橙色。像是会彻底放晴。

把食品类、洗好的冬装等装上车。东名公路拥堵。把车停在小卖部，丈夫上厕所。我买了巧克力，五十元。我预先做了烤饭团，所以在车里吃。菜是玉子烧和照烧鱼。

天空像刷了蓝油漆。从富士小山一带望见的富士山是红色的夏富士。

在吉田的加油站，十七点五升汽油一千零五十元。

在 S 农园，两碗山药荞麦面二百元。面稍微有点温暾，放了许多菠菜和胡萝卜。坐在农园的葡萄棚下，正对面就是富士山。这地方通风。红富士有种疲态。S 农园的田里现在有萝卜、卷心菜、葱。茄子田盖着黑色的薄膜。

把行李搬进家后，我在露台躺倒，开始打瞌睡。阳光从袜子的网眼灼灼地沁入双脚。梦里出现了淫兽,我吃了一惊,这次进屋正式继续睡。睡到两点。

我(百合子)睡着的时候,松鼠来到露台,人坐在椅子上,它在人的脚边一动不动。这只松鼠比经常来的松鼠小一圈,毛还是软蓬蓬的,只有爪子格外大。它好像还不太会爬树,玩了一会儿,不时从树桩间探出脑袋,然后走了(丈夫的讲述)。

三点午饭 米饭,沙丁鱼大和煮,蛋花汤,炖炒魔芋。

大花马齿苋开了大朵的花。白与黄。黄花的花瓣边缘是红的,花心是浓郁的橙色。像水中花。我蹲下来,看得痴了。拔了工作间窗下的草。留下打碗花。丈夫特意提到打碗花:"我喜欢这花。喜欢这花和百日菊。"

今天从昂公路开上来的时候,遇到一辆慢悠悠开上山的小卡车,车上载着黑马,堆着许多大麻袋,围在马的周围,让它不会晃动。麻袋里似乎是马饲料。黑马驮着白地浅紫色碎纹的小被子和马鞍。马像是感到害怕,用力抓地。是有着粗短腿的农耕马。是在夏天的时候驮着女人孩子往来于五六合目以及奥庭之间,从五合目运被子、水、食材到八合目或山顶的山小屋的马。

前年,我们在山小屋关闭的那天登山,看到马背上满满地驮着被褥,从八合目下山。

七月八日（星期一）阴，夜雨

睡了懒觉。九点过后起床。

早　米饭，里脊火腿，鸡蛋，海苔，萝卜味噌汤，白味噌糖醋拌裙带菜。

给丈夫理发。

午　发糕，洋葱汤，西式炖牛肉，黄油炒四季豆，三杯醋黄瓜。

从傍晚开始下毛毛雨。大花马齿苋的花今天闭着。

晚　红薯粥，烤整条鲷鱼，春卷，菠萝。

入夜，雨变大了，敲响屋顶。微寒。

一整天，电视上在放参议院选举开票速报。

电视上。北富士演习场今天有自卫队富士学校的射击演练，一天就打完了原计划的弹药，于是一天就结束了。自卫队摆出严阵以待的警戒状态，对此，搞反对运动的农民们烧了旧轮胎，升起带着臭味的狼烟，但仅此而已。距离演习地点五百米的小屋内，有两名忍草母会[1]的主妇据守不出，绝食抗议，所以有两名主妇陪着她们。镜头拍摄

1　位于山梨县忍野村的北富士演习场由日本陆军开设，后成为美军基地，归还日本政府后成为自卫队演习场。当地农民长年与政府就该地进行斗争。1960年，忍野村的女性们结成"忍草母会"。反对活动愈演愈烈，在二十世纪七十年代到九十年代达到高潮。如今会员逐渐年迈和去世，活动停止。

了绝食的主妇，她们盖着厚厚的洁净的被子，罩了雪白的被套，只露出脑袋睡着。

七月九日（星期二）阴，有时雨

早　米饭，蟹肉炒蛋，佃煮，土豆味噌汤。

午　三明治（鸡蛋、火腿、黄瓜），盐水芦笋，番茄汤。

晚　米饭，盐腌鲑鱼，味噌炒茄子，茗荷蛋花汤。

一整天都是梅雨季的模样。蓟终于长高了，花蕾呈现鲜艳的蓟色。我烧了割下来的草。

在我烧篝火的旁边，零零散散落着三十多个直径五厘米左右、海星形状、长得像柿子蒂的东西。像黑色的皮革，中间缀着姑娘果模样的灰色泡泡。把泡泡戳破，里面长满了茶色的毛。去年也有。是什么呢？

下午用织机织布。织了缎纹、格纹的样本。

夜晚，天空呈暗红色，湿乎乎的。厨房开始出现大量的小蟑螂。

"一直下雨，明天早上回。"丈夫进了卧室，又出来扔下一句话，回了房间。

我做了便当，把剩下的面包撒在院子里松鼠来的地方。

七月十四日（星期日）多云

五点半出发。带了米、保冷箱、地毯、蔬菜类、糠味噌。

花子十五日参加期末典礼，开始放暑假，但她接着要参加摄影学校为初高中生办的讲习会，所以留在东京。昨晚，我去寄宿舍取她的行李，顺便接她回家，甲州街道显得非常拥堵（似乎因为是星期六，加上大原立交桥工程，以及连续发生交通事故，叠加在一起），我七点半出的门，十点半才到。回到家，洗衣服，做完进山的准备，快两点了。困。

在海老名吃饭。咖喱饭（丈夫）一百五十元，火腿三明治（我）一百八十元。

过路费三百元。

山北，沿着酒匂川的山崖上，山百合盛开。一枝上有四五朵花，全都开了，枝条弯下来，仿佛会因为重量坠落。月见草也在开花。

在野鸟园前停车，打了五六分钟的盹儿。停着两辆神户牌照的车，年轻男女在用关西方言说笑。

笼坂峠满满的绿色笼着一层白雾，驶近一看，是野蔷薇和齿叶溲疏的花。绿色浓郁，催生困意。

九点过后抵达。邻居 T 正在大门口送她的丈夫和客人去打高尔夫球。

一开厨房门，地上全是大蚂蚁。每只蚂蚁都叼着死蚂蚁的尸体跑来跑去。实在太多了，甚至能听见轻微的窸窸窣窣的脚步声。有的蚂蚁叼着整只尸体，也有的只叼着断肢。没有一只蚂蚁叼着食物或其他东西。

我淘完米，一头扑进房间睡。梦见胸口开了一个洞，那个位置变得红通通的。我迷迷糊糊地起床。

午　米饭，牛蒡炒胡萝卜丝，烤茄子，萝卜泥，蛋花汤。

丈夫说："你去大冈家一趟，和他们说，'我们今天来了，请来玩'。"大冈一家外出。

管理处将在夏天派出处理垃圾剩饭的收集车。扔一次三十元，用券付。说是次数券目前正在印刷。

晚　奶酪吐司，洋葱汤，番茄，王子蜜瓜。

电视上。山梨的本年度蚕茧生丝收获量达到战后最高纪录。主要是因为气候没有异常。第一名群马，第二名长野，第三名山梨，第四名埼玉。

七月十五日（星期一）阴，有时毛毛雨

大杜鹃在叫。

早　米饭，土豆味噌汤，纳豆，佃煮，银鱼和萝卜泥。

从厨房窗户可以看见松鼠在玩儿，它一会儿爬上松树，一会儿头朝下往下冲。只有一只也玩得很开心。

晚　米饭，味噌炖青花鱼，腌卷心菜，桃子。

在酒水店。一打啤酒，一打黑啤二千四百八十四元。一升葡萄酒五百五十元，四个桃子一百二十元，四个番茄六十元。

在车站小卖部，《山梨时事新闻》十五元。

在加油站，汽油十点八升六百十五元。

《山梨时事新闻》上：

○十四日（星期日）的富士山，人们的队列和银座一样长。

○十四日白昼，甲州市内的调理士[1]H的妻子染子去离自家三十米远的葡萄园摘蔬菜时，发现葡萄棚下满是被剪落的一串串直径二十到三十厘米的新麝香葡萄，都没有地方可下脚，从主干伸到葡萄棚的葡萄枝也被折断了十三根。犯人把长得大而饱满的葡萄串全部剪落，对于小葡萄串，则用摆放在园内的竹棍对准葡萄敲打一气，园内的水槽里也扔着六十串葡萄。早上六点到八点，H和太太一道用药水打蚧壳虫，他说当时葡萄未遭损毁，因此罪行很可能在午休时发生。据说，葡萄藤的低处有一米五，高处达两米，很难认为是孩子的恶作剧。

1　比厨师高的专业资格，可担任餐饮店的食品卫生负责人。

○十四日上午四点半，一名年轻女性正在富士九合目登山，遭遇直径三十厘米的落石，身负左腕骨折等重伤，需治疗一个月。

山梨的报纸在底下的栏目写着当天诞生、结婚、死亡的当地村町的人名。

七月十六日（星期二）雨

沾湿的雨，下了一整天。

早　米饭，猪肉汤，炒蛋，海苔，番茄。

午　发糕，汤，油浸三文鱼，王子蜜瓜。

晚　米饭，羊肉罐头（中国生产），味噌炒茄子，竹轮清汤，糠腌卷心菜。

邻居家也没有人声。我用织机织布。丈夫睡一阵起一阵，喝啤酒读书。

七月十七日（星期三）阴，有时雨

早　米饭，西式蛋饼，味噌汤。

午　黄油炒乌冬面（放了培根和洋葱），汤，番茄，王子蜜瓜。

三点　红薯切厚片，抹黄油烤。

晚　米饭，蒲烧秋刀鱼，醋腌卷心菜。

在管理处。面包四十元，买了茄子、番茄、卷心菜、鸡蛋，三百三十七元。

蓟花很好闻。割了点草。

昨晚，御茶水发生了中央线撞车事故[1]。

十一点停电。

七月十八日（星期四）晴朗无云，凉风

长梅雨结束了，晴朗无云。晒被子。每一朵蓟花上都来了蜜蜂。雨停了，花的香气更浓了。

三点，吃了蒸土豆。今天挖了我们院子里种的土豆。丈夫说非常好吃。

晚　米饭，盐腌鲑鱼，番茄，腌菜，牛奶果冻。

明天回东京，所以晚上去给花子打电话。亮闪闪的灯一直延续到富士山八合目。放暑假了。

丈夫讲了他看到的。

今天早上，松鼠终于进了工作间。它在外面跳了一阵，蹦到窗户上，然后到了房间中央的纸箱里的书本上，玩了一会儿。它好像对什么不满意，突然出去了。松鼠进屋前，

---

1 1968 年 7 月 16 日，一辆东京往高尾的列车在御茶水站撞上停着的东京往丰田的列车，事故原因是御茶水站的弯道导致后续列车未能立即确认前方有车。事故导致 210 人受伤。

有老鼠进了捕鼠笼，在看松鼠的时候，老鼠又出了笼子。

去年的今天，是狗死去的日子。"据说狗是背负着主人的罪业替主人死去的。孩子他爸，如果它背负了你的罪业就好了。""背负的是百合子的交通事故吧。原本，百合子说不定早就撞了车，或者从悬崖翻下去。""要是没有任何罪业，人变得明朗，也许就写不了小说。对你的营生来说不合适。要是它背负了你的疾病的因果就好了。毕竟孩子他爸怕疼。要是你得了癌症什么的，就太惨了。要是它背负了疾病的因果，让你不要得癌症，死的时候不疼，像睡着一样死去，就好了。"

七月二十四日（星期三）晴

早上六点出东京。花子一起去山里，从今天待到二十八日。东京的长梅雨在二十日左右终于结束了，变得极为炎热。出门时，把《群像》书评稿扔进大门一侧的邮筒。

在海老名的加油站加油，让他们调节轮胎的空气。汽油一千一百二十九元。

火腿三明治两人份三百六十元（花子和我）。

丈夫通宵写书评稿，因此啤酒和香烟摄入过多。他在车里睡成一摊。

在野鸟园，丈夫去厕所。一块巧克力，一盒柠檬薄荷糖，四十元。

山中湖的年轻男女一下子多了。他们骑着自行车。

午　米饭，蛋花汤，东坡肉，盐水四季豆，腌菜。

午睡，睡到将近四点。大冈、太太和迪迪四点来访。

大冈说他有点糖尿病的迹象，所以戒了啤酒，他把威士忌装在一只非常漂亮的玻璃瓶（有着朱顶红花纹的金色和蓝色的玻璃瓶）里带来了。我端出鱼子酱、蟹肉罐头等。

七点左右，他们回去了，送了我们竹荚鱼和素面。

晚　米饭，红烧竹荚鱼，清汤素面。

花子看着电视，在长椅上睡着了。我给花子的衣服做纸样。从连日酷暑的东京过来，太惬意了，完全没了抵抗感，反而泄了力，身子软绵绵的。

大花马齿苋被兔子吃了大半。它们把花和叶子都吃了。

种在狗的墓上的鸭儿芹也被吃了。我珍惜地留在旁边的打碗花也被吃得只剩下藤。

虾夷龙胆在开花。玉簪花在开花。月见草在开花。耧斗菜长出了种荚。

七月二十五日（星期四）晴

七点起床。最近起得早。

早　米饭，玉子烧，萝卜泥，土豆洋葱味噌汤，纳豆。

去管理处，今年申请从明天起订《朝日》和《山梨日日》。

在管理处。五个番茄六十元，一颗卷心菜四十元，白吐司四十元，六个鸡蛋一百零二元，炼乳一百五十元，污物处理券（一连十张）三百元。

裁连衣裙。

午　发糕（放了培根和洋葱），鸡汤，红茶。

傍晚，做了发糕，所以送去大冈家，连同他们忘记拿的金色和蓝色的威士忌瓶。在大冈家门口的路上，我小心地抱着威士忌瓶，瓶盖掉了，滚落在泥土上。我吃了一惊，想着盖子会不会摔缺口了，掸掉泥，仔细地看了，没问题，于是我交给他们，没说瓶盖摔了。有点挂心。

晚　米饭，春卷，豆腐清汤，萝卜泥（萝卜是管理处菜地的萝卜，现摘的，辛辣美味），炖炒萝卜叶。

电视上说，四号台风正在接近，周末去海边游泳和爬山的人要注意。

七月二十六日（星期五）晴

从昨天起有凉风。

早　咖喱饭（鸡肉）。

午　米饭，盐烤鲷鱼，萝卜泥，芝麻醋拌黄瓜和香菇。

三点，烤切成厚片的红薯。

晚　奶酪吐司，汤，番茄，羊栖菜炖黄豆。

《群像》的德岛寄来明信片，说稿子收到了。

午后睡了半个小时左右的午觉。之后，花子在长椅上趴着睡午觉。丈夫在工作间睡午觉。三个人轮流都睡了午觉。

然后就是一整天缝连衣裙。

傍晚，去管理处拿报纸。从今天起有垃圾收集车来。

丈夫昨天一整天都不舒服，没有食欲，昨晚吃了萝卜泥之后好了。今天他也吃了一大堆萝卜泥。

晚上，天空泛红，烟蒙蒙的。我走到院子里，来吃大花马齿苋的兔子逃走了。

七月二十七日（星期六）阴

早　米饭，橄榄油浸鲑鱼，海苔，海胆，萝卜泥，裙带菜和葱味噌汤。

午　什锦烧，鸡汤。

晚　米饭，洋葱炒肉，蔬菜沙拉，梅干紫菜汤。

在管理处。六片猪肉三百六十元，十个番茄一百五十元，一打啤酒一千六百八十元，卷心菜四十元。

连衣裙做好了。给花子穿了，不太合适。但我没吭声。

早上，经常来的松鼠带了另一只，两只一起蹿跳兜圈

304

子（丈夫的讲述）。

七月二十八日（星期日）强风暴雨

据说台风今晚登陆四国。花子原本预定坐大巴回东京，但雨大，她也没有伞，所以临时决定由我送她。丈夫睡下后，我们在夜里十一点下山。雨越来越大。

七月二十九日（星期一）一整天雨

下午四点过后，我焦急地出东京。

装在车上的东西。

因为是土用丑日，带了一人份的鳗鱼盒饭。洗澡用的大盆。里脊火腿，新鲜鲑鱼，秋刀鱼干，银鱼，肉派，红薯，黄瓜，葱和其他蔬菜，十瓶 V8 果汁等。邮件。

东京下午雨停了，变热了。

东名高速三百元。汽油七百三十五元。

在秦野一带，雨又变大了，山北沿着河的路像在水里开车。从御殿场右转之后，有一些人家亮起了灯。雨后的路上，豆腐店和鱼店拉着车来了，农家的主妇们抱着锅和笊篱聚集在车旁。

七点半抵达。

"你回来了。"丈夫从工作间的被子探出脑袋，像孩子一样有礼貌地说道。他说他早早地吃了晚饭，鳗鱼明天吃。

七月三十日

　　早　鳗鱼饭（丈夫），肉派（我）。

　　午　发糕，里脊火腿，洋葱汤，番茄。

　　晚　米饭，银鱼，萝卜泥，炒蛋，三杯醋黄瓜和裙带菜。

　　下午快三点的时候，雨中传来"咚嗤咚嗤"的沉重声响。我越过窗户看去，有只野兔来了露台。它正在香甜地慢慢地吃爬到露台上的山葡萄的嫩叶和枝蔓。正好松鼠也来了，松鼠吃了一惊，没能走到面包屑的位置，爬到山苹果树上僵着。兔子把山葡萄吃完了，慢慢地走在熔岩上（兔子不跳而是走路的时候，走得真是慢吞吞的。我第一次见），去吃我们和邻居分界线上长得像葡萄的叶子。它把茎咬断，衔着大叶子，从边上开始嘎吱嘎吱嘎吱嘎吱悠然地吃，吃到一半，忽然停了。然后它看向其他种类的叶子，匆匆地嗅了气味之后开始试吃。当周围有响动，它便藏进树荫，却不逃走，一动不动。接着又出来吃。看来它把大花马齿苋吃完了，所以才上到露台。兔子窸窸窣窣地离开后，松鼠从树上下来，吃了面包。兔子还很瘦，耳朵也小。有着黑眼睛。

　　傍晚，去管理处。一根胡萝卜三十元。我把胡萝卜切成薄片，试着摆在露台上。兔子的餐厅。

晚上，西面出现了镰刀模样的月，带着月晕。天气仍旧不明朗。

七月三十一日（星期四）阴，有时有阳光

早　米饭，味噌汤（放了红薯、葱、纳豆、鸡蛋），裹面包糠炸鲑鱼，番茄，萝卜泥。

午　米饭（火腿茶泡饭）。

晚　馎饦（茄子、茗荷），水果果冻。

十点半左右，下山。丈夫也一起。去河口湖邮局，用快信寄《朝日新闻》书评稿。改为邮政编码制度，因此邮局挤满了查编码簿的人。工作人员做了说明，但人们似乎不太明白，每个人都查个没完。

我们开到朝雾高原集乳所入口的公交车站。坐在草原上。一种叫"瑞士棕"的乳褐色的牛最近变多了。当地的报纸写着，这种牛产大量的奶。

在本栖湖入口的酒水店，两罐啤酒，太妃糖二十元。

在酒水店。一打啤酒一千五百二十四元，两打黑啤一千九百二十元，两打易拉罐啤酒一千九百二十元，一升葡萄酒三百元，四袋拉面一百元，调味盐八十元，海苔佃煮九十元，一袋虾仙贝九十元，豆腐三十五元，糠

味噌的糠和辣椒九十元，西瓜二百五十元，减去空瓶费一百三十二元。共六千二百六十七元。

十盒烟五百元，两罐和平烟五百元。

八月一日（星期四）小雨下下停停

凉爽。早上的电视说，甲府的洋货店，买泳装的客人一下子少了，已经开始打折季。

早　木须肉（猪肉、笋、木耳、葱、蛋），米饭，萝卜味噌汤。

我去拿报纸，没有咋晚的晚报。以前也有过几回这种情况，于是我对工作人员说了，他想从叫 H 的人的报箱抽出晚报给我，因为是陌生人的报纸，我拒绝了。大冈他们不在，所以我拿了大冈家的。像这样依次抽出来，最后的人无论如何都会不够。

SUN-AD 公司[1] 发来报纸广告的约稿。

切西瓜。熟透了，一下刀，就向四个方向啪地裂开。味道一般。

两点左右下山。寄快信回复 SUN-AD 公司。十个鸡蛋

1　三得利旗下的广告公司，创立于 1964 年，发起人有开高健、山口瞳等。该公司除了发行 PR 杂志《洋酒天国》，也在各种媒体为母公司三得利以及其他客户做广告。

一百三十元，五个白桃二百五十元（在站前食材店）。

在S农园。四根山药二百四十元。

汽油六百一十五元。

收费站次数券二千元。

森林公园门票一百五十元。久违地进森林公园。客人只有二十个左右。去看鹿扎堆的地方。鹿的步行范围内的绿植全被吃完了。树也同样，鹿的脑袋能够到的高度没了叶子，树干的树皮被剥食殆尽。有两头领头的鹿跟过来，我折了高处的树枝给它们，它们慢慢地吃掉，唯独摇头不吃齿叶溲疏的叶子。人们都说齿叶溲疏是毒溲疏，原来对鹿来说也是毒。有粉色的猪和黑色的猪，还有全身漆黑、唯独右前腿是粉色的猪。可怜的猪，感觉像生错了。有只猪整个儿摊在食槽里。自己吃饱了，但不想让其他猪吃食。我非常懂它的心情。

在出口遇见关井。我们坐在绿植间聊天。关井为来年初冬在S乐园举办的国家体育比赛做准备工作，所以来了这里。

关井的讲述（关于森林公园）：

○有野狗出没，咬了鹿的脖子，所以很麻烦。一头鹿被咬死了。两只黑猩猩逃走了，一只立即被抓住了，另一只被村里人在外川的石山旁边的石山逮到，那个人将它带回家养，公园去要回来。这回在笼子周围拉了带电的铁丝，应该没事了。孔雀和鹿吃了塑料袋。问题在于那是客人喂它们的。孔雀死了，一解剖，都是一团团塑料袋。盔珠鸡在高尔夫球场的草坪上走，打高尔夫球的人说"长得像之前去森林公园的时候见过的鸟"，一群人闹哄哄地帮忙抓到了。最担心的是台风的时候。乘着强风，孔雀会飞到相当远的地方，去到相模湖或者八王子一带。孔雀夜里在树的高处成群地睡。它们基本上都有自己喜欢的位置，同一只孔雀总是在同一个地方。就这些。

回到家，丈夫当兵时的朋友来了。那个人说他从东京的银行退休，重新在管理处的总公司就职。我用黄瓜、鸡蛋、火腿和鸭肉做成类似凉拌三丝的菜端出来。

晚　米饭，盐腌鲑鱼，海苔，萝卜泥，高汤山药泥。

晚上还是阴天。

台风的日子，孔雀会张开双翼，飞过大垂水峠到相模湖一带阴郁的山与湖的上空吗？感觉像极乐画卷，又像梦一样，但却凄惨。我睡觉的时候也不由得想着孔雀。

八月二日（星期五）阴，有时晴

瞿麦在开花。童氏老鹳草也在开花。红百合也在开花。

雨停了，但是没有变晴。丈夫一整天在割草。我早早地给浴缸烧水，帮丈夫洗头。通红的夕阳。夜里有雾。煮了花芸豆。

早　炒饭，汤。炒饭里放了鸡蛋、木耳、樱花虾。

午　荞麦凉面。

晚　米饭，萝卜味噌汤，味噌炒茄子，洋葱炒肉，白桃。

在管理处。两瓶牛奶五十元，信封七十五元。

八月三日（星期六）晴

久违的晴天。气温 25 度。

早　米饭，豆腐味噌汤，盐腌鲑鱼，萝卜泥，三杯醋黄瓜和木耳。

午　发糕（放了培根和洋葱），汤。

晚　米饭，炖炸鲤鱼，海带须清汤。

天黑以后，我试着到了大门顶上。对面的宿舍来了一辆大卡车。一大群住客来到院子，放烟火玩。四面八方的人家都亮着灯。

兔子开始吃我特意种下的虾夷龙胆的叶子。花茎也被啃了，落在地上。有那么多原生的草，可它只吃我特意种的植物。

八月四日（星期日）晴

早上四点半去东京。我打算一个人去，天黑的时候起来做准备，正在工作间看书的丈夫忽然说"我也去"，锁了门出来。早饭的米淘好放了水，就那么搁着。味噌汤也是做好了搁着。

他说，明天河口湖放烟火，想去看，明天一早回山里吧。

八月六日（星期二）晴，然后转多云

原本预定五日早上回，但因为要联系新潮社，推迟了一天。早上五点半出东京。

在东名公路小卖部，三明治二百元。

丈夫昨天和前天待在赤坂的公寓，嫌热，一直开着空调，一直在喝啤酒抽烟，今天早上在车里说不舒服。说想吐。他难得没有喝易拉罐啤酒，在睡。

山中湖正值夏天的人流高峰。人人兴高采烈。在吉田的加油站，汽油七百五十元。

在S农园停靠，两碗荞麦面二百元。丈夫彻底来了精神，说荞麦面好吃。也因为他从昨晚一直在工作，睡眠不足。

十一个茄子二十二元。说是茄子去年卖三元一个，今年蔬菜降价，所以卖两元一个。玉米和萝卜还没收。萝卜去年降价，几乎是白给，他们今年好像怕了，没有种。给了我两把四季豆。

我和丈夫都在十点左右睡午觉。两个人都一直睡到黄昏。我梦见波可还在，昨天和前天都留下看家，我们一回家，它开心地迎上来。波可的手可长了，它开心地把手搭在我的肩上。我心想，你自己洗了澡吗？毛变得很干净啊——做了一个像真的一样的梦。

在管理处。三个桃子一百五十元，五个番茄一百元，五个洋葱五十元，两瓶牛奶五十元。送了一根萝卜。

晚　粥，中式炒茄子，萝卜泥，银鱼，黄油。

晚上九点左右，雷鸣，下起了雨。

今天来的路上，山北好几栋住家的院子里，百日红开满了花。

"想给你看／百日红的花颤悠悠／浅桃色飘摇风中。"据说这首温柔的和歌是向着原子弹落下时死去的丈夫倾诉。女人的和歌，她本人也在之后死于核爆病。[1]只要百日红开花，我不知怎的肯定会想起这首和歌。

1　正田篠枝（1910—1965）的和歌。此处的引用有一词之差，原句为"浅桃色摇曳风中"。

八月七日（星期三）早上晴，转雨

午后，不断打雷，开始下大雨。雨从壁炉烟囱漏进来。

午　炒面（放了里脊火腿、卷心菜、葱），黄桃果冻，番茄。

晚　米饭，盐烤鲷鱼，茗荷汤，海苔佃煮。

傍晚，管理处来了人，转述电话。中央公论的菅原来电："北海道之行定下十三日早上出发，十六日回东京。十日傍晚商量，我来山上。"

快信三封。中央公论的三枝，SUN-AD 公司，新潮社的大门。

在管理处。四根黄瓜六十元，喜力烟八十元，两根玉米八十元。

大冈一家仍然不在。报纸塞得快要挤爆了。

夕照。明天如果天晴，去给梅崎扫墓。

今天拔草的时候发现，大花马齿苋在地面上的部分终于全被吃掉了，就像被刨掉一样。地榆的花苞也开始泛红，但从靠近根部的位置被啃断了。明年要不要种一大堆大花马齿苋或者胡萝卜给兔子呢？

今天是立秋。晚上赤脚已经有点冷。有些事物只是不断过去，春，夏，秋，冬。

八月八日（星期四）晴，午后雨

　　早　米饭，土豆四季豆味噌汤，酒粕腌山葵，鸡蛋，海苔。

　　风吹拂，晴朗无云。阳光沁入万物。忽然出来许多蝴蝶，流连于蓟、百合、童氏老鹳草、月见草的花。黑凤蝶，黄蝴蝶，金茶黑斑的蝴蝶。

　　丈夫往洗澡盆里放了水，水变温之后洗澡。

　　邻居 T 家有许多客人，像旅游团一样。一群人闹哄哄地带着便当出门，又变得寂静。邻居的客人们开车出去后，立即开始打雷，下起阵雨，停电。

　　四点半左右，雨停了。去管理处。五个番茄一百元。花子寄来明信片。因为停电，我们在太阳还没下山的时候吃晚饭。吃到一半来电了。

　　晚　米饭，精进炸（茄子、四季豆、洋葱、混炸樱花虾红薯丝）。

　　电视上，因为富士五合目实在太脏了，做了直播。

八月九日（星期五）晴转阴

　　算不上晴朗无云。西面的天空呈灰色。

　　早　米饭，红薯味噌汤，银鱼，萝卜泥，萝卜叶腌菜。切碎的萝卜叶上撒了柴鱼花，丈夫搁在饭上，说"我特别爱吃"。"我就是想吃这个。我想不起来自己想吃什么。"
他吃得呼哧呼哧直喘气。

十一点，SUN-AD公司来了个摄影师，拍了几张照。
顺便也给我拍了。我讨厌拍照，不过忍了。

中午，打雷，没下雨。摄影师在一点半左右回去。

去管理处拿报纸。土豆五十元，喜力烟八十元，两根
黄瓜三十元。

丈夫说："你从大冈家门口过一下，看他们回来没有。"
我从大冈家门口的路走。车不在，但遮光门窗全打开了。
院子里有迪迪的大便。蹲下来细看，大便是新的。迪迪也
来了。

午　咸牛肉茶泡饭。

晚　小锅乌冬面，番茄。

丈夫今天也用盆洗了澡。

八月十日（星期六）早上晴，转风雨

仿佛是秋日的天空，绵延着薄薄的白云。松树下开着
从未见过的紫花。仔细一看，是瞿麦花，朝阳透过松树的
绿色枝叶射下来，因此呈现从未见过的紫色。今天六点半
就起来了。吃早饭前，和丈夫走到大冈家。大冈家对面新
盖好的房子那家的丈夫来到底下的路上，用相机拍下自家

房子的全貌。

　我们来到大冈家前，丈夫对我说："去喊他们。去说一声'打扰了'。"我表示反对："太早了。要是人家还在睡，不好吧。"但他翻来覆去地说："你去说一声'打扰了'。"我在玄关的门边小心地开口道："打扰了，早上好。"这时丈夫在路边像是忍不住了，有节奏地喊道："迪迪，迪迪，迪迪过来！"迪迪、大冈和太太出来了。大冈穿着睡衣，脚步蹒跚，太太的头发梳到一半。我们在车库的位置站着讲了话，回家。

　早　米饭，咸牛肉，把卷心菜和萝卜叶切碎了腌的菜，裙带菜竹笋味噌汤。

　午　米饭（盐腌鲑鱼茶泡饭），佃煮。

　说是七号台风过了八丈岛，今晚在纪州[1]登陆。从上午起就有凉飕飕的风吹来。

　下午开始刮风下雨。雨量少。松鼠把剩下的发糕衔走了。它爬树的时候，能看见腹部的毛变成了纯白色。毛色变美了。

　中央公论社的菅原预定在傍晚来，但风雨变大了。

　晚　用热汤吃了素面（这是大冈家给的素面）。

_____

1　和歌山县和三重县南部。

从邻居 T 家来了一个似乎是她儿子的人,撑着伞,送来半个冰得凉凉的西瓜。

我瞅着雨小的当口,去大冈家还我一直借用的织机。他家的女儿在厨房炒菜。个子高高的,是个跟太太长得一模一样的举止安静的人。没有化妆,朴素的美人。大冈夫妻今晚显得着实开心。我想着织机要是被老鼠啃了就糟了,还掉便放了心。从狗死的时候起,借了一年。

从管理处给花子打电话。告诉她我们明天一早回东京。电话费一百三十五元。

我下了车,从大门口跑回家的路上,腰部以下被雨打湿了,像浸在水里一样。

中央公论的人最终没来。我收拾完之后做了烤饭团备着。

山梨今晚有大雨警报。

电视上。富士山天气恶劣。二百五十名登山者走不了,挤在山小屋里。

昨天今天看了众议院和参议院国会提问的直播,滑稽。

八月十七日(星期六)晴,强风

从十三日到十六日,丈夫去北海道旅行。他昨晚回到家,我们马上来了。早上五点半从东京出发。花子留在东京。

装了松鼠摆件(两只。丈夫从北海道买回来。他说因为与山里的松鼠一模一样就买了）、火腿、红烧油甘鱼、黄瓜和其他蔬菜、厕纸、蒸红薯（昨天剩下的）等。

在东名公路小卖部，两个便当四百元。在海老名，汽油一千四百元。过路费三百元。

在野鸟园门口小睡约十五分钟。据说我打了呼噜。

在S农园。番茄（一袋装着十五个左右鸡蛋大的），四串无籽葡萄一百三十元，两根山药一百六十元，两根玉米五十元，一颗卷心菜十元。送了两根萝卜。

丈夫和我都睡了五个小时午觉。醒来时有太阳，吹着凉风。

在管理处。两瓶牛奶五十元，五个茄子七十五元，五个青椒四十元，面包四十元。

晚　米饭，烧卖，鲱鱼子，香菇蛋汤。

据说甲府今天气温升到33度，但这里吹着风，天空完全是秋天的模样。院子里，秋天的草开始开花。今年夏天，不知为什么，苍蝇、蚂蚁、飞蛾、虻和蜂都少。捕蝇绳一次都没用过。富士山露出了全身，顶上缠绕着斗笠形状的云。变成秋天的富士山的色泽。

或许因为风的缘故，一朵巨大的冰激凌形状的云（感觉像棉花糖一样柔软）出现在整个东面的天空，它久久地维持着形状，一直是那副模样，就像原子弹爆炸的蘑菇云缺了底下一截。傍晚，我从管理处慢慢走回来的时候，云的白色变成玫瑰色、橙色、淡紫色，又变成淡墨色。天黑之后，云的形状也没有散掉，一动不动地飘浮着，占满了整个东面的天空。

夜里，电视上说："富士五湖一带的天空出现了夏天少见的'飞碟云'。"

夜里，今年夏天头一次出现如同要落下星星的星空。风大。风声像秋天或冬天一样。

河出书房的寺田博寄来快信。

有一张给我的明信片。寄信人像是富士市的服装店的太太。明信片上写着这样的内容："上次在您那儿度假，谢谢。这边没有湖畔的凉爽。"送信送错了。收件人是"武田奥樣"。好像是一个叫奥的人。[1]

八月十八日（星期日）晴

早上下雨。太凉了，我穿了长袜子，还穿了毛衣。九点左右，换成昨天之前的夏天的衣服。十一点左右，天变蓝了，阳光照下来。

---

[1] "奥樣"在日语里是"太太"的敬称。收件人的后缀作为敬称通常要加"樣"，如写给武田百合子就是"武田百合子樣"，此处的收件人为"武田奥"。

给丈夫理发。

午　米饭，红烧油甘鱼（丈夫），鳕鱼子（我），番茄洋葱沙拉，羊栖菜炖黄豆。

在管理处。两根玉米一百元，三根大葱三十元，两瓶牛奶五十元，一盒安妮三百元，六个鸡蛋一百零二元。来了两个胖胖的大妈（像是哪家旅馆干活的大妈），买了大约十根玉米。"真贵啊，什么都贵。东京的玉米一根才二十元。"

富士山的顶上今天也缠着斗笠云。

晚　炒饭（放了蛋、洋葱、火腿、豌豆），汤，高汤浸鸭儿芹，番茄，佃煮。

吃饭的时候，风一下子停了，奇妙的沉静的日落，像傍晚的静风一样。松树显得黑乎乎的。

十八日凌晨一点（？）左右，岐阜地区集中下暴雨，从乘鞍开往名古屋方向的十五辆旅游大巴当中的两辆翻下飞驒川，仅两人获救，其余九十七人死亡。因为山体滑坡，没法往前开，十五辆车为躲避滑坡倒车时，其中两辆遭遇滑坡的沙土而翻下去。今天的电视上，新闻一直在播这事。

八月十九日（星期一）晴朗无云

早　米饭，火腿煎蛋，番茄。

午　米饭，味噌炒茄子，鳕鱼子，腌萝卜叶，红烧油甘鱼（丈夫）。

晚　发糕（放了火腿、洋葱），海带须清汤。

日照强烈，但空气凉凉的。一整天好天气。

拔草。烧篝火。从柜子里翻出郡内芜菁（鸣泽菜）剩下的种子，播下给兔子吃。被兔子吃掉的鸭儿芹的根又发出新芽，想着今天做鸭儿芹清汤，去摘，结果昨晚又被啃光了。

在管理处。三个番茄九十元，六个鸡蛋一百零二元，橘子罐头七十元，三个洋葱六十元。

新潮社寄来快信。

地榆变红了，像用豆子做的手工。

萱草开花了。月见草陆续结了种子。

电视上，在高中棒球赛的间隙插入飞驒川事件的新闻，放了一整天。

八月二十日（星期二）晴

早　米饭，木须肉，番茄。

十点半，下山买东西。

像夏天一样的炎热回来了。往昴公路五合目开的车迎面驶过时，窗玻璃和保险杠闪闪发光。

在吉田的蔬果店。一把毛豆八十元，生姜八十元，三个大蒜三十元，五根黄瓜六十元，六个茄子四十元，两根萝卜三十元，三根红薯一百三十元，五百克无籽葡萄一百元，四个白桃一百六十元，十个鸡蛋一百四十元。

在杂货店。一根拉链五十元，顶针五元。

在登山用品店。袜子（丈夫）一百八十元。

在电器行。熨斗八百元，香烟一千元。

在鱼店。三块盐腌鲑鱼一百五十元，沙丁鱼（一串鱼干）六十元。

在点心店。两个大福六十元，两串团子六十元。这家老板娘接了个电话，说："我丈夫这会儿去山里打高尔夫。"

这一带的店今天有许多家休息。肉店、洋货店休息。鲷鱼烧的玻璃门上贴着"一直休息到火祭"。

在河口湖的酒水店。一打啤酒一千四百六十四元，黑啤九百二十四元，两袋肉二百元，一升葡萄酒四百五十元，两包焙茶一百元，零食一百三十五元，腌菜五十元，一袋炒面四十元，两袋松饼粉一百二十元。

酒水店只开着出入口的一扇玻璃门。老板娘说："盂兰盆节之后马上是火祭，太忙了，所以今天休息的店多。我们今天也打算休息，我儿子去山中湖开帆船。他上高中的时候是帆船选手。"

河口湖站人山人海，回到了盛夏。

在加油站。汽油六百三十五元。

午　米饭，沙丁鱼，萝卜泥，腌卷心菜上撒了柴鱼花。

丈夫坐在通风的位置看高中棒球赛。冲绳十比五赢了盛冈。

临近六点，我想要去管理处拿报纸，刚走出大门，来了一辆崭新的车。仔细一看，是大冈。我端出啤酒和毛豆。太太做了凉拌竹荚鱼带来。

晚　红薯粥，梅干，熏制鲑鱼。

餐厅的窗帘上来了一只似织螽，摩擦翅膀鸣叫。昨晚也在叫。

八月二十一日（星期三）晴

早　米饭，中式炒茄子，鸡蛋，鲱鱼子，萝卜味噌汤。

午　米饭，高汤山药泥，玉子烧，萝卜泥。

晚　米饭，朝鲜泡菜炒肉，高汤浸青椒，毛豆，番茄，白桃。

白天炎热。走到管理处，草帽里面和胳膊热极了。两瓶牛奶五十元，天妇罗粉一百元，橘子罐头七十元。

高中棒球，兴南对兴国零比十四，冲绳输了[1]。

一早，看到啄木鸟来啄露台前面的树（丈夫的讲述）。

有许多黑蝴蝶在露台前来来去去。感觉自己得了白内障。

电视上。苏联军队突然入侵捷克。

中央公论的近藤发来快信。二十六日火祭那天，他和松方三郎[2]约好在吉田一家叫"刑部"的旅馆碰面。

八月二十二日（星期四）晴，有风

早　米饭，放了土豆、猪肉、葱、鸡蛋的中式炒菜（除了鸡蛋，全部切丝），番茄。

午　什锦烧（海苔碎、樱花虾、葱），玉米浓汤。

晚　米饭，精进炸（南瓜、毛豆混合樱花虾、茄子、洋葱、海带），萝卜泥，三杯醋黄瓜银鱼。

阳光灿烂地落下来，风冷。院子里的桔梗在开花。败酱也在开花。

在管理处。两千克土豆七十元，五个番茄一百一十元，

1　1968年甲子园半决赛，冲绳兴南高中原本是人们心目中的弱队，却一路进入四强，引发全国的关注，许多平时不看棒球的人都开始观看，冲绳本地的狂热更甚，企业乃至政府部门都在比赛期间停工看转播。最终，兴南在半决赛0:14输给大阪兴国高中。其后，兴国高中在决赛以1:0打败静冈商业，这是该校唯一一次赢得甲子园优胜。

2　松方三郎（1899—1973），登山家，记者，实业家。

两瓶牛奶五十元，面包四十元。

　　大冈家的新车的窗玻璃在开过来转弯的时候，因为光线折射，呈现蓝紫之间的色调。临近正午，我从管理处回来，大冈家的车从坡上公交车站的位置飞驰过来，在通往大冈家的拐角右转。车上没有迪迪和大冈。大冈太太开车，她戴着墨镜，穿着蓝色和服。或许因为玻璃的缘故，大冈太太的脸色苍白，和服湛蓝，她是那么美而优雅。像一大朵蓝牵牛花！我坐在路边的石头上目送她。我在感动的时候会做体操来表达，于是我朝着车尾举起手，喊了三声"万岁！"阳光照耀的原野上盛放着地榆、败酱、桔梗、萱草，蝴蝶狂飞乱舞。

　　我给松鼠放了奶酪和面包，松鼠总是先拿走奶酪。

　　傍晚七点半，我又去了管理处，给花子打电话。告诉她："我明天早上回去拿中央公论的资料。回山里的时候带上花子。"花子说，她自己在家的时候，牧羊子[1][开高健太太]请她在山王饭店吃了饭。

　　电视上。看了教育节目《中国[2]的知识分子》。丈夫感慨地说："佐佐木[基一][3]的神态真好啊。"电视上今天也

1　牧羊子（1923—2000），诗人，散文家。散文写作主要与食物有关。

2　此处指本州岛西部，在日本称为中国地区。

3　佐佐木基一（1914—1973），文艺评论家。生于广岛，战后与埴谷雄高等人一起创刊《近代文学》。武田泰淳也给《近代文学》写过稿。

在继续报道捷克的事。

晚上，没有星星。风太凉了，赤脚感觉冷。似织螽停在窗帘上，跳来跳去地叫。蚊子聚集在浴室。

临近九点，雨淅淅沥沥地下起来，深夜变成大雨。

八月二十三日（星期五）早上，小雨转阴

凌晨四点起。四点半上车，往东京。《中央公论》北海道纪实的资料将送抵赤坂，我要去取资料和整理邮件，顺便接花子回来。

天气预报说"雨，局部大雨"。飞驒川大巴事故之后，只要风雨稍微强一些，就会立即谨慎地出现"局部可能有大雨，请注意"的预报。丈夫总在看天气预报，他上坡来到大门口，说："早点回来。小心。别开快。"山里有大雾，仿佛开在云中。下到河口湖，没有雾。往山中湖畔走的路口的加油站旁，这么一大早就站着三个警察，他们指挥道，湖边不能走，走村里的路。山中湖的村子还在睡，没有一辆车、一个人、一只狗经过。

七点到赤坂。中央公论的资料还没来，于是我联系了菅原。让他们上午送来。又联系中央公论的近藤。定下他在火祭那天下午来我们山里的家，然后去吉田的刑部旅馆拜访松方。我整理了邮件，去银行。

红薯，萝卜，番茄，芋头等。面包，肉糜，臭鱼干，银鱼，纳豆等。筑摩书房的古田送来的和果子，蒲烧鳗鱼（我给丈夫的手信），竹叶寿司等。下午三点半出赤坂。往保冷箱放了冰，把买来的东西陆续装进去，往山里去。

在东名公路小卖部，两杯冰咖啡二百元。花子说要拍东名公路的工地，所以在松田、山北之间，我慢慢地行驶。

在加油站。汽油七百二十九元。

六点半到山上。白昼变短了，天暗下来。体感冷。丈夫把二楼和楼下、浴室、厨房的灯全都开着，人在露台上。

送了十根竹叶寿司到大冈家。大冈家两个人正好刚吃晚饭。

晚　竹叶寿司和面包（花子、我），鳗鱼饭（丈夫），番茄，水果果冻。

十点半睡。

八月二十四日（星期六）阴，有时晴，强风

八点起床。赤脚冷。

早　米饭，银鱼，萝卜泥，红薯味噌汤，毛豆，蛋。

午　小锅乌冬面（丈夫），海苔饭团（我、花子），饭团的馅料是盐腌鲑鱼、梅干。

晚　汉堡肉饼，油醋浸卷心菜洋葱胡萝卜，番茄，汤，

米饭。

昨天，丈夫独自在家时发生的事。他说，关了工作间的玻璃窗，松鼠不知道玻璃是什么，从外面用手推。

三点过后，带花子去森林公园。门票一个人一百五十元。我拿出两人份三百元，那边说："你们一直来，给你们免一个人的。"

今天只有四五头公鹿在外面。其中一头鹿坐在有小钢珠机等机子的游戏厅一侧的地上，朝着混凝土墙，一动不动。我问："它病了吗？"工作人员说："没有病，但它从昨天起就待在那儿不动。"说是因为现在是鹿换鹿茸（？）的时候。角上沾着泥和草。像是痒。也有鹿站在水里一动不动。我给它们饼干，它们把脑袋伸进篮子，催着要。鸭子眼尖地瞧见了，过来。鹿园中有母鹿和小鹿。有许多之前没见过的小鹿。小小的，还不太会走。像是到了喂食的时间，男人们开着吉普车转悠，把食物喂进骡子的笼子，也喂给鸭子。两个提着卷心菜的男人走来，鹿便络绎走进喂食处。在外面的鹿比我之前以为的多。两个男的把卷心菜撕开撒在地上，从喂食处里面的仓库拿出袋装的像是麦麸（？）的东西，放进食槽，然后吹法螺贝，一开始不怎么响。听见法螺贝的声响，远处的鹿也回来了。只有一头小鹿进到远处的灌木丛中，咩咩地叫。看来母鹿独自飞快地来了喂食处。

观看动物的时候，感到活着是可怜的。我试图不这么想，但仍然感到可怜。

五点回家。

天色暗下来，风变强了，夹杂着雨。发出了大雨警报，沿着山，局部有大雨。

报纸上。木山捷平[1]去世了。

八月二十五日（星期日）阴，有时晴

早　米饭，西式蛋饼（放了火腿），毛豆，萝卜味噌汤，三杯醋裙带菜黄瓜。

搬运割完的草。炎热的日照。花子和我搬草，丈夫烧草。

午　米饭，混炸蔬菜丝（红薯和樱花虾），洋葱番茄沙拉，萝卜泥。

三点　牛奶果冻。

傍晚，去管理处。四个洋葱八十元，八个土豆四十元，橘子罐头七十元，电话费二百元。

晚　乌冬汤面，咸牛肉，番茄，橘子果冻。

晚上有星星。因为是八月最后的休息天，各个山庄都

1　木山捷平（1904—1968），小说家，诗人。

亮了灯，我来到院子里，远处的人家的说话声清晰地传来。

我让花子帮忙，给青色申告[1]要用到的发票做整理分类。今年也进入了后半期。

煮黄豆。

院子里的花，败酱、千屈菜、胡枝子、地榆、突节老鹳草（郡内风露）在开花。尤其是突节老鹳草开了许多。因为太多了，看了也没什么感觉。芒草抽出了穗子。

今天的报纸。丸冈明[2]去世了。

八月二十六日（星期一）一整天，雨下下停停

早　米饭，黄豆炖羊栖菜，玉子烧，银鱼，萝卜泥，海苔，滑菇汤。

午　发糕（放了培根和洋葱），玉米浓汤。

晚　米饭，凉拌三丝，臭鱼干（花子一个人吃，留下看家）。

感觉彻底入秋了。淅淅沥沥地下着雨。就算不拔草，草也没了精神，即将自然枯萎消亡。我没去院子里拔草，

1　年度个税申报有两种，带账簿的申报表单是绿色格子，所以称为"青色申告"。选择这种报税方式，需要复式记账并事先申请，相应地可享受一些减免政策。

2　丸冈明（1907—1968），小说家。

进了屋。

吃早饭的时候，丈夫说："给丸冈和木山发唁电。"我从管理处打电话发了电报。两通一百五十元。

五根黄瓜七十五元，六个鸡蛋一百零二元，希望烟五十元。装着葡萄的筐子说是一筐五百元，但我没买。

回到家，中央公论的近藤来了。我端出威士忌、啤酒、蒸烤鸭肉、熏鱼（鲤鱼）、凉拌三丝。西面的天空变亮了，可是又下起雨来。近藤来的时候总下雨。

近藤约好八点左右去吉田的刑部旅馆拜访松方三郎。晚饭让花子一个人先吃，她留下看家，近藤、丈夫和我下山。

我们先在 S 乐园停靠，订了近藤的住宿。单人间订满了，订了八人间一个人住。旅馆的人说，一晚一千二百元，单人住大间加三百，一共一千五百元。近藤是登山老手，所以不介意住八人间。

在吉田的交叉路跟前，往吉田站上行口的十字路口禁止通行。是火祭的交通管制。我把车停进日本石油加油站。

有点雨，但人们燃起了火，火已经烧了一半多。还是有人来火祭，虽然比往年的人少。时间过了八点半。刑部旅馆位于过了大鸟居往浅间神社爬的路的右边。在望火塔楼的对面，是一座古旧寂静的旅社。玄关的屏风、格子门，都是从前的模样，楼梯和走廊也是从前的模样，有许多冗余的设计。我很久没有进这样的屋子，感觉有几分怀念。松方借了中庭对面里面一栋的整个二楼。他是为了二十五日、二十六日的"富士学校"借的，要在此地逗留一阵。隔壁房间铺着被褥，有个男的已经睡了。松方关上隔断的拉门，给我们倒茶，端出玉米。看上去，我们来之前，他们吃了甜甜圈和面包，屋里摆着剩下的。角落里放着背包。松方是一位小个子、微微发福的老人。听说他是华族，我不禁想象他是个长腿的男人，但他盘坐的腿短短的，腿上的肉有点多，看起来也坚硬。他有张晒黑的有光泽的脸，笑眯眯地讲话。

"今年的富士学校完蛋了。我们今年上到八合目，天气糟糕，就折返，从五合目下到河口湖，回到这里。"他就富士学校做了说明。"富士学校"是不知不觉间形成的。八月二十五日的夜里到八月二十六日，从富士五合目往山顶攀登。住在八合目然后再登顶的人，先登到山顶再回到八合目小屋的人，在山顶住宿的人。总之，从五合目往上，各自攀登，在富士山上相见，然后在二十六日火祭的傍晚下到刑部旅馆，住一晚。也有人来旅馆与同伴们见面，不住宿，就那么回去。没有事先商量，也不联络，一年一度各自出门登富士山，在火祭的日子见面。年龄上至八十，下至六岁，人数也有增有减。有时，来过一次的人会在第二年带朋友来。人们不提自己的职业，也不问别人的职业。是完全由喜爱富士山的人们组成的团体。今年聚的人少。

总之松方是一位特别爱富士山的人。

松方关于富士山的讲述：

○与某个埼玉县的青年见过一回，是从五合目往上登的时候。之后过了两年，又在那条登山道上看见那个青年，在遥遥的前方攀登。在他之后爬上去，只见地上用石头压着一张纸，上面写着："会长，加油！"青年先下山了，所以此后没见面。

○在夏末登山的时候，有个穿绿色连衣裙的白发西洋老妇人，只身一人，连衣裙飘啊飘地登上来。同她一起登山，跟她聊了许多，她说从英国来，前天去了日光，今天来富士山，一个人登山。她一边登山，一边不断采集少许苔藓，放进标本袋。她让松方帮忙。那个阿婆姓格林，是英国的农业试验场的技师，有名的博士。她把波士顿式手提包用麻绳捆绑，改成背包，随意地背在身上。等到和松方一道住在吉田的刑部，她从包里拿出正式的服装换上，吃饭时以淑女的形象出现。

○一位到印度行医的英国著名登山家（松方用英语讲

了名字，我忘了），在七十岁的时候来日本，夫妇一道登富士山。在八合目的小屋，夜里，灯下传来说话声，悄悄一看，那对夫妇在读《圣经》。那人来日本前，朋友忠告他："唯有富士山，你可别去登。再没有那样傻气的山。全是岩石，一棵树也没有，唯独阳光明晃晃地照下来。世界上再没有那样没意思和傻气的山。"但他登了富士山之后说："真是不错的山。全世界最棒。"回到英国后，他写来的信上也有那样的话。

隔壁房间传来鼾声。我把端上来的玉米立即吃完了，将玉米芯放在松方的膝盖的那头。我想吃剩下的甜甜圈和像是奶油面包的东西。松方会不会说声"请"呢。想吃。我没吃晚饭就来了，因为肚子饿，有些头晕，整个房间开始变远。小学上课的时候，不知为什么，老师的脸、黑板、天花板、大家的脸，都保持着清晰，变得越来越小，老师的声音也变得遥远——那样的情形出现了。

十点左右，我们告辞。来到走廊，正对面，从富士五合目往上的小屋的灯光，一盏盏亮成一条线，一直到八合目。灯光比平时亮。或许今晚山上与吉田城区一样，点燃了封山的火把。

近藤看起来还想多聊一些。一向早睡的丈夫像是困了。"我可是刚从特拉普派修道院 ¹ 回来。特拉普派跟富士山搅一块儿了。我后面得回去给《中央公论》写特拉普派的稿子呢。"尽管丈夫这么说,近藤却说:"还没聊够,还想聊。"他一点儿也不累。

在吉田的蔬果店。五百克葡萄一百元,一节藕一百一十元(这么贵!),萝卜二十五元,八块炸鱼糕八十元,两袋猪肉二百元,十盒和平烟五百元,四个梨五十元。

在面包店。一袋面包五十元,六块奶酪一百五十元,两袋仙贝二百元。

因为是火祭日,每家店都开到很晚。

把近藤送回 S 乐园,回家。

十一点,我吃晚饭。之前因为空腹开始头痛,现在完全好了。丈夫直接倒下睡了。今天不俗地玩了一趟。

八月二十七日(星期二)一整天风雨

刮风下雨。九点左右吃晚早饭。我正在做早饭,近藤来还昨晚借给他的上衣。他问丈夫,给《中央公论》正刊的稿子今天能写完吗,什么时候来拿比较好。"我打电话告诉正刊的编辑。"丈夫今天早上有点感冒。他答道:"还

---

1 位于北海道北斗市的灯塔圣母特拉普派大修道院。

有十页左右。或许会写成五页。"

近藤稍作休息，说他接下来去甲府，坐火车到松本，去穗高的野间宏家。要是坐上中午的火车，傍晚能到。我让他带上两罐熏鱼（鲤鱼。中国生产的罐头。野间爱吃。）

早 所有人吃粥。梅干，银鱼，黄油，炒蛋，腌菜。

丈夫饭后吃了阿司匹林，睡了。中午起来，做口述笔记。写完了。

两点左右午饭 米饭，炸鱼糕，萝卜泥，味噌汤（烤麸[1]和鸭儿芹）。

午饭后，丈夫这回整个人放松下来，又睡了。花子和我不出声地玩花牌。天色变暗的时候，中央公论社来了一个女人。那个人像是去管理处问了路，顺便拿了晚报过来。她说车等在外面，马上回去了。雨一直在下。女人的鞋湿得厉害。

晚 米饭，炸猪排，裹面糊炸红薯，蔬菜沙拉，煮豆，菠萝。

夜里，风越来越大，雨也大。

---

1 日本的麸与中国的面筋一样，是用盐水洗面粉，洗去淀粉后得到的蛋白质。可能因为面粉本身的差异或是制作过程中加了米粉等调整，口感较为松软。烤麸就是烤干后易于保存的麸，不同于中国江浙一带的烤麸（面筋发酵蒸熟）。

静冈地区大雨，东海道铁路不通。

丈夫晚上吃了阿司匹林。

夜半，摇撼屋子的风和雨。一直持续到早上。

八月二十八日（星期三）一整天，雨和风

一整夜风雨。风里带着啸声，雨砸下来。六点半起床。

早　米饭，蟹肉炒蛋，炸鱼糕炖卷心菜，甜口煮南瓜（隔壁送的），三杯醋裙带菜黄瓜。

十点半，我一个人下山买东西。

在酒水店。一打黑啤九百六十元。一升葡萄酒三百元，味滋康醋一百一十元，菠萝一百五十元，蟹肉罐头三百七十元，两袋焙茶一百元，布丁粉八十元，两袋樱花虾一百元，裙带菜四十元，奶酪一百八十元，两斤白吐司七十元，十一个鸡蛋一百五十元，粉丝五十元，零食一百三十五元，两块豆腐七十元，两打易拉罐啤酒二千零四十元。

在蔬果店。五根黄瓜七十五元，西瓜二百元，四个苹果一百八十元，卷心菜四十元，四根玉米一百元。

在干货店。一条盐腌青花鱼九十元。

在肉店。两块里脊肉排，两块腿肉四百六十元，四百克肉糜三百六十元，一只童子鸡翅膀一百二十元。

去村政府。村民税四百元。

到村政府的路上，两边的稻田围着赶鸟雀的塑料绳。烟草田彻底变黄了，变成一种透明的色调。有个摊子，挂着"农协直销玉米"的招牌。卷心菜地收获的卷心菜在路边堆成了山，在等车来收。前一段时间卷心菜二十元。今天四十元。明明都说卷心菜滞销，甚至扔掉。

十二点过后回家。

每次最花时间的都是酒水店。就算我先到，当地人也会若无其事地插队买东西。买就算了，他们还聊了起来，"某某死了""某某去了石和泡温泉"，所以花时间。上午，正好肉店送来炸好的可乐壳。有许多主妇来买五个十个带走。一个背着孩子的瘦削矮小的年轻主妇买了十个可乐壳，让店家包起来，另外又买了一个可乐壳和一个大福，站在店里，狼吞虎咽地吃了可乐壳，撕扯着吃大福，转眼就吃完了。酒水店老板娘想送我蜂蛹罐头。我推辞了。老板娘说："喜欢吃蝗虫的人就会喜欢。可养人了。"

午　米饭，烤青花鱼干，萝卜泥，凉拌三丝，盐揉卷心菜。

午后，西面露出了蓝天，很快就变成淡黑色的天空，雨使劲砸下来。说是台风来到冲绳，从今晚到明天早上登陆九州。

晚　米饭，汤豆腐（放了培根、卷心菜、葱、海带、肉圆、豆腐）。切了西瓜。

八月二十九日（星期四）强风暴雨，有些暴烈

早　炒饭，汤，烤了玉米。

午　烤吐司，番茄酱炒肉，蔬菜沙拉，番茄汁。

西面的蓝天不时骤然出现，阳光照下来。阳光马上消失了，风雨落下。据说台风午后通过关西地区。

我把奶酪放在熔岩上。当雨变小，松鼠急忙来了。

丈夫睡了一整天。

去管理处付夏天的订报费，改成订到下个月中旬，付费往后延。我用管理处的围棋盘和花子下围棋。我一开始下白子，不知何时变成下黑子，花子提醒我。还没搞清楚自己是赢还是输，棋盘就摆满了子，无处可下。

管理处的人说，听说台风的影响会到半夜，不过晚上八点左右风向会变。等了好一阵，雨越来越大，所以我们回家了。下车往家跑的路上，全身湿透了。

晚　把剩下的食物全吃了。连同西瓜。

明天早上回。

八月三十日

凌晨四点半出山。雨停了。

九月六日（星期五）阴转晴

五点出东京。因为九日早上就回，所以只装了家里现有的食材。东名公路三百元。在小卖部买了两盒烧卖便当，四百元。在小卖部的长凳上吃，用便当附带的免费茶券换了茶喝。

在野鸟园前停车，小睡二十分钟。据说我今天也打了呼噜。

山北的民家的围篱开着蜀葵。

九点前抵达。邻居 T 家的遮光门窗紧紧地掩着。

午　米饭，汉堡肉饼（丈夫），盐腌鲑鱼茶泡饭（我）。

午后到五点，丈夫和我都在睡。

去管理处付订报费。一千一百七十元。

这次老鼠吃了浴室的肥皂和厨房的肥皂。

院子里的漆藤的叶子红了。蓝盆花和胡枝子盛开。台风过后，露台前的粗齿蒙古栎的树枝断了许多。羊齿变黄了。

晚　发糕，洋葱汤。

九月七日（星期六）晴

沉静的日照。晒被子。

早　米饭，炸鱼糕，萝卜泥，生鸡蛋，海苔，番茄，裙带菜豆腐味噌汤。

午　鸡肉咖喱饭（试着用了中国生产的鸡肉罐头），西式泡菜，番茄，葡萄柚果冻。

在管理处，送给我三根萝卜。喜力烟八十元。

经过大冈家门口，太太正在用砍刀砍玄关入口一侧的松树底下的枝条。她说："我们昨天去轻井泽兜了一圈。"大冈正在和出版社讲电话，声音一直传到外面。

晚　烤青花鱼干，炖萝卜红薯，米饭。

吃过晚饭，我正在收拾，大冈夫妻来了。啤酒，油醋浸木耳，里脊火腿，奶酪。

他们八点半回。大冈说："我们的车充满了一种像是鱼烂掉的臭味，把车里的地毯下面的毛毡拿掉，都还是臭。因为闻着难受，所以今天走过来。"于是我开车送他们。顺便去闻一下大冈家的车。丈夫也上车一道去闻了闻。怪味。"像尸体的臭味。像有只手或者什么在车里的臭味。"我直白地说了感想，太太像是因此感到害怕和膈应。

九月八日（星期日）阴，早上晴

早　米饭，萝卜味噌汤，火腿，裹面糊炸红薯，海苔。

早上有太阳。后背照着阳光，换了被套。明天早上回，所以把要送洗的毛毯等收好了。把夏天的衣物和冬天的调换。

午　长崎炒面（放了鸡肉）。

三点　芝士蛋糕（自家做的）。

临近三点，一只松鼠将嘴巴贴在餐厅的玻璃门上，往里看，因为嘴巴贴得太紧，变得像猪嘴一样。我把里脊火腿的边放在露台上，那只松鼠来了好几次，把火腿叼走。贴在玻璃上的脸似乎不是常来的那只。嘴边是白色的，像商人的脸。是不是黄鼠狼呢？那家伙叼了火腿，钻进邻居家的树丛，马上又折回来，叼进树丛，马上又来叼。看起来在存货。平时那只松鼠叼着吃的，会在途中吃掉，或是叼着爬到树上又倒爬下来玩闹，它没有这样做。它像滑行一样在熔岩和地面上奔跑跳跃的模样，身体的长度，以及毛色，都是黄鼠狼。还没有长到成年黄鼠狼的大小，毛长得很好。

之后，平时那只松鼠来了，它爬到树上，顺着树枝靠近，又来到露台的栏杆旁，但或许因为有黄鼠狼的气味，它没有取食物，远远地侦察。松鼠偏灰色，毛没有光泽，身体短。这下我明白了，为什么即便晚上放了感觉太多的食物，到了早上就全没了。我以前一直想，吃那么多的分量，可松鼠太瘦了。昨晚大冈也说："我们家今天早上来了一只毛色不一样的漂亮的松鼠。"那也是黄鼠狼。

给丈夫跑腿，把《自由》杂志送去大冈家，顺便带了两块我做的芝士蛋糕。告诉他们，我做了他们昨晚给的长崎炒面（方便面），好吃。

晚　蛋炒饭，汤，醋拌瑶柱黄瓜。

夜里，没有星星。据说东京今天大雨。好像大型十三号台风在小笠原一带。

电视上。

鸣泽村的马路上，今天发生了卡车轿车相撞的事故，一人死亡，三人重伤。

今年，石和、胜沼的葡萄因为气候的缘故减产，味道也逊色，市场上的评价差。据说是战后葡萄受灾最严重的一年。今年的麝香葡萄味道酸，据说在东京的口碑下降。就这些。

《山梨日日新闻》。原本预定出席中央公论甲府演讲会的远藤周作遇到交通事故，改由芥川[1]出席。

1　芥川比吕志（1920—1981），戏剧导演，演员，芥川龙之介之子。1966年，云剧团上演远藤周作的《黄金之国》，由芥川比吕志导演。

九月二十二日（星期日）晴

　　丈夫从昨晚就在说：“明天星期天，所以四点出发。”今天临近四点，丈夫喊我起床，但他无论是拍我的脸，把我拉起来，还是揉我的背，我都沉沉地睡去。我太困了，起不来，哭了起来。丈夫作罢，等到六点。昨晚客人待到很晚，泡澡的时候一点半。

　　今天是个晴朗的秋日。东名公路有许多带着女人的年轻男人的车。过路费三百元。小卖部的便当四百元。从松田到山北堵车，排成一列。山北的树叶开始红了。进入吉田，车开个五米就停了，开个一米又停了。在大鸟居的位置有三个警察在疏导交通。从这里开到河口湖站用了一个多小时。在 S 农园买了两根烤玉米。六十元。易拉罐啤酒九十元。我想买摊子上的葡萄，但我前面有个胖大妈，边挑葡萄边絮叨，说葡萄不新鲜，又要看秤，又说让摊主送她一串，弄个没完，于是我上车了。丈夫进店买易拉罐啤酒，他说：“里面全满。女人真厉害啊。叫了荞麦面，又叫了烤玉米，吃荞麦面，拿玉米当菜。”

　　从东京花了七个小时抵达。

　　午　面包，番茄汁，奶酪，萨拉米。

　　三点左右开始午睡，迷迷糊糊地睡了醒，醒了睡，到六点半。

晚　米饭，烤青花鱼干，萝卜泥，芡汁豆腐。

丈夫七点半睡。

我正在一个人看电视，一只小小的仿佛是假的老鼠侧对着我蹲在长椅的椅背上，闭着眼，久久地一动不动。

九月二十三日（星期一）晴

彼岸中日。晴朗无云。晒被子。

早　关东煮，茶饭，玉子烧，萝卜泥，辣椒酱油拌小松菜。

午　发糕（今天什么也没放），黄油，花生酱，鸡肉奶油浓汤，番茄。

去管理处请他们灭鼠。两瓶牛奶五十元，喜力烟八十元。

晚　年糕汤（茗荷、海苔、鸡肉），芝麻醋拌黄瓜粉丝瑶柱，梨。

六点二十分左右，昏暗的院子响起脚步声，大冈急匆匆地进了屋。他刚从大矶过来，半道上来了我们这里。他说，带了秋刀鱼，要不要待会儿来我们家吃饭。

"武田喜欢青身鱼吧？""我喜欢油甘鱼、青花鱼和秋刀鱼。秋刀鱼最好吃。""是吧？我就知道。我猜对了。"我们刚吃完年糕汤，所以说好了，去了只吃秋刀鱼。"七点左右来吧。"我带着毛豆和长崎炒面过去。

他们用红甘鱼生鱼片、醋味噌拌茗荷、秋刀鱼、啤酒招待了我们。

八点半告辞。

下起了雨。说是十六号台风登陆九州。

九月二十四日（星期二）阴转雨

早　米饭，烧卖，番茄洋葱沙拉。

早上开始下毛毛雨。十点半下山。

中央公论社发来快信，关于谷崎奖获奖作评语。

去管理处付电费，六个月二千六百六十六元。

在肉店。三百克上等肉糜三百元。六个鸡蛋八十元。

在蔬果店。三串新麝香葡萄二百元，一袋茄子一百元，萝卜三十元（只有蔫蔫的），五个苹果二百元。

在药店。四罐和平烟一千元，两盒超级拉米（灭鼠剂）四百元。在这里的收银台努力干活的爷爷算错了钱，而且他一进到后面就在后面聊了起来，忘了我的存在。费时间。

在酒水店。一升葡萄酒三百元（红的便宜），一块豆腐三十五元，面包四十元，根津豆沙粉[1]四十元。

1　煮过去皮的赤豆经过干燥，呈粉末状。使用时加水煮开并加糖，然后小火煮稠，就是细豆沙。

在加油站。汽油一千一百元，蜡八百元，白煤油三百三十元。

一点半回山上。一进山，就被大雾包裹。

午　烤吐司，熏制红鲑鱼，洋葱汤。

晚　海苔裹年糕，关东煮。

我们刚把评语发出去，中央公论社发来催评语的电报。

入夜，淅淅沥沥地下雨。十六号台风登陆萨摩半岛。

在各处放上老鼠药。

加油站大叔的讲述：

○阿宣除了之前养的猪，现在又在另一块地盖了小屋，养了六十头猪。他是个能干的人。都说一头猪能赚一万，一年出笼两次，所以算下来是一百二十万，但问题是，那期间不喂食，猪就长不大。夏天的饲料有旅馆的剩饭，倒是方便，冬天要买饲料。除了饲料钱，还有买二手车、汽油费、给雇工的工资、给猪打针以及给医生的费用，还有猪生病和死亡等，钱被这些事耗去一半。说是猪一年死一成，六十头就会死六头。还有猪贩子居中压价。猪贩子是最会动脑筋的人，他想便宜买，就说什么这只猪病了，这十头就要生病了，早点卖。反正只要是做生意，不管什么生意都是一样的做法，猪贩子的做法是理所当然的。阿宣也不容易。但他真的在努力工作。

九月二十五日（星期三）一整天毛毛雨

老鼠药一点也没动。

早　米饭，中式炒茄子，咸牛肉，萝卜味噌汤。

午　汤豆腐，米饭。

三点左右，去邀请大冈家。

六点，大冈夫妻来了。因为下雨，迪迪是被大冈抱着下来的。

油醋浸卷心菜胡萝卜，糖醋芡汁炸肉圆，春卷，东坡肉，高汤浸四季豆，啤酒。

我给了迪迪柴鱼花。迪迪像吞空气似的"啊呜"一口吃下去。他们八点半回。

九月二十六日（星期四）雨

早上九点半左右，黄鼠狼在雨中来到露台，隔着玻璃门往餐厅里看。嘴角白白的，狡猾的脸。它踩着娴熟的步子，又走了。

响起沙沙的轻微动静，我以为是松鼠来了，一看，是树叶落下的声响。最近两三天没见到松鼠。说不定被这只黄鼠狼吃了。

早　米饭，昨晚剩下的春卷，肉圆，番茄，锦松梅，海苔梅干汤。

午　长崎炒面，苹果，红茶。

两点左右，黄鼠狼又在雨中来了。今天摆着剩下的方便面和关东煮。黄鼠狼试着叼起关东煮里的炸鱼糕。它把炸鱼糕放下，吃了几口其他的，又把炸鱼糕叼起来。原来它觉得那是一种吃不惯的奇妙的东西。它不时把食物运到邻居的树丛中，又回来。

丈夫一整天在写给《中央公论》的稿子。其间不时躺倒睡觉。我在整理织谱。

晚　米饭，鲑鱼茶泡饭（丈夫），春卷（我）。

往红豆沙里放了两块年糕吃了。

晚上仍在下雨。有雾，什么都看不见。

九月二十七日（星期五）雨

早　米饭，猪肉汤（放了蛋），丈夫吃。烤吐司，蛋，黄油，红茶，我吃。

十一点左右，把给《中央公论》的七十二页（二百字）稿子拿去大冈家。没写完的稿子。大冈之前说他今天回大矶，要把稿子给中央公论，所以请他一道带去。大冈给中公打电话，那边说："我们派去那边拿稿子的人今天早上十点出发了。"于是我不拜托大冈了，把稿子拿回来。

大冈说："武田真努力啊。我写了三十五页，但胃痛，写不动。"他在睡衣外面罩了件开衫，从洗脸台那边命令太太："剃刀，剃刀！"

午　炒饭（蟹肉炒饭），汤，番茄。

临近两点，中央公论社之前来过的女人来了。她让车等着，所以立即回去了。

在下雨，但我还是和丈夫去散步。雾一样的雨。我俩都戴着草帽走路。路上长出来许多橙色的大蘑菇。感觉像内脏落在那里，我吃了一惊。每年看见的时候都是一惊。傍晚晴了一会儿，又开始淅淅沥沥地下雨。

晚　米饭，烤秋刀鱼干，银鱼，萝卜泥，馎饦，水果果冻。

我用剩下的米饭做了烤饭团。还做了蒸红薯。明天早上回东京。

十月五日（星期六）阴，有时毛毛雨

我有点感冒，头痛。早上五点半出东京。因为要开车，没吃感冒药。在大箱根停车小睡。头痛减轻。

今天买了饭团便当。两盒四百元。

上山前去酒水店，买了一打啤酒、一打黑啤、红葡萄酒、五个苹果、黄瓜、炼乳类。三千三百二十元。

十点左右，我睡了。睡到三点，一直在做梦。一身汗醒来。烧退了。

午　饭团便当（丈夫一个人吃），味噌汤（土豆和裙带菜）。

晚　面包，汉堡肉饼，洋葱番茄汤，西洋菜，盐水嫩四季豆。

夜里，天空是紫红色，屋外的灯光向外染开，像带了晕。雾浓。来山里的只有我们一家。去大冈家看，遮光门窗关着。

十月六日（星期日）晴朗无云

六点醒来，晴朗。睡了个回笼觉起来，过了九点，院子里阳光照耀。丈夫在露台上做日光浴。

院子里的花期结束了。开剩下的蓝盆花的花瓣变得泛白，像纸一样。有一棵带刺的树结着红果，现在是最有朝气的。我以为听见松鼠或黄鼠狼的脚步声，原来是树叶一片片落下的声响。

富士山笼着薄薄的烟，能看见整座山。从五合目往下的林木带变成了茶色和黄色。五合目只有一个地方持续地反射着云母色，是建筑物的屋顶或玻璃。

晚　栗子饭，里脊火腿，芝麻拌菠菜牛蒡，滑菇汤。

吃完饭，丈夫去大门口看月亮。六点左右，东面天空的月亮藏在大片的黑云里，只有月光漏出来。今晚不仅是中秋满月，在日本还是本世纪最后的月全食（丈夫说的）[1]。我们喝了咖啡牛奶，然后来到露台上。七点半左右，月亮变成三分之二。电视上正在激动地说："在日本是大正十二年[2]以来的头一次。八点十分月全食。"丈夫看厌了，八点以前就睡了。

我独自看电视。想起来，到外面一看，月亮不见了，只有紫红色天空。我莫名地害怕起来，急忙进屋。到了九点，悄悄来外面一看，什么都没有。感觉不舒服。月食这东西可怕，感觉不舒服。电视上说："九点十四分（？），月亮又出来了。"但我已经不舒服了，就没有出去看。

电视上。山梨县从昭和二十八年[3]以来第一次从八月起持续异常低温，开始出现水稻种植的冷害。在穗坂町种了农林省推荐的适应寒冷地区的农林十七号（？）的人，其田地受灾只有百分之十，但种了高产品种"山彦"（？）

1　从1968年到2000年之间，日本还将观测到多次月全食。而且在1978年9月17日，月全食再次与中秋满月同时发生。

2　1923年。事实上，月全食与中秋满月同时发生是在1913年9月15日。此处可能是记述错误。

3　1953年。

的人，受灾百分之七十到八十。两个品种紧挨着的田，差异明显。忍草村的长田家插秧比其他人早（按高寒地的做法），将损害停留在最小限度。

今天大概因为白天有太阳，晚上依旧暖和，不用烧暖炉。

十月七日（星期一）阴，有时小雨

早　米饭，味噌汤，火腿煎蛋，苹果，佃煮。

午　长崎炒面，橘子。

三点　赤豆年糕汤，黄油烤红薯。

晚　栗子饭，关东煮，芝麻醋拌菠菜干萝卜丝，试着做了苹果胡萝卜汁。丈夫说不爱喝。

因为明天早上回东京，所以去管理处扔垃圾。菜地的角落挖了一个又大又深的坑，里面扔着用红布包裹的和服带枕，被雨打湿了，看着瘆人。

下山加油。汽油一千九百三十七元。

昴公路大雾。车辆都煌煌地亮着车前灯开上来。

晚上，下起大雨。

加油站大叔的讲述：

〇这一带有车的人变多了，一千八百户当中，一千户有车。还有 N 村那样的，竟然四百家有六百辆。大多是一万五千左右一辆的二手车。卖的话必定是七千。他们一边修一边开，所以比开新车的人懂车。他们说每次买新火花塞不划算，便从拆车厂买来旧的，敲一敲削一削再用。也不去做年检，也不申报。还有人甚至没有驾照。在农用路上开，因为是私家路，警察不管。只要不开到国道和县道就行。加油站刚开的时候，此地有三百六十辆车，现在超过一千辆（似乎是指来加油的车的数目）。

十月十二日（星期六）阴，傍晚晴

　　昨晚，中央公论社的菅原说："要商量连载纪行文的日程安排，即便晚一些我也会打电话来。"丈夫睡下后，我一直等到夜里两点，一边缝窗帘一边等，但没有来电话。今天早上可困了。六点，总算起来了。花子今天从寄宿舍回，给她留了一锅西式炖牛肉、面包和字条，我们出了赤坂的家。没有走东名公路，走甲州街道。一年多没走这条道了。走这条道往返于山里的时候，波可还在。路上买了两碗荞麦面一百四十元，巧克力一百元，仙贝一百元。

　　来到相模湖，到处都能看见中央道正在建设的高架桥。只有桥柱涂成大红色。在绿色的山间若隐若现。最近为什么只有桥柱涂成粉色或大红色呢？就像女人张着腿站在那儿。羞耻。

在肚脐包子店小憩。睡了十五分钟左右。一盒肚脐包子二百元，两罐啤酒二百元。

从一辆贴着"A 制鞋厂"的旅游大巴下来穿牛仔裤的年轻男女，络绎进了厕所。

十点过后抵达山上。蒸肚脐包子，泡茶。

午　米饭，西式蛋饼，芦笋，油醋浸卷心菜胡萝卜。

三点，柿子和橘子。

去管理处买垃圾回收次数券三百元。买了一颗卷心菜。管理处的人在房间里看日本职业棒球队联赛[1]，开心地聊天。鸡棚上铺着报纸，晒着蘑菇。女人给我卷心菜的时候说："今年冷，气候不好。这一带的高寒地带遭到冷害，长得不好。"管理处菜地的卷心菜，叶子已经不行了。

下午四点过后，停了一阵水。

晚　米饭，芋头味噌汤，红鲑鱼，萝卜泥，甜口煮核桃，橘子。

电视上。今年的山梨，桃、葡萄、水稻全都遭到冷害，所以没有像往年收获祭（？）那样搞唱歌跳舞的娱乐，办了许多场农业研究方向的展会和研讨会。

1　Nippon Series，决定日本职业棒球当年冠军的比赛。在 2006 年以前，由中央联盟和太平洋联盟各自的冠军队决胜负。

燃起大暖炉。

十月十三日（星期日）阴，阵雨

早　米饭，秋刀鱼大和煮，萝卜味噌汤，海苔，蛋。

吃早饭的时候，开始下雨。

午　米饭，咸牛肉可乐壳，盐揉卷心菜。

看墨西哥城奥运会直播。开幕式。丈夫喜欢看奥运会直播。

管理处来给电话传话。中央公论的菅原说："从十六日去京都旅行。"

我把花子已经穿不下的毛衣拿去给管理处的女人。让他们修壁炉烟囱漏雨的地方。

傍晚，西面天空晴了一些。雾散了，整个高原展露出来。夕阳的光线从黑云间照过来。

晚　咸粥，盐腌鲑鱼。

明天早上回东京。

电视上。富士五合目从下午开始下雪，旅游大巴上的乘客冷得发抖。五合目下雪比往年早一个月。

十一月四日（星期一）晴朗无云

早上六点半从赤坂出发。东名公路三百元。在小卖部买寿司便当二百元。倒了茶吃便当。

在御殿场右转之后，红叶很美，像波斯地毯一样。在野鸟园前小憩。去买易拉罐啤酒，卖完了。山中湖人少。湖上漂着白天鹅和黑天鹅。

在加油站加油，保险起见，加了一点五升防冻液。因为今年冷得早（这个月中旬进山的时候再加一升。别忘了！！）

十五升汽油八百五十五元。一点五升防冻液六百元。白煤油三百三十元。

因为阳光很好，我们在户外的桌边喝茶，等他们加完防冻液。大妈端出蒸红薯和白色的团子。她说昨晚是十三夜，这是赏月团子。

大叔的讲述：

○叫作恩赐林的地方，是明治天皇陛下赐给的，说"耕种此地"。然而没有人去耕种，人们都在做行商，让地荒着。到如今，地价涨了（？），有的以个人名义拿了上亿的钱。以村为单位拥有地的，钱给到村子。有钱没地方用，所以打算花个十几亿重建中学，但有条规则，木构建筑不经过二十五年不能重建。据说，政府说，学校还不到二十年，允许至少过个二十年重建，所以等到明年吧。

〇昨天是文化日，加油站门口的路上堵车，动不了。有的车等了四个小时。因为种种原因，汽油反而卖不动。汽油卖不动，想着至少卖一下店里的冰激凌，我（大叔）去车的队列兜售，岸信介[1]那辆车没有买冰激凌，买了一瓶牛奶。

收费站次数券二千元。

十点半抵达。

院子完全枯了，红叶也过季了。大概一直到昨天都在下雨，地面湿湿的，又黑又软，蓬蓬的。

午　米饭，寿喜烧。

晚　米饭，中式鲑鱼肉炒蛋，三杯醋黄瓜裙带菜银鱼。

丈夫六点半睡。

夜里，天空晴朗。白云就像是白天的云，在低得惊人的位置飘动。从云缝间可以望见星星。

十一月五日（星期二）阴，有时晴

晚上起来一次，又睡了，早上醒来，又睡了，一直睡到九点半。

1　岸信介（1896—1987），政治家。1957—1960 年担任日本首相。

早　米饭，纳豆，裹面包糠炸牡蛎，卷心菜丝，苹果，萝卜味噌汤。

早饭吃得晚，所以吃完还没收拾，丈夫就催着我载上他，把车开出去。去看红叶。先去给梅崎春生扫墓。把三个白煤油空罐还给加油站。从须走跟着箭头驶入高速路的近道。路上在施工，路况差。

富士灵园中央正面的绿植新换了漂亮的松树。树干底下裹了稻草，照顾得很好。有三组男女坐在草坪上吃午饭。我们在之前来过的地方找，可是怎么也找不到梅崎的墓。折回管理事务所询问。里面有两个男的，煤油炉烧得红红的，看着很闲。立即搞清楚了。为了不忘记，写下来。墓地在一区五号地二百零六号，斜斜地长着大松树的区块。

丈夫在梅崎的墓前供了一瓶啤酒（新）、三得利陈年威士忌（工作中喝过的）、一升瓶装的葡萄酒（喝得更多一些，底下剩了五厘米，把整个一升瓶带来）和一个柿子（这也是餐桌上的），打来水，浇在墓上。他坐下来，喝易拉罐啤酒，抽烟，这时来了一个骑踏板车的男人。那人坐在他旁边搭话。男人说："我从四月开始在这里工作……"丈夫指着墓说："这个人是因为喝酒死掉的，所以我带酒来供。""您是家属吗？"那人问的时候，一直盯着葡萄酒瓶。丈夫说："是朋友。"那人点头，同时一直盯着葡萄酒瓶，又问："只剩下那点，都浇在墓碑上了吗？"丈夫说拿来的是喝剩下的，浇了一点点，那人像是放心了。他仍然坐在旁边，像是想继续聊。丈夫说："墓碑上的字是我写的。"男人吃惊地望着丈夫的脸，说："做得真不错啊。"丈夫自顾自地走开，他仍蹲在墓碑前，摸了摸，像是十分感慨地喃喃道："真有一手啊。"大叔像是以为给墓碑刻字的也是我丈夫。

墓地周围的绿植与斜坡上，红、黄、白、粉和橙色的菊花正在盛开。

回程走了另一条路。树林之间有个寂寥的村子，村子边上建有一栋小小的人家。那家的院子里特意做了一方小池塘，摆着像是石灯笼的东西。过于风流，显得萧瑟。

在野鸟园旁边高尔夫球场的餐厅吃午饭。洋葱牛肉饭两人份五百元。

只有三桌客人。一桌是三个农民模样的老人，正在讲某人的坏话："那家伙明明有两三个高尔夫球场……"

太阳已转到西面，于是我加速通过河口湖，前往本栖湖。西面的太阳从车的正对面照过来，因此开车的我不怎么看得到树海的红叶。等到车的方向变了，太阳偏移，便清晰地望见金茶色的树海。比红叶最美的季节晚了一些。

四点半，回到山里。

晚　咸粥，关东煮，醋浸青花鱼，水果果冻。

夜里，天阴，温暖。

丈夫说，明天想要试试翻过箱根回家。

十一月三十日（星期六）晴

上午九点半，出赤坂。

前往许久之前答应的演讲会，山梨县教育某某艺术节的项目之一。

原本定下丈夫一个人乘中央线从东京去甲府，然后回东京，但他昨大（二十九日）当日往返大阪女子短期大学做演讲，像是累坏了。他说，我们开车去，回程在山里的家住一晚。

过了大月，此地的农家有着与郡内不同的宽敞的格局，立着雪白的移门，剥了皮的柿子从二楼或一楼的屋檐一连串地挂下来。刚剥掉皮的柿子被阳光照着，闪着光泽。大柿子树的叶子落光了，枝条上残留着柿子，像茧玉。

甲州街道到八王子之间在堵车，所以担心一点半能不能到，结果十二点半抵达县政府。我们被带到县民公会堂七楼的房间，对方问我们吃什么。丈夫要了咖喱饭，我要了番茄酱鸡肉炒饭。他们端来啤酒给丈夫，咖啡给我。丈夫签了三张色纸。

县政府的工作人员说："山梨的演讲很难召集人……"我原本打算在七楼的这个房间等,他们让我装成听众,坐在会场的角落。坐在我后面的男人从开场前就在睡,等丈夫的演讲开始,他愈发惬意地打起了呼噜,最后像是梦见他在自己家还是什么地方,说:"小××,你进来嘛。"说着愉快地笑了。丈夫讲完的时候,我这个假听众用力鼓掌,以至于众人都回头看我。

三点从县政府出来,过御坂峠往河口湖。在过了笛吹川的地方加油。二十点五升汽油一千二百三十元。

越过御坂峠。富士山在夕霭中露出山脚。我们家那一带不知是不是在烧山,笔直地升起了烟。

四点过后到山上。我燃起壁炉烧水,然后把遮光门窗打开。丈夫马上睡了。

天黑以后去管理处。我感觉防冻液有点少。让在山上开车的人帮忙看,我问:"这些防冻液今晚应该不会冻上吧。"管理处出来三个人,轮流舔了舔散热器的水,又往里看,然后说:"有点少,感觉上。"于是我把防冻液加满。

只有我们家和T运油船的宿舍来了人。宿舍亮堂堂地开着所有的灯,能看到屋里的椅子和被子的颜色。

晚　年糕汤,蒸红薯抹黄油,橘子果冻。

喝咖啡。满天星斗。

十二月一日（星期日）晴朗无云

没有风。阳光让人沉醉地照下来。阿尔卑斯的山影鲜明。

九点半早饭　汉堡肉饼，米饭，番茄洋葱汤，橘子。

把积攒的垃圾在院子里烧掉。院子里除了缀着小玻璃珠模样的红果的树，尽是枯叶和枯草。连自己的脚步声听着也像松鼠或兔子。阳光好得让人觉得可惜，但丈夫说中午回。

安静得让人不知所措。真是个寂静的日子。梁柱变干的嘎吱声都特别响，让人一惊。

昭和四十四年
1969 年

三月二十四日（星期一）晴朗无云，强风

今年第一次来山上。

《每日新闻》的连载小说《新·东海道五十三次》[1] 的采访旅行一直在继续，从整个十二月到今年的今天之前，都没能来山上。我们出门的时候计划住一晚，通风打扫，还有想做日光浴。

早上七点，出赤坂。花子放春假，所以和我们一同坐车。花子在三月的毕业典礼之后离开寄宿舍，四月起，从家里上学[2]。

---

1 1969 年 1 月 4 日—6 月 21 日在《每日新闻》连载，同年由中央公论社出版。武田泰淳将《新·东海道五十三次》归为小说，读来更像融合历史细节与个人回忆的旅行随笔。
2 武田花从立教女学院高中毕业后，短暂入学摄影学校。

从调布驶入前几天刚开通的中央高速公路[1]。连休到昨天结束，据说那期间高速路堵得只能开到时速二三十公里，今天路倒是很空。过了八王子，公路没了分隔带。相模湖就在路的下方，近得仿佛可以窥见湖中，湖显得狭窄和浑浊。阳光照耀着徐缓山丘上的农户。以前走老路的时候，我边开车边眺望那户人家，觉得是在遥远的那一头高高的山丘上，如今就在眼前。

从大月到吉田再到河口湖，转眼间就到了。位于高速路河口湖终点的富士急乐园正准备升起红白两色的广告气球。拿气球的人摇摇晃晃地踏着步，看起来，即便是男的，拿上三个就会被带着升起来。

中央道过路费七百元。

出收费站右转，来到昴公路收费站前。在 S 农园的餐厅停靠。菜地里新开了一间加油站，一间餐厅。S 农园停着三辆车，有三桌客人。一桌是一对男女，点了鸡蛋盖饭，一桌是男的，点了定食（米饭、味噌汤、海苔、蛋、腌菜）。我们点了月见荞麦面二百元（我、丈夫），山药荞麦面一百元（花子），大妈送了鸣泽菜腌菜。她说："你们今年第一次来吗？昨天风大，今天倒是暖和。今年雪多。"

1　1969 年 3 月 17 日，相模湖 IC 到河口湖 IC 开通。

在收费站，职员告诉我们一条新铺的路："新建了一条不走昂公路从高尔夫球场那边穿过去的路。以后只要走那条路，就可以免费上山。"（这一带好像叫作产业道路。）我们走那条路上山。从御胎内往上，树林里残留着厚厚的雪。从坡上的公交车站到家门口的路，像是昨天或今天铲过雪。

打开总阀，水顺利出来了。洗脸池和厕所都没有故障。只有厕所的烟囱今年也断了。

让阳光照进屋子，歇会儿。到处是老鼠屎。

午　带来的青花鱼寿司，米饭，清汤（丈夫），面包，牛奶（百合子、花）。

一只瘦松鼠颤悠悠地来到积雪的院子，又颤悠悠地走了。

和花子一起给屋子做大扫除。

去管理处，留下罐头作为铲雪的谢礼。他们也说："今年的雪比往年多得多。"

阳光透过衣服滋滋地沁入身体。丈夫说："阳光太可惜了。"他把椅子拿到厨房门口，一直在晒太阳，直到太阳落山。他晒太阳的时候把眼镜也摘了。

晚　土豆味噌汤，米饭，煮了山药鱼糕。裹面包糠炸鸡胸肉，酸茎菜[1]腌菜。

1　芜菁的变种，形态如短萝卜。酸茎菜腌菜通常只用盐，腌一周左右。

四月七日（星期一）晴，有风

花子从八日起上学，所以留在东京。我们打算过来住两晚，晒晒太阳。八点从东京出发。把《每日新闻》的稿子交给花子。

在中央道的小卖部。两盒寿司，热狗。

相模湖的山里的樱花零零星星地开了。远处还有那么一株开得正盛。今年的樱花开得晚。

过了河口湖终点的高速路口，洒满阳光的广场上，两个骑白色警用摩托的人以富士山为背景，站在白摩托旁合影。今天开到加油站去加油。加油站广场的休息处，以前只在夏天搭起竹帘屋顶，如今用钢筋做了真正的屋顶。大叔很健旺。有一阵没来这里。干活的男伙计也添了新面孔。

大叔的讲述：

〇自从中央道开通，星期天和节假日有许多车来。比前些年来得多。像昨天星期天，感觉全东京的车都来了。我们门口的路上一连串的车，动不了。据说从东京到河口湖终点要开五个小时。从大月到河口湖终点要开一个小时五十分钟。走高速公路的时间反而更长。河口湖终点的收费站上午就收了一千五百万元。到五合目的昂公路，上午收了三百万元。在河口湖收费站工作的大多是本地的农民。

据说在账完全对上之前，谁都不能下班回家，也不能离开。昨天的计算花了很久很久，那期间，收费站的工作人员在屋里等了四个小时。只能睡一觉。也有人因为计算太烦了，不高兴做，就辞职了。我们的加油站也雇了男伙计。另外，昨天雇了两个姑娘做小时工。

大妈迎出来，问："有一阵没见了，是病了吗？"又说："我们在电视上看到老师了。"大叔解释道："我对家里人说，好可惜啊。之后，报纸上登了老师的话，说为什么不要，我也读了。"好像是在说文部大臣奖[1]的事。

丈夫上车后说："到处都开了加油站，大叔像是感到寂寞啊。"

到了大门口，树莺在叫。院子里的雪彻底消失。梅树长出了胭脂色的芽。

晒被子。

从高原吹过的风听起来像海潮声，但只要关上玻璃门，阳光洒进餐厅，就像待在温室里。尤其是下午，太阳转到西边，阳光持续地照进餐厅，一直到日落。

---

1 武田泰淳的《秋风秋雨愁煞人·秋瑾女士传》1968 年由筑摩书房出版，同年获艺术选奖文部大臣奖，泰淳辞退不受。

我把后备厢里两只用来装雪链的普通轮胎搬到二楼走廊搁着。到今年年底之前都用不着。顺便打扫了车厢内部。易拉罐啤酒的拉环像虫子一样络绎不绝地从车内地板的角落出来。

晚　米饭，红烧剑鱼，卷纤汤。

今天一整天都在晒太阳。一动不动地晒着太阳，感觉体内的毒素吱吱吱地溢出。

是因为树木的芽一齐冒出来吧。整座高原呈现带点儿粉的胭脂色。从现在一直到落叶松发芽的时节，山与树林微妙又柔和的色调不断变化，我喜欢这段时间。

四月八日（星期二）阴，然后风雨变大

早　米饭，油豆腐土豆味噌汤，汉堡肉饼，卷心菜丝。

吹着南风，多云。昨晚的天气预报说，由于来自日本海的低气压，风会变强，高地沿山的地区会起霜。

昨天我往松鼠的椅子上放了剩下的豆腐皮寿司和海带饭团，全没了。看来松鼠也喜欢和食。

午　米饭，海苔，照烧鲑鱼（丈夫），酱汁烤油豆腐（花[1]、我），沙拉，海带须清汤。

1　原文如此。从前后文看，武田花在东京。

十二点左右，松鼠来了，它把椅子上的面包片叼走，爬到大熔岩上吃了起来。它的尾巴卷起来，紧贴着背，吃东西时把屁股对着风吹的方向。因为风大，它经常被吹得仿佛要往前栽倒。吃完了，它又去鸟洗澡的钵子喝了水。树莺色的小松鼠，胸口是白的，尾巴也是树莺色。陌生的毛色，是因为之前是冬天吧？大山雀来洗了澡走了。

　三点左右，刚才的松鼠奔下来，就像一大片树叶被风吹下来似的。它叼住我放在椅子上的汉堡肉饼的边，因为重，在露台歇了歇，然后离去。看来它也喜欢西餐。

　傍晚，大朵的黑云延伸开去，雨滴滴答答地下了起来。风没有停，渐渐地变成暴风雨。

　做口述笔记，写稿七页。

　晚　米饭，烧卖，山药鱼糕鸭儿芹清汤，银鱼，萝卜泥。

　夜里，风雨愈发猛烈。风吹过，摇响烟囱、遮光门窗、屋檐、屋顶。甚至让人以为此时是秋末，即将入冬。然而，电视上说，今年的温度比往年高，樱花的花蕾也更早地膨胀。

　决定明天回。

　今天是佛诞日。NHK 教育台晚上八点有《佛陀的思想》。丈夫上了那期节目，所以他说看两眼再睡，可他困了，七点就睡了。我代他看了。

电视上的报道。搜查连续枪击杀人犯少年[1]的住处，出现了他的备忘录。电视上闹哄哄地说，备忘录显示出他对金钱的异常执着。"那是他穷，不行吗？说什么找到对金钱执着的备忘录。说这种话的你才爱钱吧？"——解说员作报告时的表情太得意，于是我朝着电视机说出了声。

厨房抽屉里有"橘子汁的粉"。我用热水兑了喝，有些不舒服。是大概三年前的中元节礼品，所以变质了吧。

四月九日（星期三）晴

早　咸米饭，味噌汤，海胆，海苔。

剩下的饭做成饭团。已经到了回去之前不用关总阀的季节。

十点半，下山。发动引擎的时候，近处有树莺在叫。无人倾听，可它还是叫个不停。气温比昨天高一大截。富士山上的雪像是正在滴滴答答地化了淌下来，黏糊糊地闪着光泽。下山有些可惜。

三天前来的时候经过相模湖，那时湖畔的樱花还没有

1　永山则夫（1949—1997），连环杀人犯，小说家。1965年"少年来复魔事件"发生时，他在涩谷枪支店附近打工并目睹了过程。1968年10月8日，他从横须贺基地的美军住宅偷取手枪和弹药，其后在两个月间连续杀死两名警卫和两名出租车司机。1969年4月被捕时19岁。他在狱中写了若干部手记和小说，于1990年被判死刑，1997年执行。

多少颜色，现在开了四成。越靠近东京，樱花越多。丈夫说："看这情形，明天或者后天要是不搞每年和开高夫妻一起的赏花大会，就会过了花期吧？"

在谈合坂的小卖部买了一份山菜釜饭，作为给花子的手信。坐在车里都会出汗。

四月十九日（星期六）晴，强风

想要晒太阳，所以瞅准两三天的空闲，急忙决定来。

原本打算昨晚写完给《每日新闻》的稿子交给花子，没写成就出门了。中央公论《海》的村松[1]八点来赤坂，一道上车，八点半左右出发。

中央道，在藤野停车。

在小卖部。豆腐皮寿司（丈夫），烧卖便当（村松、我），两根美式热狗（村松、我）。

因为是星期六，车多。有中年女人和年轻男人下车到小卖部旁边的草丛中，"哕哕"地吐。从这一带望见的富士山是雪白的，顶上升起雪烟。村松和丈夫在车里吃便当。

1　村松友视（1940— ），编辑，作家。祖父是作家村松梢风。大学毕业后进入中央公论社，1969 年转到刚创刊的《海》编辑部。除了担任武田泰淳的编辑，他后来也成了武田百合子的编辑。从 1980 年起开始创作非虚构作品和小说，1994 年由筑摩书房出版《百合子女士是什么颜色：通往武田百合子的旅程》。

过了大月，有水从堆在道路两边的雪流出来，前面的车一过，水全部溅在我们的车前窗。郡内地区的田地、田间路、山，都盖着雪。

从御胎内到管理处，只勉强铲掉一条车道的雪。从坡上的公交车站右转到家门口的路上仍堆积着雪。

去管理处请他们用推土机铲雪。顺便借橡胶男靴。女人拿出一双女雨靴，说："不知道有没有呢，这个能穿得下吗？"屋檐下摆着好几双男靴。我盯着看，心想，有这么多，为什么不借给我们？女人来到屋檐下，"都裂了，会进水吧"。说着，她一双双查看长靴。原来如此，每只靴子要么敞着大口子，要么有洞，要么鞋尖整个裂开了。终于找到一双还行的，借给我们。推土机来之前，村松和丈夫从停在坡上公交车站的车上运行李。雪有三十厘米厚。管理处有个年轻人拿着铲子上来，立即开始帮我们铲院子里从大门到房子的通道的雪。据说好像是前天（那天东京也下了一点雪）突然从夜里下雪下到早上，就积成了这样。明明院子里富士樱的花蕾开始绽开，落叶松一颗颗黄绿色球形树芽也开始展开。丈夫没怎么搬行李，村松一趟趟从院子跑上来，又抱着装有食材的纸箱之类跑下去，以惊人的速度迅速搬完了。我之前担心的水管没有结冰。

吃烟熏鸡肉、油醋浸黄瓜、鱼糕、薄烧仙贝，喝威士忌和啤酒，歇会儿。

村松一进餐厅，瞧见挂在墙上的吉他，"啊"了一声，立即取下来，用弹尤克里里的指法弹了起来。

丈夫的裤腿到膝盖全是雪，村松身上都没有沾雪。我感叹道："你走得真快，飞快地就搬完了。一点也没沾到雪。"他说："有步法的。右脚还没陷下去就把左脚抬起来，左脚还没陷下去就把右脚抬起来，在雪上哒哒哒哒地走。"我好像也能做到，但那一定很难。

午　奶酪吐司，小牛肉奶油汤。

院子里满是雪和阳光，感觉不戴墨镜就会失明。

两点，出发去河口湖和本栖湖。下午的雪比我们上山时化了一些，好开多了。春雪。阳光照着的地方呈现淡蓝色。绕河口湖一周。在御坂峠上山口前左转，往大石村。樱花盛开。我们来了五年，难得遇到这样正好是樱花盛开的时候。花瓣一片也没有掉落，花全都开了。像玻璃工艺品。为了不看漏远远地位于半山腰的樱花究竟是雪还是樱花，我在开车的时候一会儿戴上太阳镜，一会儿摘下。大树枝上满满地缀着盛开的樱花，因为花和雪的重量，有的枝条折断了，有的倒挂下来，有的拖在地上，有的垂落浸泡在湖中。杏花和桃花也都一齐开了。

本栖湖岸铺好的路从我们夏天经常游泳的湖湾延伸出

去一大截。开到朝雾高原，雪没了。开拓村有许多人家重新粉刷过，钴蓝色的屋顶。牧草地碧青。

在富士美亭往前一些目睹有卡车在内的五连环车祸。

开到白线瀑布的入口，停车。没有人提出想看瀑布。掉头。

在本栖湖入口过去一点的加油站，二十一升汽油一千二百六十元。三个看店的都是爷爷。其中一个爷爷背上系着个婴儿，坐在椅子上。在鸣泽的加油站也是爷爷看店。加油站是像楢山一样的地方吗？在加油站旁边通往树林深处的小路上走了走，立着牌子：请勿在滑菇栽培地扔垃圾。加油站摆着装满了新鲜香菇的大匾，于是我问：“是在这边采的？”看孩子的爷爷说：“这一带的香菇烤了吃，比什么都美味。这些要晒干以后拿到市场。”我说：“卖给我一点吧。”管加油站的爷爷插嘴道：“那个匾里的香菇不是我们（指看孩子的爷爷和他自己）的，是那个人的，你问他。”他扬了扬下巴，示意第三个爷爷。第三个爷爷正在重新穿脚上的防寒鞋，含混地说：“这里没法称……”然后说：“本来是要称了卖的，如果就一点……”我从上面拿了五个，问：“多少钱卖给我？”他思考之后说“一百”，于是我放下一百元。管加油站的爷爷立即拿出包香烟的蜡纸，说：“放在这里面。”丈夫说：“真便宜，便宜。”他和拥有香菇的爷爷用力握手。我完全搞不清是便宜还是贵。感觉贵。

五点以前到河口湖站，村松下车。

去管理处还长靴。作为铲雪的谢礼，放下鸭肉罐头和桃罐头。通往大冈家的路之前不通，现在雪也铲掉了，想着"万一他们在家"，开过去看，没有车，遮光门窗关着。厨房门也被雪掩埋。

长长久久的夕照。一只色调像松鸦的大鸟飞下来，扇动着翅膀，在院子里慢悠悠地从一棵树移到另一棵树，滞留了一段时间。

晚　米饭，味噌汤（豆腐、鸭儿芹），红烧比目鱼，甜口煮红薯，沾醋酱油烤香菇。

香菇说不清好不好吃，就只是一种软绵绵的味道。

夜里，老鼠在叫。它出现在厨房门的遮光门套那里。看来这只小老鼠即便在富士山顶也会越冬活下来。

满天都是清晰的星星，一直到角落都熠熠生辉。深夜，风停了。月亮挂在西面的松树梢上，像薄薄的刀片。

电视上。时隔十几年，四月后半下雪，这事超出预想，昴公路的除雪作业进行得不顺。说是明天星期天，车上不了五合目。

四月二十日（星期日）晴朗无云 完全无风

早　米饭，放了樱花虾的中式炒蛋。

午　红薯粥，烤山药鱼糕，红烧比目鱼。

晚　米饭，味噌炖青花鱼，蔬菜丝汤（萝卜、胡萝卜、香菇、葱、培根）。

晴朗无云。阳光悠然又温暖。一整天，晒着太阳的时候，从近处和远处，左边和右边，上面和下面，传来雪融的声响。噼恰，坡恰，波啜，咯啜，恰恰，等等的声音。

虽然是星期日，没有人声。只有鸟叫声和雪融的声响。

大山雀在啄火车便当剩下的油炸食品（裹面包糠炸维也纳香肠）。

雪上映着树枝的影子，像水墨画。鸟飞来，或是松鼠顺着树枝走动，也都成了影子画，只要看地面的雪就能知道。

薄云在富士山顶附近移动。云也成了影子，映在富士山上。

我去管理处扔垃圾的路上，遇到三个年轻男孩，推着像是比赛用的跑车。车上用大大的白油漆画着与寺院的万字符相似的纳粹标志。

院子里的富士樱开了一朵。再过五天就会盛开。

下午做口述笔记。《每日新闻》一回的稿件。

一整天很安静。今天也有悠长的夕照。那期间，院子里的雪染成了玫瑰色。我朝着夕阳跳了一支舞给它，含着感谢的心意。

四月二十一日（星期一）晴

九点半下山。回东京。

刚驶入中央道时位于左手边的工厂。背后是山，孤零零地建在菜地里。那间工厂的樱花也在盛开。厂背后山里的樱花也在盛开。

在谈合坂小卖部，买了炸鸡排山菜便当（二百元）和鸡肉饭便当（二百元）。炸鸡排便当在车里吃了（百合子）。丈夫买的时候说："我不吃。这个带给花子当手信。"等来到八王子一带，丈夫把鸡肉饭便当吃掉了。

四月二十四日（星期四）晴，无风

因为昨天交了《每日新闻》四回的稿子，一下子就能进山了。看早上六点的新闻，井之头线的罢工解决了，所以花子像平时一样带着便当去学校。地铁在罢工，我用车送她到涩谷。之后，十点出赤坂。

中央道沿路的山上的嫩芽新叶混杂了白银、淡黄、浅桃、浅绿、浅紫色。不时在农家的院子望见的花像是杏花。皱叶木兰也在开花。油菜花田还剩下少量的花。并非名胜古迹，就是平常的菜地、山和人家，舒缓地绵延着，我喜欢。

在谈合坂小卖部，炸鸡排便当二百元，六盒装富士纳豆二百元。店家推荐道，富士纳豆可以放十天，所以人少的家庭也可以买。我立即吃了炸鸡排便当，但比起之前，米饭和鸡排的味道都下降了。而且里面没有放酱汁瓶，所以炸鸡排的味道像在吃纸。一个年轻男人毫不在意地买了一袋有点蔫的橘子。

过路费七百元。

在 S 农园，月见荞麦面两人份二百元。大叔在店门口用水管洒水。

上山路两边的树林中，富士樱盛开。杜鹃也在开花。

我们家院子里的樱树也开始开花。从厨房窗户望见的樱树开得最好。背阴处冒出了蜂斗菜。龙胆出芽了。黑百合出芽了。

午　面包，鸡肉奶油汤，水果沙拉。

在管理处。菠萝罐头二百一十元，喜力烟八十元，五卷厕纸一百五十元。

管理处的人的讲述：

○说是，从今年起有了产业道路，不用走舁公路也可

以免费上到这里，所以人们即便没有在这边盖房子，也会
晃晃悠悠开车来玩。把车停在路边玩的情侣数量多了许多。
到夏天会不断增多吧。

　　丈夫在院子斜坡的半中间指着梅树说："百合子，梅
树……"我到他旁边一看，梅花开了一朵。把苗种下去后
第一次开花。我把枝拉过来闻，很香。种下这些梅树的时
候，山里人都摇头说："在这么又高又冷的地方，梅花会
开吗……"但终于开了。得告诉深泽。拍照作为证据。

　　我俩去散步。在村有林间的林道兜了一圈。树莺在叫，
阳光照耀，没遇到人和车。风不时吹来。遇见两次茶色的
兔子。

　　从岩山最高的地方眺望河口湖，连续响了三声像雷声
又像爆炸的声响。走了两个小时左右。

　　傍晚，云变多了。爆炸声不时响起，震动餐厅的玻璃
门。起了雾，变得昏暗。月亮带着晕，朦胧地出现。

　　晚　米饭，青花鱼干（丈夫），鲑鱼（我），萝卜泥，
芡汁黄瓜（试着用了鸡肉罐头的汤汁）。

　　晚上的电视上。前天，因为北富士演习场美军爆破演
习的爆炸声，山中湖村有十五栋民宅的玻璃受损，破了
二十块左右。山中湖村向美军提出书面抗议。这场演习原

定从前天（二十二日）到后天（二十六日），由十五名美军爆破废弃弹药，因为接到抗议，原本连续炸三次，昨天和今天改为前天四分之一的火药量。前天炸了十次（每间隔一秒连续三次的爆破方式，做十次）。虽然改为前天四分之一的量，仍然受损，因此这次要求停止训练。就这些。

比起平时炸石山的工程爆破，白天的爆破音不管是玻璃的啸叫还是屋子的晃动都更严重。那声音仿佛响彻肚子。

夜里，打着手电筒去看院子里的樱花。入夜，花缩成铃兰形，像铃兰灯一样朝着下方。就只是静静地开着。该叫作"樱花夜明"吗？仿佛院子里到处点着灯笼。樱花开花的时候，我心里有些着急，有些沸腾，静不下来，白天晚上都出去看它们。

从屋顶落到净化槽上的雪仍未消失。从眼角瞥见，以为是床单或者带被套的被子从二楼掉在那里，吃了一惊。

四月二十五日（星期五）阴

沉沉地一直睡到九点半，起床。

树莺在叫。天阴着，但明亮又暖和。菜粉蝶在飞。厨房门口的富士樱上来了两只比大山雀小一圈的深褐绿色小鸟，一会儿倒挂着，一会儿横躺着，在啄花心。腹部是褐绿色与白色。它们移到细枝梢头的花上，树枝弯曲摇晃，它们仍若无其事地啄着。可能是日本绣眼鸟。大山雀在松树桩上挖洞吃虫子。

十一点半，载着丈夫去山中湖赏樱。第一次走从中央道河口湖终点到吉田浅间神社之间新建成的绕行道路。

位于吉田登山道入口的浅间神社的巨大老樱树，全身被花埋满了，连同整个粗粗的树干。都看不到树枝。

按逆时针方向绕山中湖。前方的远山、湖周围的山的半山腰以及靠近山顶一带，都开着皱叶木兰花，淡淡的白色，如同梦幻。民居的院子里也开着皱叶木兰花。树枝又高又大，朝着天空，向外散出像焰火一样的白花。

在公交站前的民居大门两侧看到两株垂枝樱，美得让人屏息，我停了车，看得出神。丈夫下车走到跟前，看了一会儿。回到车上，他告诉我："不是垂枝樱，是因为花的重量，枝头落到地上。"

在北富士演习场入口（右边是忍野村入口）的松林前，竖着块大招牌。招牌旁边建了一间像登吕遗址[1]模样的小屋，于是我停下车。我正在读招牌，绕到小屋入口那边的丈夫过来喊我："里面有个大妈。她说可以进去，百合子

1　位于静冈县静冈市骏河区登吕五丁目的弥生时代后期（一世纪前后）的村落和水田遗址。

也一起来。"地板像土人小屋一样抬高了，架着梯子。我爬上梯子，然后脱鞋。小屋里有个穿着色织布上衣的大妈。屋里有被炉，铺着毛毯代替坐垫。她给了我们坐垫。有电视机，堆着大约十册《主妇之友》。粗糙陈旧的毛毯（红色、粉色、灰色和茶色的）叠起来堆在角落。地板上开着燃气管粗细的洞，管子从地板底下的燃气罐伸出来，和一台老式的旧燃气灶连在一起。摆着烧酒、日本酒和其他酒的一升瓶空瓶。水缸里插着一只长柄勺。旁边的滤水篮里倒扣着洗过的汤碗、筷子、饭碗。我们在她铺好的坐垫上坐了，大块头的大妈像读课本的小学生一样说："你们好。我是忍草母会的人。"说着以手杵地鞠了躬。我把坐垫放到一旁，以手杵地回了一鞠躬："初次见面。你好。"被炉上放着叫作东风新闻的机构出的名为《北富士的斗魂》的小册子。墙上贴着中国的海报，还有两面用有气势的大字写着"斗魂"的红旗。一面是墨汁写的字，一面把字染成了白色。大妈一会儿起来给我们倒茶，一会儿去门口把水倒掉（她就站着从门口往地面刷地一倒），她忙个不停，同时跟我们说话。

忍草母会大妈的讲述：

〇这间小屋一天有三个人轮班。十七天一次，一个月

384

两次。虽然说是三个人轮，有些人要种菜或是家里有喜事，今天就我一个人。我带了饭团来。

　　○忍草母会的人是强韧的。我们在演习地据守了五百天（？）。还去东京谈判。去过好几次东京。自卫队列队通过忍草村的时候，我们追上去阻止他们。追赶自卫队逃跑的车。村长和其他一些人说："我们也理解忍草母会的诸位的心情，不过，让他们走后面的路（新路），不走主路。"所以让自卫队走了后面的路。那种时候，我们简直像发神经一样。大声怒吼，假牙都快飞掉了。后来讲起来都好笑。

　　○我们还阻止了前任知事 K 第五次当选。K 原本是现任知事的管事。现任知事比 K 好多了。他当上现任知事后，还在新年招待了忍草母会的人。以前就连村长也没被知事大人在他的办公室招待过。这身藏青色织布就像忍草母会的制服一样，所以我们穿着它进到知事室，知事感慨地说："我还以为你们会穿和服外套，拿着手提包。原来是这样啊。这就是你们的制服啊。"

　　○今年的六月三十日是合约日 [1]，将全面返还土地，所

1　北富士演习场于 1958 年由美军返还日本，但此后美军仍在该地演习。1967 年当选的知事田边国男的竞选纲领便是"北富士演习场的全面返还"。1969 年，防卫设施厅长官给出回复，将以 6 月 30 日为目标实现返还。实际转为由自卫队管理是在 1973 年，忍草村获得部分返还地是在 2004 年。

以我们就这样等着。昨天和今天，美军都在演习，但因为六月三十日是合约实施日，所以我们默默地看着，默默地让他们演习。就这些。

　　大妈的手是焦茶色的，硬邦邦的。头发用橡皮筋绑在后面。她用水壶装了水，点上燃气，用一只小小的铝茶壶给我们泡茶。之后她起身到门口，按住一只盖着的锅的锅盖，把汤滗掉。她嘎吱嘎吱地擦了两只倒扣在滤水篮里的汤碗，把锅里冒着热气的团子一个不剩地盛到碗里。把袋装砂糖一股脑地浇在团子上，几乎将团子埋住，然后将纸袋整个倒过来，把里面的黄豆粉撒在砂糖和团子上。看起来很好吃的青团！像是大妈做好了带来的。我问："大妈你自己呢？"她说："我刚才已经吃过了，你们把它吃完。"又说："要是糖不够，你再加。再多加点。"她把整袋砂糖和黄豆粉搁在暖桌上。我转眼就吃完了。当我把黄豆粉和砂糖舔干净时，大妈窸窸窣窣地从放在角落里的淡蓝色双肩包里拿出一个苹果。她唰唰几下飞快地把苹果削皮切块，放进碗里，用长柄勺浇上麦芽糖水，然后站在门口把水倒掉，撒了点盐端给我们。她背对我们窸窸窣窣地摆弄双肩包的时候，从袋子里拿出一个浅桃色的东西，放进嘴里，转到这边。她装上了假牙。双肩包里还有塑料雨衣等，大妈把雨衣拿出来展示，说："我们在这里待着，不知道什么时候会发生什么事，所以都备上。"大妈像这样背对着我们，边收拾边问："太太有孩子吗？得有三个吧？有女孩和男孩吧？""一个。""可真少啊。怎么回事？三个都还算少的。""大妈你有几个？"她说："我？我可多了。太多了，孩子们说写简历的时候都不好意思……八个。"又说："我六十七了。我们年轻的时候，在演习场种了桑树，去摘养蚕的桑叶。""忍草母会的人强韧又可怕。那是真的。但是，对于有心人，我们也会招待茶水。太太，你下次再来吃青团。经过这里的时候请来坐。"

听她说"有心人"，我不禁注视丈夫的脸。丈夫低着头，不看我，有点不好意思。我说想捐五百元，她爽快地接了。丈夫说："想要小册子。"她说："那是我自己的，送给你们。"我放下二百元册子钱，大妈摇头说："是我自己的，不要钱。"她把小册子塞给我。册子上写着大妈的名字。

大妈送我们到车跟前。丈夫在隔开一截的草丛撒尿。她笑道："想上厕所是吧？屋里明明有厕所来着。"又问："你们接下来去哪里？"我说："我们在河口湖上面靠近一合目的地方建了山间小屋，经常来那里。接下来就回那里。"她点头道："你们经常来纳凉是吧。"

在吉田的食材店。白吐司四十元，三块素雁四十五元，四个鸡蛋五十六元，四个夏橙二百元，牙膏一百元。

在酒水店。两瓶一升瓶装葡萄酒，六罐啤酒。

在车站小卖部。买《每日新闻》。

在加油站。汽油八百二十元，机油四百元。

傍晚，西面的天空铺着黑云，风吹来。雨滴滴答答地下了起来。

富士山昨天和今天开始黏糊糊地融雪。山上蓝色的部分变多了，傍晚，山忽然显得很近，巨大地耸立着。

晚　　面包，培根煎蛋，鸡汤，往夏橙浇了蜂蜜吃。

吹着南风，暖和。

电视上。美军的火药处理虽然减了量，仍不断造成损害，因此今天上午中止。

五月二日（星期五）晴朗无云，有风

花子参加学校远足，去奥多摩。七点以前离开家。给她做了五目寿司当远足便当，我们带了剩下的当作午饭，十点出赤坂。带了室鲹[1]干、盐腌鲑鱼、银鱼、土豆、卷心菜等蔬菜、面包、夏橙等。

1　一种竹荚鱼，比作为鲜鱼食用的真鲹大一些，通常做成鱼干。

把两回的《每日新闻》的稿子寄在管理处，给桑原打了电话。

八王子一带，盖了工厂的区域周围的田里，紫云英在开花。之前从山里回来的时候，梨树林的梨花开得正盛。

过了八王子，驶入双车道，左右两边山色青青，让我一惊。每一年每一年，看到这时节的绿叶，总是一惊。地里残留着长得太高已过了花期的油菜花。因为特别晴，农家在晒被子。被里是通红的。鲤鱼旗[1]在游。今天有风，所以箭风车金光闪闪地转动着，鲤鱼把嘴巴张得大大的，灌满了风。风筒和鲤鱼都游成横的"一"字。远处山脚人家的箭风车也在闪闪发光。风筒下面是黑鲤鱼，然后是稍小一些的红鲤鱼，也有些人家不是红鲤鱼，而是浅橙色鲤鱼。有的人家开着毛泡桐的花，有的人家的藤架上开着藤花。

谈合坂的树林的绿叶中，一个穿白色工作服的男的正在蹲着窸窸窣窣地干活。花咲隧道顶上的树林中也有一个人在窸窸窣窣地干活。是在采山野菜，还是在挖中草药的

1　从江户时代开始的习俗，在端午节把鲤鱼旗挂在门口的旗杆上，祈愿男孩健康长大，如今悬挂则不论家里是男孩女孩。从上到下依次是：天球、箭风车、风筒、鲤鱼旗（大黑鱼代表父亲，大红鱼代表母亲，其他各色小鱼代表孩子）。

根呢？

　　在 S 农园。山药泥饭（丈夫）一百五十元。我打开带的五目寿司吃。大叔请我们吃了装在塑料容器内的"高粱饼[1]"。走的时候，他抓了五个土豆给我们。

　　院子里的富士樱的花还没落。日照好的位置，日本海棠开始开花。

　　临近四点，因为啤酒没了，下山买。

　　在酒水店。两打啤酒三千元，两打易拉罐啤酒二千零八十元，腌萝卜三十五元。

　　在药店。强力死得多（杀鼠剂）三百三十元，化妆品六百元，脱脂棉一百二十元。

　　在加油站。汽油七百五十元，零点五升机油二百五十元，白煤油三百五十元。

　　加油站在办公室楼上建了二楼。大妈说"今天是招魂祭"，端出豆腐皮寿司，但我刚吃了五目寿司，肚子饱饱的。冰激凌与饮料的批发商来收账。付了两万多。关于尾款，大妈说："不好意思，先欠着。"但好像大部分的款已经付了，收账人说："什么时候都行。"之后来了两个专卖公司的人，询问香烟的销售情况。

1　用高粱面做的年糕团，表面沾满黄豆粉。

大妈说："刚才难得阿宣来了一趟，走了。"说是阿宣成了养猪专业户，去年结婚了。

大妈的话：

○我们这里现在养猪特别好。看起来今后会更好。如今阿宣成了自己管钱的老板，不用听命于人，可以自由地干，所以他特别想赚钱，成了养猪专业户。他喜欢动物，照顾得好，因此很适合他。阿宣现在，满脑子都是钱，就想赚钱，他一个劲儿地工作，其他的都不想。等他老婆发现养猪相当赚钱，也会想赚钱开始养猪。现在倒是只有阿宣一个人在做。阿宣工作很努力。佩服。

晚　米饭，烤室鲹干，萝卜泥，豆渣，海带汤。

电视上。好像是长野的事。说是苹果太多了，拿来喂猪。猪也吃腻了，不肯吃了。猪不起劲地像是没滋没味地吃着滚得满地都是的苹果，发出咔嚓咔嚓的声响。画面上，猪吃了几口就停了，挑挑拣拣地吃。

九点半，困了。还没整理好《每日新闻》琵琶湖采访旅行的资料 [新·东海道五十三次]。但我困了，不想做。

来到院子，没有云，有浅淡的星。月亮挂在与我们相邻的南面高高的白桦林上，像一只亮晶晶的白金的圆盘。

院子里满是月光。沉静又明亮。如果有彼世，也许就是这样一个地方。我没有细看，就只看了几眼，念着"南无阿弥陀佛"进了屋。

五月三日（星期六）晴，无风

一清早就醒了。睡的时候右手拧着。做了个梦。我买了块地，但那地方没有土地，是大理石，一棵树都不长。调查后发现，那是座城堡，需要另外做一次登记。登记需要城堡主人的前一任主人开证明。前前任主人现身，原来是奥野健男[1]。

早　米饭，红薯鸡肉杂蔬汤，玉子烧，萝卜泥，银鱼。

午　蒸土豆，汤，三杯醋黄瓜墨鱼，红茶。

去管理处，申请修净化槽的烟囱，之前因为雪折断了，一直还没修。

回家的路上，遇到管理处的人开吉普车过来。对方小声问："你知道有山椒芽的地方吗？"我们院子里的是男山椒，不能吃[2]。我回答："这座山上没见过能吃的山椒。"于是那人让我上车，把我带到那棵山椒生长的树林前。我

1　奥野健男（1926—1997），文艺评论家。
2　山椒分雌雄株，只有雌株会结果。雌雄株的嫩芽都可食。

走进树林的时候，那人低声说："最好不要告诉别人。只要发现能吃的山椒，大家都会跑去摘。还会把整棵树都刨掉。你就不时悄悄地来摘一下。"比我略高一点的山椒树上刚长出像刷了一层清漆的光亮亮的胭脂色芽，摘下来，周遭便泛起香气。我摘了一些，把两三片芽放进嘴里咀嚼。管理处的人没有摘，看着我摘。

把刚摘下的芽拌进味噌，抹在黄瓜上，急忙吃了。丈夫说："好吃。口腔清爽，脑袋变得清醒。"

傍晚，我又去了一次刚才得知的山椒树的地方。小时候，每次摘院子里的山椒，老人都告诉我，摘山椒芽的时候要一声不响地摘，不许跟人讲话、唱歌、出声。今天周围没有人，又是在寂静的林中，完全没有那方面的担心。我只要留意脚边野蔷薇的刺，沐浴着夕阳，慢慢地摘。摘了三捧。

告诉我山椒在哪儿的人的讲述：

〇东京人近来很清楚草木的名字，所以只要让他们看见山椒，马上会被他们摘走。现在不要紧。请慢慢摘。到了秋天，有一种结红果的带刺的树吧？这一带管那种树叫"雀不停"，把名字告诉东京人，他们反过来教我们："哪有这种怪名字。是叫什么什么。"叫"雀不停"的名字，不是名字啊。写在书上的名字才是真的吧。

　　晚　米饭，生滚鲷鱼汤（用冷冻的鲷鱼做的，很腥，失败），酱汁烤油豆腐，羊栖菜炖黄豆，银鱼萝卜泥，树芽佃煮（现摘的山椒）。

　　我吃了太多树芽佃煮，舌头麻了，感觉厚厚的。饭后吃水果蜜豆，也完全没味道。

　　太阳开始下山的时候，从底下的原野不断传来孩子的声音。由此知道家家户户今天都来了人。喊“妈妈”的声音，也许是因为音节的关系，听着特别清晰。

　　丈夫一边关遮光门窗，一边说：“明天十点回。”

　　“今天一大早，天黑的时候到外面，看到天上有一个这——么大的圆圆的月亮，正黄色。”

　　我回嘴道：“那个月亮我昨晚临睡前看到了。孩子他爸，我比你先看到。那时候不是正黄色，而是银色，亮晶晶的。”

　　十一点半，我在睡觉前悄悄来到外面。月亮同昨晚一样，如银盘一般挂在白桦林上。

　　富士樱的花开在院子的各个地方，凑在一处或是散开，薄而白地悬浮着。夜里看去，就像有人跪着、站着或蹲着。我匆匆地看，匆匆地经过。看，它们就像那些平家的亡灵，

394

想要听没有耳朵的芳一的琵琶声，每晚聚集过来。我感到就像武士们的幽灵静静地坐在各个地方听琵琶。那个故事真可怕。散落在御胎内后方的树林中绽放的富士樱，在夜里也可怕。当它们在树林中绽放，晚上开车经过，我会提速，不看它们。因为我会想到，没有耳朵的芳一！！

五月八日 晴

五月六日的事。六日早上，在赤坂公寓的停车场，靠近马路停着的四辆车遭窃。窃贼撬开三角窗，从里面打开车门，驾驶席手套箱里的东西全都扔在座位上。没什么人在手套箱放要紧的物品，只有我放了驾照，所以驾照被偷了。与其说是失窃，更像是随意捣乱。我填了失窃证明，提交重发驾照申请，昨天在府中考场拿到重发的驾照。所以原本昨天要来山里，延到今天。本来，交了失窃证明，要过七天才能申请重发驾照，不然驾照下不来，但我特地一个劲儿地拜托道，我们在做《每日新闻》的采访，要用车，如果一周不能开车很麻烦。所以驾照下来了。这事没法大声讲，我悄悄地记下。

出门的时候，忘了把《每日新闻》的稿子寄放在管理室。十点从东京出发。

中央道上迎面驶过的车，窗玻璃和车身反射着阳光，一闪一闪地炫目，眼睛疼。已经是夏天了。连续进了几个隧道，一直沐浴着隧道内绵延亮着的橘色灯光，我感觉就像在泡澡。丈夫说感觉像在国外。我如果身体有点不舒服，就会觉得自己一动不动地泡在浴缸里。

在 S 农园。月见荞麦面（我）一百元，山药泥饭（泰淳）一百五十元。

店里的大叔和大妈过来说："今天从早上起就刮大风。你们在这样的天气来了啊。"回去的时候，大叔往装香烟的袋子放了五六朵香菇，隔着车窗递给我，说是"就这些，今晚吃"。

我们吃面的时候，店里的角落斜倚着一段长着香菇的木头。那上面缀着的香菇晒着太阳，正在变得干硬。

大叔的讲述：

〇用来栽培香菇的原木，最好是栎树和日本栎树。最好的是日本栎树，因为树上已经带菌，如果想要在这根原木上种香菇，用水泡三天左右，让树心也浸透水，然后把它竖在照不到太阳的树荫之类的地方（家里也行），就会长出来许多。晒太阳是最糟的。会出来一大堆，简直瘆人。从长大的开始摘，依次不断摘。等全部长完，放两个月，然后再浸个三天左右。一年能采四次。就是可以永久地采。

我问："原木多少钱？"他说："一千二三百。"大妈用鼓动的口吻说："你们山上的院子有很多树吧？譬如放在树下，能采一堆。家里人不多的话，放两根原木，一年到头都够了。"我正在蹲着打量原木，丈夫用力戳我的背，催我走。上车后，他说："百合子一个人下山的时候也不许买。在目黑的寺庙的时候，老爸买过那个，什么都没长。"

御胎内的后面，一个中年女人坐在年轻男人的摩托车后座过来，下了车。她的背上背着双肩包，进了树林，像是在采蕨菜。之前 S 农园的大妈也问："山上已经有蕨菜了吗？"

煮了蚕豆吃。听到我和丈夫的说话声，松鼠来了。它最近像是懂了，听到人声和电视机的声音时，就有吃的。

现在，院子里所有的日本海棠都在盛开。橙色、朱红色的花明媚地开在草丛间。即便到了傍晚，远远地也能看见。

晚　米饭，烤室鲹干，萝卜泥，炖素雁，裙带菜蒸蛋。

风停了，璀璨的星空。

明天要带上忘记放在管理室的稿子和今天写的稿子，我一个人去东京。

五月九日（星期五）晴，无风，炎热

带了两回的稿子，十点过后去东京。都内的田地开满

了紫云英。我放开速度，十二点过一点抵达赤坂。热。

交稿后去买东西。打扫洗衣，住一晚，明天早上回山上。

晚上，去青山的第一园艺买百日菊的苗，因为丈夫说想种百日菊。如果从种子开始种，由于山上的气温和土壤，长得慢，只能长十厘米高，缀着小小的花，然后就到了秋末。哪家店都没有百日菊的苗。买了三株聚合草三百元、三个麝香百合的球根三百六十元、红月见草的种子（据说叫西班牙月见草）和欧芹的种子。花子一道跟着来买苗。

五月十日 晴，无风，炎热

六点起床，熨烫洗好的衣服，吃饭，在花子睡着的时候出发。

往车上装了佃煮类、烤海苔、烧卖、葡萄酒（别人送的）、夏橙（文春的高桥送的，说是他老家寄来的）、报纸、富士山的资料（高濑[1]复印给我们的《每日新闻》的报道）、陈面包（给松鼠）等。

进入中央道，左右的山和山谷笼着颜色如同硝烟的烟气。因为热。我没有在任何地方停靠，十点过一点回到山上。

---

1 高濑善夫（1930—1999），媒体人，作家，歌人。1953 年起在《每日新闻》工作。1968 年 10 月起陪着武田泰淳夫妇分几次自驾走东海道，武田泰淳根据此行经历写作《新·东海道五十三次》。

午　米饭，红烧金目鲷，银鱼，萝卜泥，炒小松菜，夏橙。

我发现，昨天丈夫一个人看家期间，大山雀在搁在露台的墩子［陶制的椅子］里筑了巢。

两只大山雀从远处呈一直线朝墩子飞来。一只停在近处的树上以及枝头放哨，另一只进了两边的扶手的洞。一会儿从右边的洞进去，从左边出，一会儿从左边进去，从右边出。进到洞里的一只衔来一根十厘米长的稻草，或是颤悠悠地衔来一堆比它的脑袋还大的苔藓。一头扎进洞里。放哨的一只用清越的嗓音拼命地叫，于是它立即出来，两只一起飞走了。

种下聚合草。因为要去菜地，我打算穿上橡胶长靴，结果每只靴子里有五六个灭鼠剂，是老鼠叼来的。

花开得正好的日本海棠上来了黑凤蝶。今年第一次看见凤蝶。稍微有点小，翅膀根部银青色的鳞粉厚厚的，像天鹅绒。是刚诞生的。它频繁地翕动着翅膀，不愿飞离日本海棠的群落。

晚　蒸了新土豆。烧卖，蔬菜汤，夏橙果冻。

高桥给我们的夏橙，用指甲一剥，餐厅就满是香气。像新摘的一样美味。

电视上。山中湖村以实际行动阻止对演习地的视察

（我从半中间看的，所以不太清楚）。

富士山一整天显露着身形，但因为炎热，笼着烟气。我以为七合目一带出现了农鸟，但那其实是几道纵向的残雪，不是鸟的形状。

报纸上出现了农鸟的描述，记下来。

《朝日新闻》的"天声人语"：

〇据说从山梨县的富士吉田市一带往上看，富士山北侧斜面七合目附近出现了残雪勾勒的农鸟。从前人们传说，如果雪消失的时候，鸟的形状逐渐变圆，变成蛋形，就是丰年。山脚的新叶变成绿叶的时候，富士山的白雪也从五合目、六合目开始融化。让人想起"雪化了流下来嗒——哎"[1]的拍掌节奏，不过这歌唱的不是富士山的北侧，从静冈县田子的海边望去，宝永山山脚的残雪有时像人的模样。据说那被称作"富士的丰男"，人们将其当作丰年的预兆，为之欢喜。当农鸟或丰男出现，山脚便到了插秧的季节。不光是富士山的周边，有不少地方，当附近高山上的雪消融，人们便从残雪的形状占卜丰收。从前的农业主要靠气

1　发源自静冈县三岛市的农兵小调，因为歌词中夹杂了"嗒——哎"的号子声，又叫嗒哎小调。

候，人们多半是凭借经验，试图从高山的融雪情况做出当年气象的长期预报吧。一定是农民对五谷丰饶的向往催生出了对山上残雪形状各种各样的想象和期待。消失前的雪在高山的岩壁上画出鸟、人或马，被那些神秘的壁画鼓励着，农民们下到田里。完。

去年，我移栽了一株篝火旁边的植物到狗的墓顶，那植物每年只开一朵花，不知道名字，长得像高山植物。今年，等篝火旁的花谢了，它迟迟地开了一朵。叶柄、花茎和花的表面满满地覆盖着银白色的软毛。像细柱柳的毛。花开的时候，比百合的头低得更低。想要看花心，我用手指捏住花柄，让它朝上，花柄柔韧地晃动，感触与抓着猫的手玩的时候一样。像动物一样的花。花的里面红得发黑，有橙色的花心。我每年都这样像逗猫一样玩，每年都感到极其不可思议。等它凋落，我便松了口气。

五月十四日（星期三）晴，转阴

上午临近十点，《海》的村松来到赤坂的家，跟我们一起坐车。去河口湖畔、河口湖村的中村星湖[1]那儿听他

---

[1] 中村星湖（1884—1974），翻译家，作家。河口湖本地人，曾翻译《包法利夫人》等，对乡土文化有一定研究。

谈话。今天当日往返。

中村星湖的家，位于御坂峠上山口往大石村左转的信号灯往前差不多五十米处，开进旅馆旁边一条窄窄的私家道，过了桥就是。过了石桥，私家道消失了，那里是中村家的院子。院子里有葡萄棚，铁线莲和大花杓兰在开花。中村星湖在敞开的房间坐在桌前，正在写明信片。他的左手边的前方摆着摞起来厚达十厘米的明信片。星湖写完一张回复，就从左手前方叠放的明信片拿一张。后来他向我们说起，他还在为山梨县某某报纸做俳句还是小说的评选人，因为那层关系，读者寄来明信片，他似乎就是在回那些明信片。

村松跑去主街上的酒水店，很快抱着冰啤酒跑回来。星湖说了一句什么，似乎是"我们家就有"，他亲自起身到隔壁厨房的冰箱，拎着啤酒过来。他从架子上拿了装在盒子里的威士忌，开了封。还拿了最中给我。他八十四五岁，一个人生活。"有时孙子们从东京过来。"小个子、面色红润的星湖笑眯眯地静静地说话。我去上厕所的时候，从厕所的窗户眺望，只见屋后也是一大片菜地。我们从一点半待到三点半。村松拍了照，作为来访的证据。其中一张顺便把我一起拍进去。那只相机是从前的款式，小小的，有着伸缩蛇腹，是一个古旧得让人担心"能拍上吗"的相机。回去的时候，我想把碗洗了，拿着杯盘来到厨房水槽前，只见水槽的洗碗盆里泡着茶杯、碗、筷子、两只威士忌杯、盘子。我把村松买来的啤酒放进冰箱。冰箱里，当作小菜的鱿鱼丝和手撕鱿鱼片的袋子整齐又笔直地叠放着。其他什么也没有。星湖把我们一直送到主街。星湖讲了从前的事和这一带的事。他讲的时候身子往前探，讲得最生动的，是他年轻的时候去外国见到罗曼·罗兰时的事。

回程的时候，在车里问村松照相机的事，他说："是我十一还是十二岁的时候，爷爷（还是奶奶）买给我的相机。"于是我想，说不定没拍上。

五月二十三日（星期五）晴朗无云，有风

从十五日到二十一日，车送去年检，所以没能来。二十二日原本要来的，结果轮到我当值五年轮一次的扁柏会[1]（花子学校的家长会），一个上午都在写通知例会的明信片，所以因为我在忙而没能来。终于今天能出门了。在青山的加油站加油的时候，我冲进对面的纪之国屋，买了肉、蔬菜、面包、牛奶和奶酪等。然后直接开往甲州街道。

中央道是繁茂的绿色的洪水。酢浆草的气味。

---

1 立教女学院家长会名为紫藤会，可能是作者笔误。

在石川停车。停着差不多十辆旅游大巴，女厕所的队伍从洗手池一直排到外面，等着轮到自己。人们的前襟挂着同样的手巾，像是信仰团体的旅行。排队的全是穿西服或和服的中老年女性，因此每个人的时间特别长。男厕所那边也有那个团的女人进去排队。大妈们拿出草纸，有的衔在嘴里，有的夹在领口，边等边拍打肚子和跺脚，有的在笑，有的在大声嚷嚷。男的就一两个，匆忙去方便，然后穿过她们走出来。唯独有一间厕所空着，我感到不可思议，原来是因为没有门，谁也不愿进去。

河口湖终点收费站，七百元。出口贴着"关东市长会议左转"。

进山之前的路边树林里，锦带花正在盛开。落叶松的绿色像在燃烧。

从富士山转播塔到管理处的路开始铺路工程。

丈夫在满山绿意的风中做日光浴。我睡觉。

白色的新月从傍晚就挂在落叶松上。施工的人和车都下了山，忽然变得寂静。风一下子停了，仍残留着阳光，于是院子里的树、整片高原的绿叶和草一齐呼出了氧气（这是丈夫的主张）。这个季节的这种时刻像纯金一样。二十四K金。

晚　米饭，寿喜烧口味牛肉，佃煮。

今天电视上十分闹腾，说是阿波罗飞到离月球十五公里处 [1]。

五月二十四日（星期六）晴，有时阴

早　奶酪吐司，蔬菜汤，番茄洋葱裙带菜沙拉。

丈夫在工作间把长裤、秋裤和四角短裤全脱了去厕所。他感冒了，有点拉肚子。他穿着厚毛衣睡。工作像是不顺利。

上午，浴室大扫除。排水口堵满了蟑螂的身子和掉下来的腿。

晒了花子和我的垫被，底下出来一堆老鼠药。是老鼠叼来这里的。

午　粥，海苔佃煮，梅干，炒柴鱼花，蛋（半熟），黄油。

大山雀不时钻进露台的墩子里。比起之前，次数之间的间隔变长了，有时什么都不叫就进去。我把眼睛凑在墩子的洞口往里看，墩子里面铺满了苔藓和毛线头，做了一间大宅。

1　阿波罗 10 号是人类首次带着登月舱进入月球轨道并测试，为后来阿波罗 11 号登陆月球打下了基础，登月舱离月球最近时仅 15.6 公里。

两点过后，我一个人下山去询问"后天会"的会场。转播塔那儿禁止通行。工人们煮了柏油倒在路上，正在用滚子滚。他们说："要封两个小时。"我问："没有其他下山路吗？"这时一个戴着像西部片里的白色宽檐帽的男人冷笑道："去玩的车就等一下好了。"我折回管理处去问有没有别的路，途中遇到外川的车。外川的车以惊人的势头吭吭地下了坡。看到我的车，他一个急刹车，几乎往前一栽，然后下车过来。"有一阵没见了。还想着你是不是生病了。""因为一直没活儿干。不知怎么搞的，就是没活儿。我在这前面一点做工，从十五日开始。老师来了吗？太太你要去哪里？"外川凹下去的眼睛充了血，看起来完全像红眼珠，他的脸颊红得发黑，胡子拉碴。他不会是高血压吧？我对他说"转播塔那里封路"，但他说："你跟我来。可以走。"他毫不介意地往上开，我也跟上。外川下车到施工的人跟前。我钦佩地想，当地人果然不一样。他跟他们谈了就能让我们过吧。我也下车，到跟前一看，外川一直目不转睛地看人铺路，看得出神。我回到管理处，向他们说了封路的事。"怪不得公交车晚了两个多小时。"在等公交车的人和管理处的人一起上了吉普车。"有一条直下到大和田的路，路况很糟，倒是不至于爆胎。"我跟着吉普车，第一次试着驶下据说通往大和田的路。原来如此，正如他们用"直"这个词，那是一条直线下山路，仅有车身宽。有些地方裂了，往外流水，也没修。还有些地方滚落着大石头，也有些地方的树倒了，树枝和嫩叶挡住了车前窗。我的车以半倾斜的姿势往下穿过落叶松林间绿色的空气。左右两边都是树莺的叫声。吉普车开到河口湖站，和我分头走。

在酒水店。两打易拉罐啤酒二千零四十元。两打黑啤一千八百元，三个夏橙一百五十元，两块炸豆腐二十四元，零食四十五元，豆腐。

在加油站。汽油八百元。

在 S 乐园询问会场的事。

五点过后回家。

晚　酱油高汤焖饭，西式蛋饼，白味噌糖醋拌裙带菜和葱，豆腐汤。

正在吃饭，下暴雨。傍晚，鸟一直在叫，松鼠比平时更匆忙地来吃食，接着下雨。

我发现，放在餐厅桌上的火柴的大盒子里有许多老鼠药。老鼠药从我放置的地方消失，被搬到火柴的空盒里、长椅的角落、被褥底下以及长靴里。不是我干的。当然是老鼠干的。到底是怎样的心理状态啊，老鼠。

明早回东京。

五月二十八日（星期三）晴，有时阴

　　瞅准梅雨季间隙的晴天，急忙来山里。

　　我给花子留了条："明天（二十九日）的学校面试，我从山里直接去学校，别担心。"把《每日新闻》两回的稿子寄放在管理室。

　　十点过后出发。进入中央道前加油。在石川停车。天妇罗荞麦面两人份。

　　邻居 T 家传来几个年轻女孩的笑声。日本海棠的花褪了色。结了小小的绿色果实。

　　午　奶酪吐司，奶油汤（鸡肉），夏橙。

　　在酒水店。煮豆五十元，四根黄瓜八十元，纳豆二十元，两个夏橙七十元，两瓶清酒二百元（这是合成酒，买给野间宏的），一升红葡萄酒五百五十元，一打啤酒一千五百元。

　　六点过后，阳光仍然从西面满满地照过来。朝着露台和餐厅伸出手、仿佛要将其盖住的树木的枝条，还有草，被西面的阳光染成黄绿色。我们坐在绿盒子里吃喝。七点半，开始出现星星。月亮也出来了。即便如此，西山一角的天空一直没有黑下去，残留着薄薄的浅黄色。

五月二十九日（星期四）

我把丈夫留在家里，十点下山。直接去学校，面试之后去买东西，在赤坂的公寓和花子一起吃晚饭，晚上八点半回山里。

晚上的中央道只在到八王子的路上见到卡车，此外就空荡荡的。在谈合坂加油。小卖部已关了灯。加油站只有一个人在值班。等过了大月，一路望着漆黑的后视镜，没有后车的车灯。前面也没有车影。

河口湖终点收费站，七百元。因为只有我的车在黑暗中孤零零地驶来，收费站检票的老人像是看清了车牌，问："你一个女人家这会儿从东京来，要去哪里？接下来要上山吗？"

我顺着一片漆黑的路向山上驶去。

五月三十日

回东京。

六月五日

从东京来。

六月六日（七月十日写）

"后天会"去给梅崎扫墓。我们在富士灵园与从东京来的人们会合，越过笼坂峠，在 S 乐园吃午饭。之后来我们家。这天从早上就刮风下雨。扫墓的时候也在刮风下雨。在 S 乐园吃午饭的时候，天晴了，富士山露出来了。来到我们家，太阳开始照在四周。中村 [真一郎]¹ 一到家，立即把椅子搬到露台，做日光浴。野间因为在生病，不时吞下药粉。他一本正经地和我跳舞，嘴角沾着药粉。椎名大声地翻来覆去地一直在唱"我是河滩的枯芒草"²，声音大得让人以为他死掉了。椎名刚到山上的时候，问丈夫："这房子大声唱歌也没事吧？"堀田用吉他为椎名伴奏，但椎名的歌是一种节奏过于独创的叫喊声，合不上，于是他不弹了。之后大冈来了，一直在一起闹腾。

大家都走了之后，深夜，我一个人去大冈家，请他们照顾看家的花子。他俩正在喝啤酒。"我对她说了，如果得了阑尾炎一类的急病，或是有什么事，就给大冈家打电话，到时候请你们送她去虎之门医院。还有如果她去参加游行被抓了，也请关照她。""我们会不时打电话给她，请

1　中村真一郎（1918—1997），小说家，文艺评论家，诗人。
2　《船头小调》（1912），野口雨情作词，中山晋平作曲。1957 年的电影《雨情物语》将其作为主题歌，由森繁久弥演唱。

放心。"十日要出门旅行，所以我收拾家里，打点行装，为"后天会"做准备，最近一直在熬夜。大概是因为睡眠不足加上空腹喝啤酒，而且一整天动啊闹啊的，告别的时候，我突然感觉不舒服。要是把呕吐物吐在大冈家的桌上可就糟了，我匆忙出了门。

[附记] 这一年，从六月十日[1]到七月五日，竹内好、武田和我三个人参加了一共十人的小旅游团，从横滨到纳霍德卡、哈巴罗夫斯克、伊尔库茨克、新西伯利亚、阿拉木图、塔什干、撒马尔罕、布拉格、第比利斯、雅尔塔、列宁格勒[2]、莫斯科，经过或在这些城市停留。准确地说，或许该称作苏联旅行，但我总是说成"俄罗斯"。我感到，对社会形势不了解的我见到的，是俄罗斯和俄罗斯人。

那是在《每日新闻》的连载《新·东海道五十三次》的工作差不多告终的时候。武田说，等这次的工作结束，就带我去旅行。"带我去外国，去哪里？我去哪里都行，但不想就去一个地方，得是长时间不回来的旅行才行。""你要周游世界吗？"

---

1 《新·东海道五十三次》的最后一次连载稿，六月十日出发前在横滨港交给《每日新闻》的高濑善夫。
2 今天的圣彼得堡。

正好在那时，竹内来玩。"武田，要不要去旅行？苏联圈，但是加进了丝绸之路。矶野富士子[1]去过了，介绍给我，据说是家不错的旅行社。是个小团。"竹内从来不参加别人招待的旅行，他想和武田两个人去旅行，找了这个团。他们的话我在厨房也听见了，于是我立即坐到武田面前说："我也去。行李箱我也有，之前去北海道的时候买了我的行李箱。"竹内苦笑。

竹内回去后，我说："仔细一想，你答应的是周游世界，如果只是俄罗斯，我好像亏了。感觉被调包了。我不去了。""那个以后还能去。但是，这次和竹内的旅行，百合子最好也去。因为彼此都不会有这样的机会。""是吗？孩子他爸，我和你每天都会听他教训人，肯定。""我一直想要和竹内还有百合子三个人一起旅行。会意想不到地有趣。而且三个人都能去的情况，今后大概不会有了。"武田吃吃笑着说道。

武田的话没错。因为，在这趟旅行之后，不管是竹内还是武田都没有出过国，武田死后五个月，竹内也去世了。

愉快的旅行。我们边玩边闹边旅行，就像线断了，飘浮着。

---

1 矶野富士子（1918—2008），民族学研究者，评论家，翻译家。

富士山
武田泰淳

在山梨县南都留郡鸣泽村字富士山的山间小屋，我们迎来了第三回的新年。

还定下了元旦那天的新年参拜在富士吉田的浅间神社，到今年去了第三回。

高尔夫球场就在附近，小别墅的数量也增加了，因此，把这一带称作"山"，是否合适，我对此没有自信。不过，河口湖的居民、船津的农民和买卖人都说"山上冷吧""想去山上看看"，所以我们姑且称其为山间小屋。

前年的圣诞节，我们喊了石材店"老板"和三名砌石墙的劳动妇女来家里吃喝。"老板"拥有切出石材的土地，他本人也做石匠活儿，是个极为结实的男人，他雇用的女性，两个是农家的主妇，一个是理发师的老婆，说到这些女工们的体格之好、力量之大，看过她们的工作状态，我被折服了。就算指尖被石头磨破了，她们仍在若无其事地工作，不休息。譬如石材店有一个爱喝酒的大叔，他吐了血，可是当我们给他威士忌时，他像喝水一样喝干了，马上又开始干活。

去年年底的二十八日，下了没过膝盖的大雪。而且老婆把车钥匙掉在雪里，怎么找也找不到。没有那把钥匙就开不了后备厢，没法拿出雪链。不卷上雪链，车就绝对动不了。如果开不了车，别说是去新年参拜，都没法下到河口湖町去买正月的用品。

推土机帮忙铲过雪，但如果不是吉普车，普通轿车的底盘会蹭到，很难开到昴公路。我感到不安，要是再下一场雪，感觉会被封在山里。

一筹莫展之下，从事务所打电话向加油站求救。大年夜那天，和我们相熟的加油站业主和他店里的青年，还有在收费站（入口）工作的青年一道赶来。他们在钓鱼竿的一头装上钓钩，像忍者般做了一番手脚，没用钥匙就打开了后备厢。

之后，我们把家里所有的酒类拿出来，烧酒、啤酒、威士忌，过了快乐的大年夜。事务所抓到一只碰到电线触电掉下来的鹰，由于"一富士二鹰三茄子"[1]，事务所的人很开心，加油站的业主说要做成标本，请他们转手，据说人家没答应。

"他的表情太想要，所以没成。脑袋的大小差不多这样。"说着，加油站的青年用两只大大的巴掌比出大石头的大小。

为了去看元旦第一场日出，走昴公路去五合目的车络绎不绝，所以加油站正值特别忙的赚钱的当口，可是他们一直没回去，加油站的太太拼命打电话来催。

我并不清楚，这些山脚下的居民究竟是爱着富士山，还是无视它。他们肯定不讨厌富士山，但看起来并没有把它当作"灵峰"加以崇拜。

如果问我本人究竟爱不爱富士山，我也很难回答吧。总之它不过是巨大的无机物。首先，对于这座山，我基本一无所知。

从山中湖畔到这一带长满了富士樱，在樱花当中它是比较小的，不起眼，但我喜欢它不张扬的模样。另外，从西湖到本栖湖的树海的红叶很壮观，让人深切地感到，原

---

1 一月一日到二日期间做的梦被称作"初梦"。如果初梦梦见以下事物，出于谐音，有不同程度的吉祥寓意：富士代表平安无事，鹰代表高，茄子代表成就。

来如此，红叶是这么美。

广重、北斋、梅原龙三郎、林武画的"富士"，我都喜欢。不过，我希望有更多其他的"富士"，从所有的角度，依据所有的感情和理性被描绘出来。我希望文学上能诞生出像堀辰雄的轻井泽文学那样的富士文学，而且我以为，既然有那么多的能量聚焦埃及学，如果有同样多的热情投注到富士学，也并非不可思议。

至于我本人，仅仅是为了影影绰绰地感受在东京接触不到的太阳星星月亮，还有风和云的微妙变化，只要能待在大自然一隅，就很愉快，当我带着模糊的愉快，稍微感觉到熔岩、松鼠、野兔、睡鼠、太胖了像是飞不动的绿雉、在窗套筑巢的野鸟，以及像是被演习地的炮声惊吓而挪到我们这边的野猪、鼹鼠以及其他小动物的气息，就很好。

原载于一九六六年二月一日《朝日新闻》